ハヤカワ文庫JA

〈JA1403〉

妖　都

津原泰水

早川書房

8435

目次

第一部　9
第二部　123
第三部　253
解説／石堂藍　407

妖都

物語表層の主要な人物

尾瀬郁央《おぜいくお》　幽霊
阿南洋《あなんひろし》　中学生
西村悟《にしむらさとし》　中学生
日暮留美《ひぐらしるみ》　中学生
周防馨《すおうかおり》　高校生
甘粕緑朗《あまかすろくろう》　大学生
蓮見公甫《はすみこうすけ》　大学生
岸轍《きしとおる》　大学生
鞠谷雛子《まりやひなこ》　大学生
鞠谷津奈雄《つなお》　元銀行員／雛子の父
兼松岳雪《かねまつたけゆき》　監察医
兼松繁貞《しげさだ》　元医師／岳雪の父
荏崎能久《えざきよしひさ》　ヴィデオレンタル店店員
椥田栄《なぎたさかえ》　音楽事務所社員

加《か》土《ど》深《み》雪《ゆき》　看護婦
蟹澤《かにさわ》巌《いわお》　経営コンサルタント
斎藤《さいとう》慈雨《じう》　CRISISのベーシスト
草薙《くさなぎ》巽《たつみ》／チェシャ　CRISISのヴォーカリスト

物語表層の主要な犬

ダリア　イングリッシュブルドッグ
ケルベロス　ボルゾイ
クド　ラブラドルレトリヴァー

第一部

1

黄昏。たそがれ──。

賑《にぎ》やかな街が廃虚の顔を見せる瞬間がある。ふとした拍子にだれもいなくなる。車の行き来も途絶える。真空に放りこまれたように一切の音が消える。動きがやむ。

都市という巨大な生命が、悠久の果てを夢みるひとときだ。

遅くとも数秒で街はいつもの姿をとりもどす。路に人がもどってくる。車の行列が素知らぬ顔でやって来てまた去ってゆく。

だから静寂に立ち会った者も、すぐその体験を意識からとり払ってしまう。自分が活気と騒音に満ちた世界の住人であるという確信が揺らぐことはない。無数の偶然が重なって、よほど長らく、街の沈黙が続かないかぎり。

あーあ。

と雛子《ひなこ》は無意味に声をあげた。気がつくと街路から人影が消えていた。車もしばらく通ってない。重苦しい無音が彼女を包んでいる。その状態があんまり長いので自分の耳がどうかなったのかと不安になったのだ。

風がそよいで、マロニエの葉を動かした。ざわめきがようやく彼女の耳を圧迫から救った。立ちどまって四方を見た。相変わらずだれもいない。

「困ったな」

彼女がつぶやくと、嘲笑《あざわら》うように外燈の大群が目のなかで揺らいだ。乱視の彼女にはひとつのあかりが七つにも八つにもそれ以上にも見える。眼鏡を部屋に置いてきてしまった。

彼女は路に迷っている。こんなにも近所で迷ってしまったのは、ひとつには視力のせいだ。考えごとをしながら歩いていたためでもある。世田谷《せたがや》という土地そのものにも理由がある。

戦火に焼かれなかったこの一帯は戦前の路地や水路の跡を無数に留めている。そのまま舗装されて現代の生活道路になっている。幾何学的な計画都市とは対極の、葉脈か毛細血管を拡大したような複雑で不規則な道のつながりだ。人間、路を二度同じ側に折れれば最初とは逆方向に進んでいると思う。適当な距離を歩いてもう一度曲がれば最初の場所に帰れると思う。しかし世田谷ではそうならない。何度紆《まが》っても元の通りに出ないのを不思議がっていると突然路が行きどまる。かと思えば、一度しか紆ってないのに元の場所にもどっていたり、坂道を登った記憶もないのに街を瞰《み》おろす階段の上に出たりする。

まるでエッシャーの騙《だま》し絵だ。

この春、鞠谷《まりや》雛子は渋谷区にキャンパスを置く私立大学に合格し、山梨の家を出て世田谷に暮らしはじめた。複雑怪奇な地理は不動産屋で貰った略図を頼りに部屋を探しながら痛感した。住みはじめてひと月。いまだ駅前の商店街と通学路しか知らない。違う路に踏みこめば必ずぐるぐると遠廻りする。

こうも完全に方角を見失ったのは初めてだ。駅のほうに歩いているのか、アパートに向かっているのか、そのどちらでもないのか、さっぱりと見当がつかない。鈍く曇った空と一体化した重たい水のような薄闇を不安な思いで漂っている。電柱の番地表示には初めて見る地名。道をたずねる相手もない。

……いた。

いつの間に自分を追いこしたのだろう。太った男が前を歩いている。ずいぶん太っている。二百キロくらいあるのではないか。身にまとった脂肪のぶん暑苦しいのかだらだらと面倒くさそうな歩きかただ。

「あの」

雛子は足を早めた。男に追いついた。男が立ちどまる。ふり返る。

「すみません、南松原《みなみまつばら》の駅は——」

言葉の続きを呑みこんだ。

男を追っている最中から一種異様なにおいが鼻を突いていた。廃屋《はいおく》に踏みいったとき感じる、黴《かび》と埃《ほこり》のにおいに似ている。病院の床に漂う薬物臭のようでもある。有機的、生物的なにおいには思えない。深く吸いこむと嘔吐をもよおしそうな不自然な刺激を含んでいる。

根源は目の前の男だった。息を止めた。

気味のわるい太り方だ。肌は青黒く、頬も瞼も唇も顎も頸のまわりも水を入れた風船のようにだらしなく膨《ふく》れて垂れさがり、ふり返ったはずみでぶるぶるぶるぶる小刻みに震えている。

「ひゅうう」

男が声を発した。息をついただけかもしれない。はあ、とたずね返したのかもしれない。

雛子の耳にはそう聞こえた。ひゅうう。男の眼を見た。垂れさがった瞼の下に黄濁した白目が細く覗いている。黒目は見あたらない。

この人――。

息を止めているのが苦しく、耐えがたくなってきた。蟀谷《こめかみ》の脈動が鼓膜を叩く。しかし息を吸いこめば吐いてしまいそうな気がする。強烈な異臭だ。思考が働かない。とにかく逃げようと思った。

できなかった。後ずさろうとする彼女の頸を男の両手がつかんでいた。素早い動作ではなかったが、意外な行動でとっさに抵抗できなかった。べったりした冷たい感触。雛子は総毛だった。

悲鳴をあげかけたが、口があいただけで声にならなかった。空気が咽《のど》を通らない。青黒く膨れた腕が左右から彼女の頸を締めあげている。蒟蒻《こんにゃく》のような感触なのに凄まじい圧迫で、一筋の空気も吸えない。吐けない。苦しい。男の腕に左手の爪を立てた。指先が皮膚に沈んだ。ずぶずぶ、どこまでも沈む。腕の内部に。腐りかけの肉に。

この人、死んでる。死んでるのに。

天を仰いで悶える雛子。男が彼女を胸もとに引きよせる。雛子の視界は巨大な顔に塞がれた。彼女がもがくたび、ぶるぶると各部が振動する。眼に涙がにじんで男の顔は灰色の塊になった。わたしは……死ぬわたしは殺されるわたしは……でもこの人死んでるのに屍体なのに腐ってるのに……なんで生きてるのなんでわたしを殺すの殺さないでお願い助けて苦しい。

苦しい。

激しく壁を蹴りつけながら雛子は覚醒した。呼吸していることに気づいて、凡《すべ》てが夢だったと悟った。安心してまた少し眠った。

時計の音によってふたたび起こされたときには、夢の大半を忘れていた。しかし絡みつくような厭な感触は頸のまわりに鮮やかに残っている。

「また変な夢。やだもう」

アラームを止める。眼鏡をかける。顔が寝汗でぬるぬるしている。長い髪が頸に貼りつき、パジャマはじっとりと湿っている。最低最悪の目覚め。東京に出てきてからというもの似たような夢ばかりみる。生きた屍体、が出てくる。

姿かたちは多彩だ。健常な人間とどことといって変わらないもの。一見そうだがよく見ると奇妙なもの。夢遊病者のようなもの。怪奇映画調に無惨なもの。それ以上に無惨なもの。どれも動く。喋るものも襲いかかってくるものもある。女の生首が雛子にいった。苦しいなら早く再生なさい。

顔はよく憶えていない。国際電話のような位相のはっきりしないささやきだった。いずれも不安を象徴した夢に違いないが、なぜそれが屍体の姿をとるのか彼女にはわからない。

夢のなかの雛子は、相手が屍体であることをはっきりと意識している。屍体の姿をした怪物ではない。厳然と、悲しいまでに、それは生命の刻限を過ぎて体液の循環や化学反応や細胞分裂を停止し、物の領域に移行した人体そのものだった。

屍体だった。

予知夢じゃありませんように、と彼女はつぶやき、宙の一点を見つめて祈った。

パジャマを洗濯機に放りこんで、顔を洗う。眼鏡のまま顔に水をかけてしまった。よくやる失敗だ。歯を磨きながらテレビをつけた。洋画をやっていた。ガメラ並みに巨大化したオールドイングリッシュシープドッグに金髪の少年が話しかけている。

「土曜日か」

子供向けの映画だったが引きこまれて最後まで観た。そのあと、授業のない土曜に目覚ましが鳴った理由に気づいた。

「リハ。忘れてた」

バンドの練習日だった。正午からみっちりと六時間。余裕をみて十時に目覚ましをセットして眠った。なのにもう正午だ。

ローレライという同好会に入っている。軽音楽同好会だ。ＯＢに何人もプロがいるというので、橙林《とうりん》学院大に数ある音楽クラブのなかもっとも人気が高い。多すぎる入部希望者を、毎春、オーディションで篩《ふるい》にかけている。権威も強制力もなく、結果がどうあれ橙林の学生であれば入部資格はあるのだが、無理やり入部したところでどのジャズコンボにもロックバンドにも入れないから、けっきょく活動できずに涙を飲むことになる。

——先月。オーディション会場の、ローレライの部室。

十五畳ほどの広さだ。その日オーディションを受ける新入生たちと審査員を兼ねた上級生のバンドとその機材とが、大温室の植物のように入り乱れていた。新入生の多くは神妙に起立していた。雛子も立って自分の番を待っていた。緊張で青ざめていた。いつ卒倒しても不思議ではなかった。

上級生を瞠目《どうもく》させた新入生はまだいない。失笑を買う者は多かった。雛子も幾度か笑いを噛んだ。

驚くべきはバンド三人の腕前で、新入生がミック・ジャガーになりきろうとドラムセットに陣どって拙《つたな》い十六拍子を叩こうとサックスでスタンダードを奏でようと、過不足なくサポートする。どんな新入生がやってくるか彼らにもわからない。ぶっつけだ。

どんな曲やるの。ああ。キイは？　ＯＫ、間違えたらごめんね。１、２……といった調子で曲が始まる。曲を指定した本人が間違えてもバンドは間違えない。間違えているのかもしれないが聴いているかぎりわからない。新入生に自分のパートを譲っている間も、にやにやしながら音の出ない楽器を爪弾いている。

一曲通して演奏させてもらえる新入生は少なかった。バンドが途中でうんざりして自然と音が消滅する。技術的には問題ない。自分は上位にいると彼女は思った。しかし他の演奏を聴けば聴くほど、自分が場違いに思われてきた。赤恥をかくのを覚悟した。

雛子の番がきた。

「英文科の鞠谷です。わたし、すみません、みなさんがやってらしたような曲は練習してきてなくて」

「なんでもいいよ。合わせるから」

ギタリストが儀礼的な笑顔をつくる。

「わたしひとりで」

「ああ、ソロね」

笑顔が消えた。生意気な印象を与えたようだ。

「じゃあどうぞ」

ギタリストは紙巻莨《たばこ》をくわえて部屋を出ていった。半開きのドアの陰から言い訳がましく、

「ここでも聞こえるから」

かえって気が楽になった。雛子はエレクトリックピアノの前に坐った。実家のアップライトピアノよりずっと鍵《けん》が少ない。どぎまぎしたが、演奏への直接の支障はなさそうだった。

ドビュッシーのアラベスクを弾いた。全体に走りがちな演奏だった。弾き終えても鍵盤から顔をあげられなかった。部屋は静まりかえっている。

だれかが彼女の後ろに来た。

「何年やってる?」

ふり返った。ギタリストだった。

「四歳から高一まで。本当は、クラシックは好きじゃないんです」

「アシッドジャズは」

「好きです」

「ハードロック」

「くわしくないけど、好きだと思います」

「ふたつを掛けあわせた音楽は?」

首をかしげた。

「あまり想像がつかないんですけど」

「後で聴かせる」

といって彼はほかのメンバーと視線を合わせた。

「名前はφ《ファイ》というんだ。ピアニストを入れたいと思ってた。考えといて」

母親に叱られながら泣く泣く続け、あげくに自分でも思いがけずふっつりと止めたピアノだった。いつもどこかに裏切り者のような意識があった、その瞬間まで。

ギタリストの名前は甘粕緑朗《あまかすろくろう》といった。


雛子が突然飛びこんできたというのに、φの演奏には微塵《みじん》の揺らぎもない。長髪髭づらの蓮見公甫《はすみこうすけ》が叩きだす剛堅なビートの隙間を、緑朗の流麗なアドリブソロが泳いでいる。ベーシストはふたりより後輩の三年生で、バンド一長身の岸《きし》。轍《とおる》というのだがだれもが、てつ、と呼んでいる。サンプラーなども扱う。

φで演奏していて雛子はよく轍《てつ》の音が消失したような錯覚にとらわれる。タイミングがあまりに公甫とぴったりなせいで、この一心同体なふたりに彼女は複雑な唸《うな》りをあげて驀《ばく》進《しん》する機関車のイメージを重ねている。

すみません、と緑朗に頭をさげた。大音量のなかで声は届かない。その目に自分が映っているかどうかも定かでない。六本の金属糸に意識を没頭させているように見える。

続いて公甫と轍に頭をさげたとき、不意にギターの音が途切れた。ふり返ろうとしたら両肩をつかんで動きを止められた。顔の横で緑朗の指先がくるくると円を描く。続けろ、とあとのふたりに指示している。

「家からずっとそのまま?」

緑朗が耳もとで声をあげた。訳がわからずに黙っていると、彼はさらに顔を近づけて、

「背中のファスナーが全開」

五月にしては蒸し暑いその日、雛子はレーヨン地のワンピース姿だった。電車のなか、どうもまわりからじろじろと視られているような気がしていた。

——休憩時間にメンバーの飲みものを買いにいったが、公甫がコーラといったのをココアに、緑朗のコーヒーは砂糖もミルクもいらない、を、入れてと聞き違えていた。彼女の失敗のなかではどうということもない部類だが、口もきけないほど落ちこんだ。

「たまには甘いのも。元気が涌いてくるよ」

緑朗が旨そうに紙コップを傾ける。雛子の心はよけい痛んだ。自意識過剰だ、他人がそう自分にばかり気を払っているはずがない、と頭ではわかっていても、些細なことが心から離れず夢にまでみてしまう。

緑朗のTシャツの白が眩しく、直視できなかった。こんなときでなくても彼には近寄りがたいものを感じている。育ちの良さ、というものなんだろうか。歯をむきだして笑っていても、皮肉をいったり拗《す》ねたりしているときでも、けっして失われない優雅さが彼にはあると思う。

甘粕さんが着てるとTシャツまで高価に見える……こんなに素敵なのに彼女はいないのかしら。蓮見さんはよく彼女を連れてるけれど、甘粕さんはいつもひとりだ。

そこで思考が中断した。事に恋愛がからむと無意識に考えるのを放棄してしまう。彼女は恋愛小説を読まない。興味が涌かない。映画を観ても男女の場面はほとんど記憶に残らないのだった。

「――死んだんだって?」

公甫の言葉にぎょっとして彼のほうを見た。ミーティング用のテーブルに轍がノートパソコンを置き、シーケンサのプログラムを修正している。同じテーブルの端に公甫が足をあげている。手にCDのケース。CRISISの最新盤だ。轍の持ち物らしい。

専門誌でヴィジュアル系などと類別される、いわゆるお化粧バンドのひとつだ。ただ音楽のための音楽をやろうとしているφとは、バンド形態であること以外あまり共通項のない存在である。

「そういや変な事故が続いてるとかって。それも東京でばっかり」

「いまさらなにいってんですか。テレビも新聞ももちきりですよ」

「うちテレビねえんだよ。新聞もとってない。大家の婆さんだけが情報源なんだ」

「チェシャは事故じゃないですけどね。自殺ですよ。ペントハウスから後ろ向きに飛降りたんです」

公甫は頸をすくめた。高い所が苦手だといって本気か冗談か歩道橋も避けて歩く男だ。

「気が知れねえ。同じ死ぬにしてもさ、いったいどういう心理でそんな方法を選ぶんだ」

「バンジージャンプな心理でしょう」

「あれはもっと気が知れない。おまえ、こんなの聴いてたら下手《へた》んなるぞ」

「ということは蓮見さんも聴いてんじゃないですか」

「妹がファンでヴィデオとか集めてんだ。実家に帰ったときさ、気が狂うかと思った。オランウータンにスティック持たせたほうがましなリズム叩くぜ、まじな話さ」

「演奏力がどうのってバンドじゃないですから。そのCDはそのCDで、けっこう面白い世界つくってると思いますけど」

CRISISの人気は、ヴォーカリストであるチェシャの人気だった。CDのパッケージデザインが象徴的だ。チェシャの顔の大写しに、アルバムタイトルである、妖都、の文字。不思議とバンド名さえない。

年齢性別経歴不詳。

生前発表されていたチェシャのプロフィールだ。しかし先週の自殺を機に、草薙巽《くさなぎたつみ》という本名、そして三十二歳と意外に高齢だったことが一般に明らかになった。本名を知ってみれば、面長できつい感じの顔だちも鼻に響かせたハスキーヴォイスも、なるほど男性のものでしかあり得ないという気がしてくる。

じつは半陰陽、両性具有であったという噂もファンのあいだで実《まこと》しやかに語られているのです、と栗鼠猿《りすざる》のような顔をしたワイドショウのレポーターはいった。漫然と画面を眺めていた雛子が大きく息を飲んだ瞬間だった。少なくとも乳房があったのは事実のようで、事務所側も否定はしていないとのこと。しかし手術で膨らませていたか、女性ホルモンの投与によるものでしょう、という無難な見解でその話題は打ち切られた。

深夜、マンション最上階、自室バルコニーからの飛降り。動機はまったく不明。最新CD、全国ツアー共に好評で、知る人ぞ知る存在から人気バンドへの脱皮が期待されていました。なにもかもがこれから、というときでした。それなのに、いったいなにがチェシャを自殺という最終手段に追いこんでしまったのでしょう。謎が謎を呼んで憶測が飛び交い、ファンや関係者を悲しませる以前に苦悩させているというように、わたしには感じられます。

雨に濡れる花水木《はなみずき》の映像。陰気なバラードが被さる。雛子がCRISISの音楽をそれと意識して聴いたのは、そのときが初めてだ。部室の雑誌でチェシャを見ても単純に女性だと信じていた。

「眼鏡、いつごろから?」

緑朗が椅子をさげてきてエレクトリックピアノの向こうに坐る。

「小学校からずっとですけど。これ変ですか」

最近眼鏡を替えた。自分が開けたドアで自分の顔を直撃するという離れ業で、三年かけ続けたセル縁の眼鏡を壊してしまった。同じタイプのものが見つからないので店員に勧められるまま赤っぽいセル巻きのメタルフレイムを買った。

「似合ってるよ。たいしてわるそうでもないのに、いつもかけてるなと思って」

「ほとんど乱視なんです」

「コンタクトにはしないの？」

「乱視があまり矯正できないし、怖いし」

緑朗は笑った。顔を見つめている。雛子はうつむいた。

2

黄昏。タソガレ——。


周防馨《すおうかおり》は見ている。

スクランブル交差の斜向かい、行き来する車の向こうに、季節はずれのセーターを着こんだ女が立っている。

冴えない青灰色のセーターだ。ざんばら髪に包まれた頭を奇妙な角度に傾けている。

肩から萎《しぼ》んだ布袋をさげている。その端を両手で握りしめている。

すこし口を開けているようだが、表情はよくわからない。

そもそも表情など存在しないのかもしれない。

「いるの？」

背後から留美《るみ》がたずねる。馨はうなずいた。

「たぶん」

「どこ」

「信号の真下。ガードレールの切れめ。青っぽいセーターを着た女だよ。中年か、もうちょっと若いくらい」

「茶色い背広の人がいて」

「その、向かって右隣り」

「見えない」

馨は留美をふり返った。

「じゃあ確かだ」

留美の手が不安げに、馨の羽織《はお》った男物のシャツの袖をつかむ。

「宗教の勧誘にくるような感じの女だよ。頸が曲がってる。きっと事故で折れたんだ」

留美の身震いが伝わってきた。

このレモン色の髪をした少女の苗字を馨は知らない。ルミと名乗っているので頭のなかで留美という字をあてているが、本当は違うのかもしれない。留美にとって馨はただカオリでしかないのだろう。

馨は私立高校の一年生だ。親がどういう小細工をしたのか入学試験を受けなかったのに合格してしまった。まだ一度しか行っていない。入学式で校長の長広舌《ちょうこうぜつ》にうんざりして講堂を出た。それきり行ってない。

　留美は馨よりふたつ下で、本来中学生なのだが、もう一年近く学校に行っていないという。

　ふたりは渋谷で知りあった。

　蛇《じゃ》の道は蛇《へび》。似たような境遇の少年少女が容易にお互いを探しあてられるのが、この渋谷の街だ。補導員の目を気にせず安い料金で長居できる文化祭の模擬店のような外国人経営の飲食店、店舗を想定せずに建てられたビルの、奥まったエレヴェータに乗って甫《はじ》めて入れる輸入衣料や古着やアナログレコードの店、店員と顔見知りになればただで入店できる終夜営業のクラブ、公園のコンヴィニエンスストアに近い一角……十代特有の嗅覚を駆使して、彼らは自分の居場所と束の間の仲間を見つける。

　警察の監視が厳しかった一時期、際だっていた、すなわち犯罪に明け暮れていたような集団は、みな他の街に移るか四散してしまった。しかし年若い人間はいくらでも流入してくる。彼らの眸に渋谷は依然光り輝いている。渋谷にはなんでもある。流行《はや》りの靴も時計も音楽も割のいい儲け話も薬も葉っぱもセックスの相手も、うまくやれば、きっと手に入る。

　留美は酒と薬に酔って深夜の公園に倒れていた。通りかかった馨がベンチまで引きずっていって寝かせた。明け方まで街をぶらつき、また同じところを通りかかったら、留美はまだベンチに横たわっていた。手に触れてみると冷たかった。

死んでるのかと思って頬を叩いた。目を醒ました。

留美は軀を起こし、瞼をこすった。やがて網膜に像を結んだ馨の容貌が、彼女に衝撃を与えたのがわかった。

馨は慣れている。街に出れば日に幾度となく同じ表情に遭遇する。時代がかった美人画か西洋人形のように小さく整いすぎた馨の顔かたちは、見る者を威圧し、ときに恐怖に近い感情さえ抱かせるようだ。

他人のその種の反応に馨は幼いころからすこしも傷つくことなく、むしろ積極的に楽しんできた。自分の美しさを彼女は正確に客観的に理解していた。

美というのはひとつの才能だ。

ないよりはあったほうがいい。あるからといって凡てがうまくいくわけでもない。利用してなにかを成し遂げるのもいいし、あえて持てあます贅沢を楽しむのもいい。

「わたし、ずっとここに？」

留美は馨にたずねた。

「倒れてたのはあの辺。あたしが運んだの」

「ありがとうございます」

レモン色の頭や二の腕の刺青や両耳の十数個では飽きたらず小鼻や唇の脇にまで刺した

ピアスに似合わぬ殊勝な口調で、留美は馨に礼をいった。ずっと介抱していたと誤解してるのかもしれない。真相を伝える必要は感じなかった。

会った数でいえば、その日を入れてまだ三度か四度。しかしつくりもののような顔をした新しい友人が留美はよほど誇らしいようで、うっかり街で出合ってしまうと十時間は解放してくれない。

留美の腕の刺青の図柄は、髑髏だ。漫画的な怪奇趣味。霊が見える、と馨が告白したときの彼女の興奮ぶりといったらなかった。馨はいろいろな意味で、あどけない不良少女の尊敬を一身に集める存在となった。

最近、違うものが見える。

交差点の向こうの女もそうだ。

生きてはいない。

霊でもない。

霊は純真な存在だ。蜉蝣《かげろう》のように無力に現世を漂い、いずれ消えさる。どこかに行ってしまう。

だが彼らは違う。

ほとんどの人間の目に触れないものの、この世界に根ざしている。隠花植物のように。バクテリアのように。ウイルスのように。馨にはわかる。

人間ではなく、霊でもない。呼ぶならばそれは〝死者〟だ。

昼でもなく夜でもない、薄闇の存在だ。

数週間前、ふと彼らの存在に気づいた。

次第に気づく頻度が増した。

増殖している。

ぽつり、ぽつりと。

「ねえ。ねえ」

留美が素頓狂な声をあげる。馨は交差点の向こうに目をもどした。

息をのんで、そのまま呼吸を忘れた。

セーターの女が車道に進みでている。

ひとりではない。隣りに立っていた茶色い背広の中年男も一緒だ。

袋から手を放して男の軀にしがみついている。無理やり車道に引きずりだしている。

歩行者信号はまだ赤だ。車はひっきりなしに流れている。

馨以外の人間の目には、哀れなサラリーマンが滑稽《こっけい》な歩き方で信号無視を試みているとしか映ってないだろう。男自身、突然自殺衝動に支配されて軀が勝手に動きはじめたと思ってるかもしれない。女の姿は見えないのだ。

硝子《ガラス》を引っかくような厭な音を重ねて、何台かの車が急停止した。

あいだを縫って女は進む。怪力だ。蟻《あり》地獄のごとき堅実さで、じりじりと獲物を罠に引きずりこんでいく。

後から後から車は交差点に押し寄せる。子供の手で堰とめられた雨水のようにコースを変化させ、むしろ速度をはやめながらふたりの前を通りすぎていく。

なかの一台がついにふたりを撥《は》ねた。

ふたつの肉体がボンネットに乗り、大きくバウンドして反対車線に落ちた。

「来る」

留美が叫んで馨の腕を引いた。たしかに彼女らの位置から、それは自分めがけて飛んできたように見えた。

アスファルトに横たわって、女はまだ男にしがみついている。別の車がふたりを撥ねる。また撥ねる。

もはやふたりは肉塊ですらない。血の滲《し》みた青灰色と茶色のボロ布だ。

またいくつものブレーキの軋りがあがって……不意に静寂が訪れた。

信号が変わっていた。しかし群衆のだれひとりとして横断歩道に踏みだせずにいる。

馨の位置からふたつの屍体は完全に一体化して見えた。

潰れて折れ曲がった四本の腕、四本の脚。ふたつの頭。どれがどうつながっているのか判然としない。

溢れだした赤黒い血液が、アスファルトに広がり、染みこんでいく。

馨がふたたび自分の呼吸音を意識しはじめたとき、茶色い背広に埋まっていたおかっぱ頭が独立した生物のように起きて、ぐるりと彼女のほうを向いた。彼女は乾いた悲鳴をあげた。

「カオリ、カオリ？」

留美が腕を揺さぶる。

女の頭はなにかを見ている。自分ではないようだ。馨は群衆のなかを見まわした。

すぐ後ろに少年の霊がいた。


「中学のとき、好きだった男の子がいたんです。尾瀬郁央《おぜいくお》くんというんです。中学のころってスポーツのできる子がもてるけど、彼はあまり丈夫なほうじゃなくて、昼休みも図書館にいるような子でした。わたし、手紙を書きました。意外と積極的だったんです。そしたら下駄箱に返事が入ってて、一緒に映画の券も入ってました。わたし、嬉しくて、下駄箱の前で泣いてしまった」

唐突に雛子がそんな話を始めたので、緑朗は、彼女はまだ本心を失っていて寝言をつぶやいているのではないかといぶかしんだ。

「甲府《こうふ》の映画館に行きました。観たのはバロンです。尾瀬くんはもっと単純明快な、中学生にでもわかる映画のつもりで選んだんだと思います。本当はもっと大人向きでしょう？　わからない部分がたくさんありました。月の王の台詞とか。ヴィーナスが登場する場面では、郁央くんはずっとうつむいてました。あ、わたし、眼鏡」

彼女は顔に手をあて、ベンチから立ちあがろうとした。

「ここに」

緑朗はジャケットの胸ポケットからそれを取りだした。

「倒れたとき、おれの肩にぶつかってちょっと広がったみたい」

「すぐ直りますから。ありがとう。ああ、どうしようかと思った」

雛子は眼鏡をかけた。蔓《つる》の歪みのせいで左右のレンズの高さが違っている。ユーモラスな表情だ。

ひどくもったいない気がした。公園の外燈の下、その蒼ざめた素顔は貝殻細工のように精緻《せいち》で触れがたかったから。

「蓮見さんと轍さんは？」

「バイトがあるって、そのまま駅に。鞠谷も挨拶したじゃないか」

「そう、ごめんなさい、完全に気が動転してて」

「しょうがないよ。あんな事故を目の前で見せられたら」

「尾瀬くん」

雛子はなにかいいかけ、言葉を途切らせた。

「デートした子？　バロンを」

「一緒に観ました。それから映画館を出て、それから」

彼女の表情が急に強ばる。緑朗は雰囲気を和らげようと、

「キスでもした？」

雛子はかぶりを振った。

「死んだんです。尾瀬くんも、ああやって死んだの。角を曲がろうとしたら、そこにタクシーが飛びこんできて、尾瀬くんにぶつかって、彼が人形みたいに宙に跳んで、落ちたときどさって大きな音がして、わたしはただそれを見ていて、ずっと見ていて、そのうち救急車が来て、わたしも乗るようにいわれて、でも彼はもう死んでたんです。角を曲がる前に、わたしになにかいいかけてたんです。それもいえずに、血まみれで、まだ十四歳で、ご両親が病院にきて、わたしのこと慰めて、ありがとう、あなたのこと好きだったのよって。映画は楽しかった？　郁央は楽しそうだった？　あなたは生きてね。元気でずっと生きてね。でも郁央のことは忘れないで」

言葉が、また途切れた。あとは嗚咽。

緑朗は辛抱づよく彼女を見戍《みまも》った。内心を告げる機会を逸した落胆を、懸命に隠してい

た。

井の頭線。

部屋まで送るという緑朗の申し出を断って、雛子はひとり列車の座席にいた。静かに感傷に浸りたかった。緑朗には好意を感じている。しかし中学からの思いを共有できる相手ではない。彼は東横線《とうよこ》で自宅に帰っていった。

交通事故を目撃して気を失い、公園で休んでいるあいだに、思いのほか長い時間が経過していた。二時間以上公園で過ごしていた計算になる。中途半端な時刻のせいか、各駅で停まるその列車の最前車両には土曜の晩にもかかわらず空席が目立った。

次は池ノ上、池ノ上に停まります。次の停車駅が近づいて、列車が速度を緩める。ひとりの酔客《すいきゃく》がよたよたと後部車両への移動を開始した。男は雛子の前でよろめき、提げていた紙袋で彼女の顔をはたいた。眼鏡が床に落ちた。

男は気づかず通りすぎた。雛子は眼鏡を拾った。

列車が停まり、痩せこけた女が乗りこんできた。長い髪。黒いシースルーのブラウスに黒革のスカート。黒い化織ビロードの上着を羽織っている。

まっすぐに雛子の前に来た。

知人と間違われたのかと思ったが、それにしては表情がない。天井燈に照らされ陰を濃くした、ブラウスの薄布ごしの肋骨や鎖骨。まるで骨格標本だ。裏側まで見えそうだ。

不気味さに雛子は思わずうつむいた。眼鏡をかけた。

視界から、女の棒きれのような脚が消えた。

驚いて顔をあげる。

だれも立ってない。女などいない。

眼をこすろうとして眼鏡をとった。

肋骨。鎖骨……セロリのように筋ばった頸。干して縮めたような顔に、ぽっかりと落ちくぼんだ眼窩。鶏の足を思わせる手が、吊革を握っている。

手首の内側に大きな裂傷が開いていた。雛子の目は釘付けになった。

肉の色、血管の青、白い靭帯。裂けたまま乾涸《ひから》びたような、どこか植物的な割裂だった。

……屍体。

ドアの動きはじめる音。何者かが雛子の手を引っぱった。

「逃げろ。殺される」

少女の声だった。とっさに腰をあげた。

肩が黒ずくめの女にぶつかった。上から、髪を一束つかまれた。引きよせられた。その怪力。首が抜けるかと思った。

いやあああ、と雛子は恐怖に叫んだ。ばちばちと音をたてて髪の毛がちぎれ、同時に頭が自由になった。反動で前のめりになったが、呼びかけてきた少女がまだ手をつかんでくれていた。転ばずにすんだ。

ドアはすでに閉じている。少女の反対の手が、辛うじて隙間に挟まっている。

ドアが異物を感知して開き、また閉じた。その一瞬に少女はプラットフォームに躍りでていた。

少女と握りあわせていた手も離れた。雛子は車内にとり残された。頭と肩がドアに激突した。

後ろをふり返った。女の髑髏めいた顔が目前にあった。

両手で顔を鷲づかみにされた。冷たい、金属のような感触。またも悲鳴をあげたが、もはや声にはならなかった。

「開けろ。開けろおおお」

少女の金切り声がきこえる。ドアをどんどんと蹴りつけている。

不意に背が支えを失った。ドアが開いた。肩を強く引っぱられた。雛子は後ろ向きに車外に転がりでた。

ドアが閉まった。

「立って。走って。また開くかも」

どこまでを這いずり、どこから二本の脚で走りはじめたのか、記憶に定かでない。少女の背中を追って無我夢中で列車の進行とは逆方向にプラットフォームを駆け、端まで行くと踏切に飛びおりた。衝撃で足首を痛めた。

「こっちに」

少女はまだ走るつもりのようだ。雛子の息はすっかりあがってるというのに。

ふたりの頭上を駅員の笛が掠《かす》めた。列車がレールを踏みこむ音がした。

「乗せて」

目の前に現れたタクシーを少女は躊躇なく呼びとめた。車内にすべりこみながら雛子をふり返って、

「早く。急げったら」

雛子は痛む足を懸命に引きずった。ドアをつかんで座席に倒れこんだ。

「出して。運転手さん、とにかく」

車が動きだす。雛子は胸を押さえた。

早鐘を打つ心臓。呼吸が、気管に棒でも突っこまれているように苦しい。よかった。わたしはまだ生きている。

「どっちから、逃げてるの。駅員？　それともあの――？」

すげない一瞥。コンヴィニエンスストアのあかりと雛子自身の影が、少女の顔を撫でた。冷たい美貌に雛子は戦慄した。

綺麗な子だという意識は頭にあった。しかしこう端整とは。見つめていると吸いこまれる。意識が空白になる。

「あんた莫迦？　なんで駅員からこんな必死に逃げなきゃいけないの。家は？」

「南松原」

「お金ある？」

「少し。あ、鞄を網棚に」

「じゃあいいよ、あたしが出す。それとも取りにもどる？　死にたい？」

雛子はかぶりを振った。運転手に住所を告げた。一方通行がどうのと文句をいいながら、運転手は車を乱暴にUターンさせた。

「あの女の人」

そういいかけた脳裡に、女の干あがった皮膚や手首の裂傷が甦った。気分がわるくなった。色褪せた、肉と血管と靭帯。体温のない指先。死の色彩と、死の感触。

夢が当たった。あれは屍体だ。生者のように動いて、わたしに襲いかかる屍体。

「眼鏡。ああ、眼鏡までどこかに。かけてないときは見えてたんだけど、かけたら消えてしまったの。どうして?」

「さあ」

少女は首を傾げた。やがて、

「たぶんだけど、それがオンオフのスイッチになってんでしょ。あたしも小さいころ、好きな毛布を握ってるあいだはなにも見えなかったよ。親の暗示のせいで」

「ふつうの眼鏡なのに」

「パーティの髭のついた眼鏡でも同じなの。たいして特殊な能力じゃないんだ。ほんとはあんたには見える。同時にそれが、見えてはならない奇妙なものだってことも感じてる。眼鏡をかけると正しい世界が見えるって意識が、視界からあいつらを打ち消してる。眼鏡をかけはじめるまでは、霊だってなんだって見えたはずだよ。思いだして」

小三からだ。きっかけはなんだったろう? 眼鏡を買い与えられた、最初のきっかけ。思いだした。鬱陶しかったのだ。学校の行き帰り、視界の隅に、よくちらちらと、薄緑色の、童女のような——。

雛子は父親に相談した。父は彼女を眼科医に連れていった。自分が現実主義者であることに気づかぬくらい、根っから現実主義者の父。

「長生きしたかったら、もうかけないほうがいいよ」

「乱視がひどいの。それに」

雛子は口ごもった。

「かけた顔に慣れてるし」

少女は呆れた口調で、

「頻繁にはずしてまわりを確認すること。人生の楽しみもろくに知らずに死にたくなかったら」

生意気な口をきく。雛子より年下だろうに。

「あの女の人はいったい、あれも霊なの？」

「霊じゃないよ。霊ってのはもっと、なんていうか、超越してる。あんなふざけた真似はしない。あいつらがなんなんだか、あたしもよくわかってないんだ。ふつうの人間の目には映らないけど、あたしたちの知ってる霊じゃない。映画のゾンビでもない。どうやって生まれるのか、知性や理性はあるのか、この世から消滅させられるのか、なにもわからない。あいつらは人間を殺す。その目的もわからない。ただ楽しくて殺してるのかもしれないし、仲間を増やしてるのかもしれない」

「殺された人も、同じゾンビに？」

「ゾンビじゃないんだ。あたしは〝死者〟と呼んでる。ほかに呼びようがないから。いままでに五六回、あいつらが人を殺すのを見たけど」

「そんなに」

「もっとかも。忘れた。殺された人間が立って歩きだして、一緒になってほかの人間を襲うってのはなかった。霊安室で復活するのかもしれない。肉体とは関係なく、念のようなものが残ってああいう姿をとるのかもしれないし、殺された人間は殺された人間でそれきりなのかもしれない。わからないんだ。あたしだって最近まで見たこともなかった連中なんだから」

夢のこと、話すべきだろうか。

雛子は迷ったが、けっきょく口をつぐんだ。命を助けられたにもかかわらず、目の前の少女にいまひとつ気が許せずにいる。整いすぎた目鼻だちのせいかもしれない。表情がいちいち芝居めいて見える。

電車のなかの女と同様、この少女の存在もどこか現実味がない。一切が悪夢の延長のようだ。心の片隅で雛子は、夢が醒めてくれるのを待ちわびている。

「あいつら、姿が見えないから、殺される本人もなにが起きてるのかわからない。これでなんとか逃げきれたとして、あたしが見たなかで助かったのはあんたが最初。あんたにはあの女が見えてるのがわかったから、ひょっとして助けられると思った。相手が見えないんじゃ、あたしがどんなに騒いでもさ、下手したらあたしが殺そうとしてるとさえ思われかねない」

「運が、よかったんですね、あなたが偶然、電車に乗り合わせてくれて」

するとと少女は肩をあげて、

「偶然じゃない。あんたをつけてたんだ」

雛子は目をまるくして彼女を見返した。

「渋谷で交通事故があったろ。あれも〝死者〟の仕業。あたしも見てたの。あのとき、あんたの横に霊がいた」

「まさか」

「へちま」

美少女は唇を曲げた。

「あんたになにか伝えたがってた。でもあんたは気づきもしない。もともと見える人なのに不思議だね。なにかが邪魔してる。眼鏡だけじゃないと思う。悪趣味だと思ったけど、気になってずっと見てたんだ。彼氏と公園にいるときも」

すこし焦った。

「あの人は先輩で、べつに。どんな霊？」

「少年だよ。中学くらい。心当たりある？」

ねえ鞠谷さん　ぼくは

雛子は眼を閉じた。

瞼がふるえている。


自己紹介しあった。少女は周防馨と名乗った。十五だという。自分より三つも若いとは思わなかった。驚いた。

タクシーが停まった。

「この辺ですか。もっと行きます?」

「いえ、じゃあこの辺で」

予想以上に廻ってしまったメーターを気にして、考えもなくそうこたえた。馨が料金を払った。

ふたりは夜の住宅地に踵《きびす》を下ろした。

「どうぞ、あの、うちで、せめてお茶でも」

馨を誘ったものの、自分がどこにいるのかよくわかっていなかった。アパートの近所であることだけは空気で感じとれた。

当てずっぽうに歩きはじめる。痛む片足を引きずり引きずり。

「鞠谷さん」

「すぐだから。ここまでくれば、もう」

「気を抜かないで。あいつらどこにいるかわからない」

「ああ、うん。それはもちろん」

「本気でいってんだよ。死ぬの怖いでしょ」

「でも、いくら注意を払ってても死ぬときは死ぬんだし」

「なんで平気な顔でそんなこといえるの。殺されるんだよ」

「平気じゃないわ。殺されるのは怖い。そういう周防さんこそ――」

「馨でいいよ」

「馨さんこそ、じゃあなぜいま東京にいるの。変な事件が続いてるのは東京だけでしょう。地方なら安全かもしれないじゃない。外国ならもっと」

「怖いからよ」

雛子は足を止めた。馨をふり返った。

外燈の下、馨の顔はいっそう青白い。実家の床の間の、硝子ケースに入った日本人形を思いだした。小さいころよく夢にでてきたものだ。ほかの登場人物と同等に、歩いたり、雛子に話しかけたりしていた。

「あたし、死ぬのがものすごく怖い。自分が屍体になって、顔や体が腐ったり、蟲に食べられたり、炎に焼かれたりするのを想像すると、頭が変になりそう」

風がそよいだ。乱視の視界で青白い顔が揺らぐ。

「初めて見た犠牲者は幼児だった。新宿のはずれであたし、踏切りが開くのを待ってたの。すぐ横に陸橋があって、ふとそっちを見たら、子供の軀が線路に落ちてきた。その上を電車が通った。電車は急ブレーキをかけてたけど、けっきょく完全に通過してしまった。線路には子供の元の影も形もなかった。トマトを壁にぶつけたみたいに、液体とそれを包んでいたものに変わってた。陸橋の上にホームレスみたいな男がいて、そいつの仕業だとすぐにわかった。手摺の上に両手を拡げて、子供を落としたままの姿勢でじっと立ってたの。なのにみんな、子供が落ちた、轢かれたって騒ぐばかりで、だれもその男を見ない。どういうことなのか、あたしには理解できなかった。ただ、なにか大変なことが起きつつあるんだって気がした。軀ががくがくふるえはじめた。ひっくり返って、起きられなくなって、あたし、救急車で運ばれたの。五日間ふるえ続けて一睡もできなくて、十キロ痩せてしまった。父親が病院の院長なの。あたしを薬づけにして、液体プロテインやなんかで太らせて、十日で無理やり元のあたしにもどした。高校の入学式に間に合うように」

美少女は唐突ににやりと唇を歪めた。雛子はたじろいだ。

「ベッドのなかで、ずっと殺される夢を見てた。気が狂いそうだった。あたし、あいつらの正体を知りたい。どこから来たのか、目的はなんなのか。そしたらきっと身を護れる。恐怖のせいで狂わずにもすむ。ほんとはあたし、とっくにおかしくなりかけてるのかもね。

でもまだ踏みとどまってるよ」

月が出てきた。何度か角を曲がるうち、忽然とアパートが現れた。

三〇三号室。

「ちょっと散らかってるから」

雛子はひとりで部屋に入った。壁のスイッチを押したが電燈が点かなかった。電子レンジのデジタル時計が青緑色の光を放っている。ブレイカーが落ちてるのではないらしい。洗面台の蛍光燈をつけようと、靴を脱いだ。

鏡の前に進んで、ぎょっと立ちすくんだ。

カーテンのあいだから漏れさす外燈のあかりで、かろうじて部屋のようすがわかる。暗い部屋の壁が、鏡に映っている。なのに、その前に立っているのは、雛子ではなかった。

少年だった。

口を開けて必死になにか喋っている。雛子は叫び声をあげかけたが、すんでのところで自分を保った。はあ、はあ、という彼女自身の呼吸音がしらじらしく部屋に響く。

鏡のむこうにいるのは、制服姿の尾瀬郁央だ。十四歳で死んだ初恋の少年。

闇《くらがり》のなか、少年の眼はひたすら雛子を見つめている。大声をあげているようだ。しかし聞こえない。雛子はかぶりを振った。少年はもどかしがって見えた。懇願するように、説得するように、少年は近づいてくる。伸ばした手が、鏡に触れ、それを突き抜け、指先が、雛子の眼球に入りこむ。顔が近づく。まだまだ、広がって、壁一面の郁央の顔。

来ないで。雛子は泣きながら唇を動かした。お願い、来ないで。

少年の顔の向こうに、雛子の影が現れた。薄れているのだった、郁央の姿が。

消えていく。現実と入れ替わる。

「尾瀬くん」

雛子はようやくと声をあげた。しかし鏡のなかの彼女自身が小さく唇を動かしたに過ぎなかった。

電気が点いた。心臓が跳ねあがった。

周囲を見渡した。いつもの部屋がいつものように、味気ないあかりに照らされている。

雛子は床にへたりこんだ。

3

初鹿野《はじかの》は山梨のやや県東に位置する山間の小さな駅だ。ここから雛子は三年間、高校のある甲府市まで通っていた。最後に駅をあとにしてたったひと月余りだが、一種独特な感慨があった。自分はもうこの駅の利用者でもこの小さな街の住人でもないのだと思うと、晴れがましさと疎外感が胸に交錯した。空が高かった。

待合所から馨に電話した。

「ヤマナシ?」

まるで外国の地名のように鸚鵡《おうむ》返《がえ》ししてきた。

「かろうじて東京への通勤圏なんだけど」

「そっちが実家なんだっけ」

「尾瀬くんの家も」

「そうか。なにかわかったら電話して。東京へは」

「今日じゅうに」

駅前からバスに乗った。

実家近くのバス停をわざと乗りすごした。直接郁央の家に行き、墓参をして、そのまま東京に帰るつもりだ。連休には帰省しなかったくせにいまごろひょっこり学校をサボって帰ってきては、父が心配するだろう。

周防馨という少女の実像を、雛子は未だつかみかねている。稀代の美貌、手入れの行きとどいた短い髪、ナイロンのシャツと古着のジーンズ、ワークブーツ、父親が病院長であること、傲慢なまでに自信に満ちた態度、霊視能力……人間性に関するいくつかの手がかりと、携帯電話の番号、空にしたティーカップ、マールボロメンソールの吸い殻を残して、また夜の街に溶けこんでいった。あの年代の少女にありがちな風俗と、浮き世ばなれしたゴシックロマンの結合——いまのところそれが雛子にとっての馨だ。グリフィンのように現実味がない。

しかし少なくとも彼女は、嘘はついてない。事実雛子も〝死者〟に遭遇したのだし、少年の霊だって姿を現した。尾瀬郁央の霊が。

馨が見たという郁央も、雛子の見た鏡のなかの彼も、雛子になにか語りたがっていた。警告……ではと雛子は思う。霊が郁央の本質を失っていないとすれば、ただ雛子を脅かすために現れはしないだろう。いま東京を侵食している異変について、〝死者〟たちについて、なにかを教えようとしてくれているのではないかと彼女は期待している。

ピーターパンを守護する精霊のように。

縮みきった老婆がよたよたとバスに乗りこんできた。腰が不自然なまでに曲がって、上半身が下を向いている。その先端に顔が正面を向いてついている。いったい骨はどうなって……と思うや、はっとなって恐ろしさに総毛だった。

老婆は通路を隔てた隣りの席に坐った。雛子はバッグからサングラスを取りだした。馨の言葉どおり眼鏡が彼女の霊視能力を規制しているのだとしたら、そしてそれが眼鏡の形をした物であればいいのなら、このサングラスごしに老婆は……見える。見えた。

肩の力が抜けた。

そういえば、東京ではないのだ。次の停留所で老婆はバスを降りていった。

雛子はサングラスを外した。露店で買った千円の安物だ。効力が疑わしいばかりか景色が歪んで見える。

「次は、地ヶ瀬一丁目。地ヶ瀬一丁目」

このバス停で降りるのは、郁央の葬儀以来だ。

黒と紺の制服に肩を包んだ幼い葬送の列。そのなかにいた自分を思いだす。彼女が生まれて初めて実感した、死だった。

尾瀬くんは死んだ。

もう尾瀬くんは笑わない。話さない。見ない。考えない。

肉体だけが残り、それも骨になり、溶けて、流れて……無になる。無だ。完全な闇。真空。

なんて恐ろしいことだろうとあのとき彼女は思った。なにもなくなるのだ。

だらだらと長い、未舗装の坂道。田圃や畑がいくつも残っているがどれもこれも小さく、それで生計を立てているという感じではない。古い大きな家は、相続に不便だからだろう、ちまちました箱形の家に建て替えられていく。使い途の定まらない中途半端な空き地が多い。

発展も衰退もしない土地。商売を始める者がいないではないが、喫茶店も書店もすぐに潰れてしまう。新しいスーパーが出来ると、これまであったスーパーが立ち退いていく。

大きな眼鏡をかけた婦人が坂をくだってきた。すれ違いざま、

「あらあ、鞠谷さんとこの、ええと雛子ちゃん？」

雛子は曖昧に会釈した。見覚えある顔だが名前が出てこない。

「わたしよわたし、メリンス化粧品」

「メリンスさん」

化粧品会社の訪問販売員だった人物だ。むかし母のもとに出入りしていた。母は彼女を会社の名前で呼んでいた。販売員はとうに辞めたと聞いている。メリンスさんの呼び名だけが残った。ひょっとしたら雛子は、未だ彼女の本名を知らない。

「このあいだお父さんにお会いしたのよ。東京にいるんですって？」

「大学が。はい」

「早いわあ。おめでとう。でもいまはお休みじゃないわよね。まさか五月病？」

語尾のところでいちいち唇を曲げて笑う。販売員時代に身についた癖だろう。

「すぐまた東京にもどるんです。このさきの尾瀬さんにちょっと」

小じわ隠しの薄色の入った眼鏡の奥で、アイラインの染みた瞼がぱちぱちと瞬いた。

「あらまあ。そうなの」

腑に落ちないようすだ。好奇心を押し隠している。

「それじゃあ」

雛子は頭をさげ、また坂道に向かった。さして暑くもないのに額にうっすらと汗が乗っている。雛子は綿のカーディガンを脱いだ。

前方に、どさっと黒い大きなものが落ちてきた。

怖じ気づいて後ずさったが、見ればそれは鴉《からす》で、地面にぶつかった音と聞こえたのは着地寸前の羽ばたきだった。鴉はとんとんと地上を跳ね、不意に雛子をふり返り、またなにもいわずに飛び立っていった。

郁央少年が育った家は、この辺りには珍しい、煉瓦色のタイルで壁を被った瀟洒《しょうしゃ》な洋風建築である。郁央から祖父は版画家だったと聞いたことがある。背の低い通用門が開け放たれていた。雑草だらけの庭に踏みこもうとして、雛子はしばし躊躇した。顔をあげて家屋に目をやると、窓からぽかんとこちらを見つめている顔があった。郁央の父親だとわかった。

雛子は頭をさげた。

また携帯電話が鳴った。

「馨、おれ」

ボーイフレンドだ。二十九歳、商社勤務、妻子あり。先月街で声をかけられ、これまでに何度かデートした。馨は彼の名前を呼ぼうとした。思いだせないことに気づいた。タダシ？　いやタカシ……タケシ？　中途半端な沈黙。柄にもなく頭のなかが真白になった。

「もしもし、どうした」

「えと、いま電車のなかで、ちょっと混んでて」

「話しにくい？」

「うん」

実際は路上だ。渋谷センター街。焦りを隠そうとして莫迦な嘘をついた。背景音でばれやしないかと冷や冷やした。肝心の名前がますます遠ざかっていく。

「すぐ切るから。今夜の食事なんだけど、ごめん、ちょっとダメになった」

彼は急に声をひそめた。

「部長に誘われちゃってさ、断るに断れなくて。部長なんだよ」

直感的に嘘だと感じた。あ、彼の名前。

「いいよ別に。じゃあまた今度」

「またこっちから電話するから」

「そうね、タツオくんからにして。逆だとまずいときもあるでしょ」

返答がない。無言電話になった。

「もしもし？」

「だれだよそれ」

通話が切れた。同時に正しい名前を思いだしたが、もはやどうでもよかった。

「平凡な名前のくせに下で呼べなんていうからだろ。この莫迦。マザコン。ロリコン」

いい放ったが虚しかった。何人かがふり返った。

今夜アッシ（ぜんぜん違った）は、別の女と会う。女のタイプはなんとなく想像がつく。

以前もそっくり同じことがあった。

きっと、どこといって取り柄の見つからないような女なのだ。外見はもちろん、中身も退屈で陰気で恨みがましい。彼を問いつめたら、きっとこういう。彼女といると気が休まるんだ。

馨といるときと違って。

もうどうでもいい。名前もなかった男だ。ぽっかりと予定が空いてしまったことだけ癪《しゃく》に障る。あのとろい姐ちゃんの報告でも聞くか。今日じゅうに東京にもどるといってた。もどった早早〝死者〟に襲われでもしなければ、深夜には会える。あんがい手掛かりをつかんでくるかもしれない。山梨のどこっていってた？　カジカ……ハシカ……ハジカノ？　たしかそう。きっとたいした人口じゃない。尾瀬なんて苗字、そういくつもないだろう。

日陰に入って手帳を出し、１０４で、山梨のハジカノの尾瀬さん、といって探させた。

「町名？　だからハジカノ。ないの？　じゃあハジカノ駅のある町。お願い、探して」

切羽詰まった声で頼んだ。こういうのは得意だ。

「同じ大和町に一軒だけお届けがございますね。尾瀬クニヒロさま」

「そこです、それ」

番号をメモすると、すぐその家に電話した。尾瀬でございます、と品のいい返答があった。

「こんにちは、あたし、鞠谷といいます。雛子の従妹なんですけど、そちらに雛子、うかがってますよね」

「ヒナコさん、でございますか」

「まだ行ってませんか、亡くなった郁央くんの、中学の同級生の」

「どういったご用件で――」

口調がごにょごにょと曖昧になり、途切れた。また余計な嘘をついてしまったかしら。

「あの、もしもし」

「郁央は、わたくしどもの甥でございますが」

「あ、ああ。ごめんなさい、てっきり彼のお母さんかと。そこに、雛子がうかがうと聞いてたもんですから」

「郁央の両親も亡くなっておりますが」

言葉を失った。目の前を爪楊枝をくわえたサラリーマンの一団が通った。全員が全員、謦を舐めまわすように眺めていった。通りすぎてからも、ふり返りながら歌手だモデルだと討議している。

「いつですか。ふたりとも？」

「先先週です。自動車で東京まで芝居見物に出かけた帰りに、トラックと衝突いたしまして、ふたりとも」

「ふたりとも？　ふたりとも？」

叫ぶようにきき返した。

「はい。ふたりとも、即死でございました」

予感には色がある。そう馨は思う。

出合いは黄色。再会は白。

獲得は緑。

別離は紫。

折り紙のような単色ではない、柔らかい輝きのグラデーションだ。ふと気がつくとその色が胸のなかに満ちていたり、目の前の人や物を包んで見えていたりする。

いま馨が得ている予感の色は、黒だ。墨汁のようにくろぐろとしたものが胸の底に流れて拡がっていく。

「もう少し詳しく。相手のトラックを運転してたのは」

「それが、わかりませんので」

「逃げた？」

「いえ警察のかたがおっしゃるには、だれも乗っていなかったと。ですからわたくしどもにも、どういうことなのかさっぱりとわかりませんで、ただもう気味がわるくて」

馨は無意識に後ずさった。周囲を警戒するかのように。

「いま、向こうの家には？」

「だれもおりません。空き家でございます」

雛子の電話からどのくらい経っただろう。四十分？　一時間？

向こうの家に着けば、すぐにそこが蛻《もぬけ》の殻《から》と気づくはず。その報告はまだない。頻繁に連絡を取りあおうという昨夜の口約束を真に受けて、山梨から電話してきたほど律儀な性格なのに。まだ着いてないいんだろうか。

それとも、だれか、だれもいないはずの空き家に。

死に絶えた家に。


なにか奇妙だったのだが、それがなんなのか判然としない。

「おまちしてましたのよ」

そういって郁央の母は雛子を迎えた。

突然の訪問者への言葉にしてはおかしいが、口癖がでてしまったのだと思った。

そんな些細なことではない。もっと決定的に奇妙な——。

「こちらへ。どうぞこちらへ」

雛子は靴を脱ぎ彼女に追従した。応接間に通された。

小ぶりな部屋で、壁には風景を描いた銅版画がいくつも飾ってある。郁央の祖父の作だろう。

適度に雑然としている。窓のレエスのカーテンごしに、庭木の緑とそのなかに泛《うか》んだ紅い花花が見える。どことして欠けることない幸福な家庭の、満ち足りた一室といった風情だ。いつ幼い子供たちが飛びこんできても不自然ではない。

硝子のテーブルを、どこから入りこんだのか七星てんとうが這っている。引っかかりがないのでもたもたと泳いでいるように見える。

お茶が運ばれてきた。

「郁央がいつもおせわになりまして。もうちょっとまっててくださいね。すぐにおりてくるとおもいますから」

雛子の記憶にある四年前の彼女とほとんど変わりない。真黒に見えるアマンド形の小さな眼が懐かしい。ただ髪には白いものが増している。それに痩せた。

郁央の両親とは事故後の病院が初対面で、その後も幾度とは顔を合わせていない。特別な思いを感じるのは、悲しい時間を共有した相手だからに違いない。

彼女の洋服の取りあわせが、なんとなくちぐはぐなのが気になった。

具体的にどこがどうと指摘するのは難しい。あえていうなら、なにもかもがちぐはぐだ。刺繡《ししゅう》入のブラウスに、巻きスカートに、ストッキング、簡素なアクセサリ。ただそれだけなのに、どこかしら異様だった。目の焦点の合わせどころがない。強引なコラージュのようだ。

玄関で得た奇妙な感覚を雛子は理解した。最愛の息子を失った瞬間、静かな狂気がこの母親の内部に忍びこんで、今日《こんにち》まで彼女を支配してきたのだろう。

彼女の時間は四年前で止まっている。きっと雛子のことも十四の少女に見えている。中学生の息子の、幼気《いたいけ》ない同級生。そのいとおしむような視線が雛子に違和感をおぼえさせたのだ。

母親は盆をテーブルにおろした。てんとう虫に気づいた。

「あらいやだ」

彼女は拇《おやゆび》を虫の背に当てると、それを丹念に圧しつぶした。

異臭が漂ってきた。雛子は沈黙を守った。

カップにお茶が注がれた。紅茶にしては濁っていた。

「それは」

「おいしいですよ」

雛子はカップを手にした。底に黒いものが漂っている。泥？

「色が、変わってますね」

「おいしいですよ。さあどうぞ」

雛子はほほえんだ。カップに唇をつけ、一口飲んだふりをしてまた受け皿にもどした。

まさに泥の匂いだった。

床を踏む音がしたので顔をあげた。廊下に郁央の父の姿が見えた。

雛子はほっとした思いで頬を緩め、しかし彼の脚の背後に空間の亀裂のような輝きを見つけ、ぎくりとしてまた神経を張った。草を刈る鎌だった。意識がふと、雑多な植物が生い茂っていた庭へと飛ぶ。

父親は部屋に入ってきた。妻にも雛子にも一瞥もくれない。

「そとに犬がいる」

独り言をいう。たぶん、独り言だ。

「しろい犬がいる。おそろしいよ」

右手に草刈り鎌をぶらさげ、ほかにも意味を成さない擬音のような言葉をつぶやきながら、ソファセットのまわりを廻る。

「もうすこしまってってくださいね。いまおりてきますからまってってくださいね」

なんら気づかぬようすで母親が雛子にほほえんだ。父親は長らく衣服をとり替えていないらしく、軌跡にひどいにおいを残して間もなく部屋を出ていった。

やがて母親も腰をあげて廊下に消えた。ふたりが哀れで、雛子は目頭を押さえてしばらく泣いた。

一時間以上、その部屋に放っておかれた。雛子は辛抱づよくなにかが起きるのを待っていた。迂闊《うかつ》に逃げだしたりして郁央の母の壊れた心を踏みつけにしたくなかったし、夫妻の面倒を見ているだれかが、いましも外出先から帰ってくるのではないかという期待もあった。

ときおり、ぱたぱたとだれか廊下を歩く音がする。そのたび、ようやく帰ってきてくれたと退出を一分延ばしにするのだが、待てどもけっきょくだれも入ってこない。郁央の母の跫音《あしおと》だったのかと肩を落とす。

部屋と廊下を隔てているのは、ドアではなく旅館めいた引き戸だ。母親から存在を忘れられてしまったのではないと思う。というのも、彼女がいい加減に閉めていったその隙間から、たびたび覗きこまれているような気配があるからだ。

息づかいや、ささやき声まで聞こえた気がして戸のそばに近づいてみるのだが、素早く身を隠してしまうのか人影は見あたらない。そうしているあいだに限って、しんとして物音ひとつない。

痺れがきれた。

雛子はバッグとカーディガンを長椅子に残して部屋を出た。

廊下で、方角を見失っている自分に気づいた。広くも長くもない廊下だが、右も左も見通せない。別の一室に入りこんでしまったようだ。片側の壁に小さな銅版画の入った額が等間隔に並べてある。こんな廊下だったかしら。雛子は首を傾げた。

ともかく一方へと進んだ。突きあたりで横を向くと階段があった。

母親は郁央が、おりてくる、といっていた。彼の部屋は二階なのだ。生前そのままに残されているに違いない。

好奇心にあらがえなかった。雛子は階段をあがった。踏板に足を乗せるたび、ぎ、ぎぎ、と軋《きし》みがあり、郁央の母が聞きつけて騒ぎだしはしないかと冷やひやした。

二階にあがると、そこはぐるりと階段を瞰おろせる小廻廊になっていた。一階とのつながりが少しおかしい気がした。なにかの都合でそういう設計になったのだろうと思った。

いくつか引き戸がならんでいた。どれが郁央の部屋かはなんとなく判った。頻繁に開けられている戸というのは見分けられるものだ。

頻繁に？

引き手に指をかける。音をたてないよう力を込めてゆっくり開く。最初、天井から吊りさげられた模型飛行機が目に入った。雛子は身を固くした。勉強机の前からこちらをふり返っている者がいたのだ。

普段着姿の郁央だった。闖入者《ちんにゅうしゃ》にびっくりして夢見がちな目をまるくした、痩せた小柄な十四の少年だった。

ハジカノに一番早く着く列車は？　と駅員に問うと、新宿から特急あずさに乗るようにいわれた。

タイミングよく、発車数分前のあずさをつかまえた。売店で缶ビールを買って乗りこんだ。

隣の席は、雛子をタヒチの絞り染めにしたような女だった。サマーセーターはヒロ・ヤマガタかラッセン風の青。反対色のスカート。そのどちらの色も入っていない多色プリントのスカーフ。立てた前髪を崩さないよう慎重にヘッドフォンをかけている。

CDプレイヤーの中身を入れ替えている。膝の上にCDのケースがある。ヴォーカリストの顔の大写し。タイトルは妖都。

ふん、と馨は鼻を鳴らして、ビールの飲み口を開けた。

同じ野暮ったいにしても鞠谷雛子には救いがある。羽化寸前の繭《まゆ》のような硬質の美がある。この女は、ただ安っぽい。もし〝死者〟に襲われかけてるのがこの女だったら、助けようという気にはならなかっただろう。

勢いづけのつもりのビールだったが、一缶空けたら急に眠気に襲われた。遊び疲れだ。

家族の夢をみた。

両親と兄と、四人で食事をしている。馨以外はみな会話をはずませている。

「——の奥さんがいうの。信濃屋《しなのや》で買ったほうがずっと安いわよって。でもそのためだけに銀座《ぎんざ》まで足を運ぶ気にはなれないわよね。ええ、なれませんとも。だからわたし、つい皮肉をいってしまったの——」

「——はダメだ。イタリア車にしたのは失敗だった。部品待ちで代車に乗ってる期間のほうが長いんだから。やっぱりドイツ車だよ。篠塚《しのづか》がBMW買ったんだ。石川《いしかわ》はずっとメルセデスだし、次はおれもドイツ車にするよ——」

「——号室の患者が妊娠したみたいなんだ。末期癌だと当人も知っててどういうつもりなんだろう。松島《まつしま》くんが担当なんだが、いやここだけの話、彼が父親なんじゃないかとぼくは睨んでる。慌てかたが尋常じゃなくてね——」

鶏肉を彩ったオレンジソースで、三人とも手や口をべたべたに汚している。父親の背後で水槽のアロワナがゆっくりと旋回して鱗《うろこ》の色を変える。

金色から朱色……また金色。

てんでんばらばらの会話を、三人はかたときも途切らせない。ラジカセを並べてべつべつの朗読テープを再生しているようだ。そのいずれもが馨の耳に明瞭に響いた。ときおり三人の言葉がぴったりと一致する。言葉は馨の頭に木霊《こだま》して、なかなか消え去ってくれない。

「——昨日の匂い——」

昨日の匂い、昨日の匂い、昨日の匂い、昨日の匂い、昨日の匂い……。

「――ファックスの字が消えて――」

ファックスの字が消えて、ファックスの字が消えて、ファックスの字が消えて……。

「――山猫――」

山猫、山猫、山猫、山猫、山猫、山猫、山猫、山猫、山猫、山猫、山猫……。

馨は三人に気づかれないよう、そっと席を離れる。

二階の自室に行き、古い毛布を引きずって階段をおりる。ドアの陰から食堂を覗きこむ。

だれもいない。

話し声も、料理もない。

笑いが込みあげる。高笑いになった。

あははははははははは、ほらねほらね、あたしは知ってたのよ。あんたたちがみんな死んでるってこと。屍体なのよ。あたしは屍体と暮らしてきたの。

動いているのは、水槽のアロワナだけだ。誠実に旋回を続ける獰猛な古代魚。

金色、朱色、金色……また朱色。

変化を眺めるうち、気分が暗転した。不安になった。毛布をつかんでいる自らの左手に視線を落とす。

するとそこに左手はなく、ただ黄色い毛布が凍りついた波のように優美なラインを描いて、握りこまれた形の鎌首を擡《もた》げているのだった。

足元や、腹や、胸や、肩のあるべき場所にも視線を動かしたが、なにもない。

自分で自分が見えない。怒りとも悲しみともつかぬ激情が、彼女のなかで渦巻く。

やがてそれは重金属のような絶望感に変わった。存在しない肉体を存在しない血流となって巡る。

泣きわめこうにも彼女にもはや涙がない。そもそも感情がない。

絶望が、いまや彼女を支配する唯一絶対のものだ。

彼女は毛布をとり落とした。

視界にもどってきた自らの手をつくづくと眺める。腐敗で鮮やかに変色して膨れあがり、ところどころ蟲喰いになった屍体の一部を。

食堂は相変わらず賑やかだ。家族の歓談が聞こえる。彼女は磁器のように無感情な笑い声をあげて室内に足を踏みだした。

途端に、落下。

――感と共に目が覚めた。

しばらくのあいだ瞬きもせず、前の座席の背もたれの織り柄を見つめていた。

隣席の女はもういなかった。腕時計に目をやると、乗車してから五十分近く経過していた。

さらに数分を同じ座席で過ごし、大月で列車を降りた。ここから各駅停車に乗り換えることになる。とんだ長道中だ。

日が傾いている。プラットフォームから駅前のロータリー周辺が見渡せた。大時計と棕櫚《しゅろ》の木。パチンコ店。大手スーパーの駐車場の看板。古ぼけた喫茶店。うんざりするほど典型的な地方都市の駅前風景。

ロータリーの隅に異様な輝きを放つ物体がある。馨ははっとして歩みを止めた。大型のバイクだ。ハーレー？　なんだか化け物じみている。

飾りたてた車体に黒革のスーツを着こんだライダーがもたれて、紙巻莨を吸いながらちょうどこちらを眺めているところだった。ねえ、と馨は大声をあげた。

「あなた。ライダー」

男は長髪を揺らして自分の胸を叩く仕草をした。

「そう、あなた。お願い、乗せてって。大和町まで」

男はこちらを見つめている。値踏みをしているのだ。馨の容姿はもちろんのこと、それなりの見返りを期待できる相手かどうかも。

男のなかで、なにかとなにかの折り合いがついたようだ。彼は叫び返してきた。

「ヘルメットがない」

意外と若若しさのない、話し疲れたような塩辛声だった。

「なんとかなるでしょう?」

男は紙巻莨を唇に運び、大きく煙を吐いた。

大きく腕を振って、下りてこい、と合図した。


「嚇《おど》かしてごめん」

雛子が最初に彼に対して発した言葉だ。自分でおかしくなった。驚かすのは幽霊の特権なのに。

机の前から彼女を見つめている郁央は、あきらかに生身ではなく、かといって屍体でもない。人体や机や畳や窓にかかったカーテンや模型飛行機といった、質量のある物体とは、まったく異質の輝きを発している。動きもない。

雛子が踏みこんだ瞬間と較べると表情が和らいでいるが、いったいいつの間に彼が顔つきを変えたのか、雛子には認識できなかった。精巧な連続ホログラムのように、気がつくと、すでに微妙な変化を遂げている。だからといってじっと観察していても、ボタンダウンシャツの少年は、写真のなかの人物よろしく空間に定着したきりなのだった。

「しばらく、ここにいていい?」

雛子は少年にたずねた。彼を見つめ、その軀が発する蛍《ほたる》のような輝きに陶然となり、やがてはっとわれに返ると、たしかに彼は微妙にうなずいたように思えた。

雛子は膝を折り、畳に正座した。恐怖感はなかった。四年ぶりに見た尾瀬郁央の姿は、彼女がこの四年間に思い描いてきた彼のどの姿より美しく、近寄りがたかった。

ため息が洩れた。わたしは、この人が好きだ。十四の少女に還って彼女は想った。

尾瀬くん、わたしは、尾瀬くんが、大好きです。自然と涙があふれ、頬をつたってスカートに落ちた。

「尾瀬くん、会いたかった」

少年もほほえんだかに見えた。

……尾瀬くんのお母さんは、狂ってるけど、狂ってない。

外の世界に較べたら、彼を殺してしまった世界に較べたら、少しも狂っていない。もしわたしが母親だったら、迷わず彼女と同じ道を選ぶだろう。自分の時間を止めるだろう。

窓を照らしていた砂色の光が退き、黄昏が訪れて、黒っぽくざらついた空気で部屋を満たす。

雛子は手の甲で涙を拭った。郁央が、なにかいいたげにかぶりを振ったように見えたのだが、彼の姿はすでに薄闇に溶けだしそうに儚《はかな》い。

「なに、尾瀬くん、どうしたの」

雛子がたずねるが早いか、彼の姿は掻き消えてしまった。

椅子と机がそこにある。少年はその残像すらない。

あっけない幕切れに雛子は茫然自失となった。消失の瞬間、少年の唇はなにか言葉を発しているようだった。そこに声はなく、唇を読むことも雛子には叶わなかった。

「尾瀬くん」

彼女は絞りだした。正真正銘これが最後なのだと思うと、胸が締めつけられた。

しばらく部屋で涙をこぼしてから、ふり切るように立ちあがって引き戸に手をかけた。

刹那、閃光が顔めがけて飛びこんできた。

「きゃっ」

とっさに手で顔を庇い、身をのけぞらせた。

右手に火薬が爆《は》ぜたような熱い衝撃が走った。軀を突き抜けたショックで彼女は後方に弾け飛んで尻餅をついた。

「あ……あ、あ、ああ、あああああ」

戸の隙間に郁央の父親が顔を覗かせた。雛子の血で魚の背のような青光りを鈍らせた草刈り鎌と一緒に。相手の表情を観察するような余裕は雛子にはまだない。どくどくと惜しげもなく血を吐く自分の右手と、畳に転がったその一部だったものとを、信じられない思いで見つめるばかりだった。

小指と薬指。

4

魔法のようにヘルメットがふたつに増えたのにはもちろん理由があり、荏崎能久《えざきよしひさ》は漫然と駅前で時間を潰していたのではなく都留からやって来る四十四歳の人妻を待っていたのだが、都留市在住の四十四歳の人妻で三条《さんじょう》れなという名前で白いパイピングの施されたデニムジャケットを着てくるということ以外に待ち人に関する知識はなく、どう考えてもその名前は嘘くさいし、そもそも本当に姿を現すという確証もなかった。テレフォンクラブの息苦しい個室で受話器ごしに言葉を交わしただけの相手である。

「レナ？　どういう字を書くの」

能久がたずねると、四十四歳というわりに甘ったれた口調で、

「ひらが、な」

とこたえた。単に字を思いつかなかったのだろうと能久は思った。

二十代までの彼が四十四歳の女と聞いたらシーラカンスか始祖鳥を思い泛《うか》べたに違いないが、三十七のいまでは立派に恋愛の対象として意識できる、ということは七十代になっ

たら八十代の女に女を感じるのだろうかとバス乗り場の行列などを眺めつつ想像してみたが、その年齢の自分に感情移入する前に、いやどうせ長生きをする気なんかないし、と思考を中断した。思考を中途半端に放棄する癖が彼にはあって、大抵の場合、どうせ長生きする気はないというのがその格好の理由となる。

三十七というと予定よりだいぶ長生きしたことになる。それでも四十まで生きることはないだろうと思っている。だいいちそれ以上はかっこわるい。女の四十代は柔らかいし白粉《おしろい》っぽくていい感じだが男の四十代はダメだ。禿《は》げて腹が出て鼻毛が伸びて息がくさい。おれはそんな醜態は晒《さら》さない。太く短く、ワイルドに生きるのだ。

ヴィデオレンタル店の従業員である彼の収入でハーレーダヴィッドソンのローンを払い維持していくのは至難の業で、彼自身なぜ生活に破綻《はたん》を来さないのか不思議がっているような有様だが、街で配られたポケットティッシュの電話番号に反応してきた有閑主婦への絶大なる効力を思うだけでもハーレー抜きの自分にもどるのはもはや恐怖だった。

ハーレーに乗せてあげるよ、という彼の殺し文句に劇的に反応するのは概《おおむ》ね四十代の女で即ちイージーライダーの世代だ。若い女だとなかなかそうはいかない。車じゃないのと文句をいったりする。

プラットフォームを歩いていた少女を、能久は最初少年だと思っていた。

彼自身、若いころからその長髪をして男なんだか女だかと文句をいわれ続けてきた。しかし最近の若い連中は違った意味で男女の別がない。

能久の世代とは違う。彼の世代は、いうなれば、だれもが、両性具有を目指していたと思うのだ。男性的な色気と女性的な冷たさを同時に漂わせることが、最高にかっこよかった。

いまの若者はそうではない。両性ではなく、無性だ。

能久たちが艶やかな南国の鳥になりたがっていたとすれば、彼らは爬虫類だ。昆虫かもしれない。メタリックでメカニカルだ。

声で少女が少女であることがわかった。からかいかもしれないのでヘルメットがないと拒絶してみたが、少女は本気のようだった。

能久は慌ててロータリー脇の喫茶カトレアに飛びこんだ。その五十代の店主は、あまりに頻繁に顔を合わせるもので無視できなくなりやがて意気投合したテレクラ仲間であり、能久は彼の店に置き傘ならぬ置きヘルメットをさせてもらっている。来るかどうかわからない相手用のヘルメットをシートに縛りつけて走るというのは、なにかいじましくてハーレーに似つかわしくない。

少女はオートバイの傍らで待っていた。遠目にはわからなかったがぎょっとするほどの美貌だった。

能久は少年のようにはにかんだ。顔をまっすぐ見られなかった。

「大和町のどこへ」

するど少女はちぎった手帳の頁を突きだして、

「この家まで二百キロで飛ばして」

能久の地元だった。

「十五分で行けるよ」

「五分で行って」

少女はバッグをたすき掛けにした。横柄な態度にむっときたが黙ってヘルメットを手渡した。少女は当然のようにそれを被った。

それでもハーレーに跨りゴーグルをおろしタンデムシートに少女が軀をすべりこませてくると、能久の気分は高揚した。アスファルトを殴るようなエンジン音の向こうにステッペンウルフのオルガンが聞こえた。

るるるるるるるるとノイズに合わせて舌を鳴らす。壮麗な鋼鉄の生き物がひとつ眼をぎらぎらと輝かせて助走を始める。少女の華奢《きやしや》な腕がライディングスーツのウエストをぎゅっと引き絞った。

大胆な近道を選んだ。丘陵地を迂回する旧国道を途中から脇に逸れ、砂利敷きの坂道を登り、くだって、杉林を突っきるルートだ。

林の途中までは万事快調だった。外燈ひとつない細道を、一気に登りきったまでは。

……猫を撥《は》ねた。

狸《たぬき》かもしれない。

突然ライトの前に飛びだしてきて、金色の眼で能久を見返した。

よほど無理をすれば避けられたかもしれないが、能久は直進を選んだ。ようやくくだりに差しかかって、時速を百二十キロにまであげた矢先だった。

予想以上の衝撃がハーレーの巨体を突き抜け、ハンドルを取られかけた。獣の軀は視界の左側に弾けた。

少女の手が能久の横腹を強く叩く。顔を出して見ていたようだ。

とめて、とめて、と叫んでいる。

アクセルをもどした。オートバイが停止しきる前に少女はシートから跳びおりた。

能久は慌ててエンジンを切り、オートバイから離れて彼女に近づいた。

「猫？　いまの猫？」

目を細めて、見当違いな方向をきょろきょろと探している。

昼間でも暗い小道の、ましてや日没後だ。夜の都会で目を閉じたほうがまだ明るい。

「狸かも」

「なんてことするのよ」

「飛びだしてきた。仕方なかった」

「照らして」

「もうずっと後ろだよ」

「いいから道を照らして」

「どうする」

「埋めるわ」

「急いでるんだろう」

「すぐ済ますから」

「自然死してもどうせ野ざらしだよ」

「埋めたいから埋めるの。あたしが。いつもそうするの」

身勝手な餓鬼だ。沸沸と怒りが込みあげてきた。

乗せろというから乗せてやった。急げというからこの道を飛ばした。今度は停めろの道を照らせだ。

これだから餓鬼は嫌いだ。三条れなならこんなこと絶対いわない。四十代の女は柔らかくて白粉っぽくて同情心に満ちてる。

おいこの糞餓鬼、三条れなをおれに返せ。返せよ。

風が向きを変え、少女の体臭を鼻腔に運んだ。悪心が頭をもたげた。

薄闇に青い輝きを放つ美少女の項《うなじ》に、能久は目を凝らした。

おれは犬じゃない。牛や馬じゃない。こいつの顔色を窺いながら命令に従う必要なんてないんだ。後で送り届けてやればいい。親類の家かなにかだろう。後で連れてってやる。その前に、ひっぱたいて藪《やぶ》に引きずりこむ。覚悟しろ。唇を塞《ふさ》ぐ。力の差を見せつけてやる。脱がせてしまえば勝ちだ。抵抗を諦めればその瞬間に和姦成立だ。だれも異は唱えないさ。だって誘ったのはおまえなんだから。乗せろといったのはおまえなんだから。おれは誘惑されたんだ。

能久の内心を読んだように少女がきっとこちらを見据える。

「なにやってんの。さっさと単車を動かして」

蔑《さげす》むような口調が頭のなかの引鉄《ひきがね》をひいた。

ひいいいいという悲鳴に似た雄叫びをあげて能久は少女に躍りかかった。少女が身を護ろうとして腰を落としたので、腕にヘルメットだけが残った。顎のストラップを留めていなかったのだ。能久はさらに激昂した。ヘルメットの縁をつかむと、投げつけるように、身構えている少女の、耳のあたりを、力いっぱい殴打した。

衝動的な暴力で手加減がなかった。少女の細い軀は砂利道の外の叢《くさむら》に弾けとんで、ばたばたばたという羽ばたきに似た音と共に、針葉樹の間にすべり落ちていった。

静寂。

肩で息をしながら、能久は闇を見つめた。死んだだろうか？　死んでしまったろうか？

叢に踏みこんだ。予想以上の急斜面だった。慎重に下りていたつもりがすぐ足をとられて尻餅をつき、一気に何メートルも転がり落ちた。

転落の途中、折れて尖った倒木の枝がライディングスーツごと彼の腿を裂いた。最後は立木に顔面からぶつかった。ヘルメットとゴーグルで口元までは護りようがなく上唇の内側を歯でざっくりと切ったうえ、口のなかになにか堅い物が入っているので手袋の上に出してみたらそれは犬歯の手前に入れていた差し歯だった。

歯をポケットにしまい口腔内に溜まった血液を唾液と一緒に吐きだした。少し離れた場所に少女が俯《うつぶ》せに倒れていた。

近づいて軀をひっくり返してみた。少女は銃殺屍体のように顔を血で汚し、薄く白目を剝いていた。血は鼻血のようだ。胸がかすかに上下している。頭の、殴りつけたあたりに触れてみると、骨がないかのようなくにゅっという感触がした。

驚いて手を離し少女から目を背けた。脚の傷がずきずきと痛い。痛みは胃の腑の底に達して嘔吐感を呼んだ。差し歯をおさめたポケットからセブンスターを出し、反対のポケットからジッポを出して火をつけた。

歯を失った隙間から煙を吸いこみながら、彼は善後策を練った。

駅前で大勢に見られてる。おれがこの子を乗せたことは百人が証言できる。

それにこの子は急いでた。ということは気儘《きまま》な一人旅でも家出娘でもない。冷静な推理だ。この子が姿を見せないと早ければ今夜にも捜索が始まる。放って逃げるのも、殺すのもまずい。

事故という言い訳は可能だろうか。

頭を打ってる。こっちが言い張れば、殴られたのは夢だと思わないだろうか。あの猫だか狸だかを避けようとした弾みで、この子はシートからふり飛ばされて林に転がり落ちて……いいぞ、この線で行けそうだ。狸の屍骸もどこかにある。

助けようとしておれは林に飛びこんだ。そして名誉の負傷。この子の有様を見て慌てて……警察はダメだ。検証が早いと嘘がばれやすい。病院もだ。すぐに通報される。

ふと俯いて彼は足元の紙切れに気づいた。少女から渡された手帳の頁だった。紙巻莨を出したときに落ちたのだろう。

そうか、動顚したおれはまずここに報せに行くんだ。運が良ければ警察沙汰にはされない。親戚の娘の我儘に応じた善良な男だ。この作戦はいける。あとは演技次第。度胸だ。この餓鬼が後でなんといおうが白《しら》を切って、涙を見せて抗議してやる。裁判に持ちこんでもいい。一年か二年保たせればじゅうぶんだ。どうせ長生きするおれじゃない。

短くなった紙巻莨を棄てようとして思い直し、手袋のなかで揉み消してポケットに入れた。

草をつかんで砂利道に這いあがった。少女を殴打したヘルメットを拾いあげると、彼女のいるあたりに投げこんだ。

なんだここか、と思った。

子供のころよくここいらで遊んだ。煉瓦色のタイルが記憶に残ってる。あのころはぽつんとこの家きりだった。あかりのついた窓が見あたらないのが気になったが、ともかくゴーグルをあげて庭に踏みこんだ。

「すみません、だれか。どなたか」

大声をあげてドアに取りつく。真鍮《しんちゅう》のノッカーを叩く。しばらく待った。だれも出てこない。

「留守じゃ困るんだよ。出てこい畜生」

能久は小声で悪態をついた。ノブを廻してみた。鍵はかかっていなかった。

「あのう、ごめんください」

なかを覗きこんだが、真暗で人がいる感じがしない。少女の到着を待ちわびていると思ったのは、とんだ考え違いだったかもしれない。

儘《まま》ならない。苛立ちが募《つの》る。

いっそのことあの餓鬼は殺して埋めて、この家にも火をつけて、なにもかも無くしてやろうか。灰にしてやろうか。

「だれかいねえのかよ、おい」

土足であがって廊下を歩いた。あんまり暗いので、ライターを点して頭の高さに掲げてみた。ちらちらと瞬くオレンジ色の焔《ほのお》が闇を周辺に追いやった。

……気が抜けた。

空っぽなのだ。

廊下とはいえ人が暮らしていれば物のひとつやふたつ置かれているものなのに、ましてやこれほどの家なのに、なにもない。

彼が通ったあとに、脚の傷からこぼれた血液が点点と輝いているだけだ。

壁には額縁をとり去ったような跡がいくつもある。電話を撤去した痕跡もある。廃屋と呼ぶには少少小綺麗だが、最近にせよ見棄てられた家には違いない。

引き戸のひとつを開け、なかを照らしてみた。

絨毯《じゅうたん》もない小部屋に古ぼけたソファセットとテーブルがとり残されている。テーブルに嵌《は》まった硝子には大きなひびが入っている。カーテンを外された窓に、ライターの火に炙《あぶ》りだされた能久自身の姿が亡霊のように映っている。

ソファにニットの洋服とバッグが無造作に置かれている。そのふたつだけが部屋のなかで精彩を感じさせる。引越しのときにでもだれかが忘れていったのだろう。

女の悲鳴が聞こえた。間近ではないが、痙攣したような生生しい声だった。能久は飛びあがった。

「うわ。おいよう」

どこだ。二階か？　ジッポを捧げたまま廊下を進んだ。真鍮《しんちゅう》のケースが手袋ごしに熱い。

突き当たりを折れると、階段があった。

ばたばたと駆けまわるような音が聞こえた。助けて、という女の声もあった。能久は立《た》ち竦《すく》んだ。

階段を女が転がり落ちてきた。最初なんだかわからず、自分に襲いかかってきたようにも見えて、心臓がひっくり返った。

女は床に放りだされたまま動かない。全身をどす黒く汚している。血塗れなのだった。

「なんて、こりゃいったい」

混乱する能久の背後で、低い獣の唸りがあがった。

「オアジイデアイアド……」

猫科の大型動物のような声だったが、おまちしてましたのよ、という人間の女の口調にも聞こえ、それがますます彼を怯えさせた。

ふり返った。声の主を焰で照らした。

獣ではなかった。屍体だ。人間の、女の。

屍体と即座に認識できたのは、彼女に顔が半分しかなかったからだ。柔らかな果実をスプーンで刳《く》り抜《ぬ》いたように、頭蓋の右半分から頸、そして肩の上部にかけて、すっぽりと欠落している。

断面の感じは部位によってさまざまだが、概ね白っぽく、焔を反射しててらてらと輝いている。血の気はない。肩を失い腋の肉や筋だけで胴体とつながった右腕が、妙に長ったらしい。

洋服は身につけているものの、無茶苦茶に裂けているうえ血だか油だかにべったりと染まり皮膚に貼りついていて原形がわからない。

奇跡的に無傷の姿を晒している両の乳房のすぐ下に、肋骨片が皮膚と衣服を突き破って顔を出していた。腹はぺちゃんこに潰れているようだ。脚の間に垂れさがっている尻尾のようなものは腸管だろう。

「オアジイデ……」

それはたしかに屍体の声だった。唇が動いている。

能久は大声をあげて後ずさろうとしたが、そのどちらも出来なかった。脚を動かそうとした途端に後ろざまに倒れて腰と背中を強打した。

「なななんなんだよもう」

途中で泣き声になった。ライターを屍体に向かって投げつけたが、厚みのない腹部にぶつかって床に落ち、がたと小さな音をたてたに過ぎなかった。

いつか、きっと、変なものを見るよ。子供の時分、母親がよくいったものだ。お店に来た女の占い師がわたしをつかまえていったんだ。あんたのお腹に子供がいる。わたしはまだおまえに気づいていなかった。占い師はいった。珍しい星廻りの子だ。霊感があるよ。いつか、きっと、変なものを見るよ。

だけどこんなの初めてだ。なんでおれなんだよなんでおれがこんな化物に遭うんだよ。まだなにをされたわけでもないが、彼は死を予感した。これも霊感か。恐怖に涙がでた。自らの嗚咽が邪魔して階段を下りてきた者に気づかなかった。顔の横をなにかが掠めた。腕の付け根に熱いものが生じた。全身に痙攣が走った。

「きえ」

咽の奥から勝手に声が洩れた。視線を横に向けると、大きな三日月に似た刃物が肩の下にふかぶかと喰いこんでいた。張りつめていた糸が切れて全身の筋肉が弛緩し、能久はライディングスーツのなかに尿失禁した。

なにがどうなっているのかさっぱりわからない。確実なのは死が目前に迫ってきたということだけだ。

ぽっと辺りが明るくなった。さっき彼が投げつけたジッポの焔が、女の屍体が引きずっている衣服に燃え移ったのだった。

「ひひ……ひひひひゃ、ひゃ、ひひゃ、ひゃ」

生存への意欲を失ったとろんとした眼で、彼は背後を見あげた。刃物の柄を握りしめた腕の先には、乾いてこびりついた体液でだんだら模様になった男の顔の下半分があった。眼から上はない。潰れて巨大な穴凹になっている。

彼は笑い声を高くした。


星を数えた。

十個まで数えてみた。

ちゃんと数えられたので、今度は二十まで数えた。

数えられた。

頸筋を蟻が這っている。手でぴしゃりと叩き落とした。

軀を起こしたら頭の左側に激痛が走った。触ると割ったグレープフルーツを貼りつけたくらいの腫れになっていた。瘤《こぶ》にしては柔らかかった。打撃が大きすぎてまだ瘤すら形成されていないという感じだった。

大丈夫、記憶は確かだ。全部憶えてる。あの野郎。

口のまわりの皮膚がぱりぱりする。撫でると指に赤黒い結晶がついてきた。乾いた血のようだ。

「鼻血？　ああもう恥ずかしい」

馨は立ちあがり、頭を振った。

軀のあちこちがひりひりと痛い。衣服を検《あらた》めたがブラウスが少し裂けている程度だった。いずれも転落したときのものだろう。バッグもそのまま肩に提がっていた。

彼女は方角を見定めると、身軽に斜面を登って砂利道に出た。

いったんオートバイの進路どおりに歩きはじめたが、すぐに思い直して道を引き返した。くだりに差しかかると自然と歩みが速まった。

やがて走りはじめた。


頭の潰れた男がゆっくりと鎌を捻《ひね》ったので、能久の肩の肉は内側から剔《えぐ》れ骨が削れ、どくどくどくどくと面白いほど血が迸《ほとばし》って彼のライディングスーツを温めた。彼はすっかり愉快になった。

「痛えよ痛えよああああやめてくれよお」

足をじたばたさせながら文句をいったが、実のところ激痛が思考も聴覚も麻痺させていて自分の声もろくに聞こえず、ただ顔面をひっきりなしに流れ落ちる脂汗と、どこからか流れてくる荘厳な音楽にばかり意識が向いていた。

美しい曲だった。メロディもリズムもない美しい曲だった。

鎌が抜かれた。軀が自由になったので能久は自分の体液でぬるぬるになった床をブーッで蹴って壁に背中を寄せた。一息ついた。これでゆっくり死ねる。

女の屍体はすでに全身炎上して、高温のためかそれとも楽しいのかゆらゆらと軀をくねらせている。肉が焦げているわりににおいは感じられない。能久が感じないだけかもしれない。

とどめの一撃を期待して、能久は頭のない男を見あげた。ところが男は男でなにやら苦しみはじめている様子だった。見当違いの方向に鎌を振りまわしている。

挙句、とり落とした。鎌は床に突き刺さった。

何箇所も折れて捻じ曲がってどこが本来の関節かわからず、立っているだけでも不思議な感じのする男の両脚が、ダンスステップよろしく前後左右によたついている。漫画だ。

能久は笑った。笑いの途中から息の代わりに肺に浸透した血液が口や鼻腔にぶくぶくと溢れた。

男の屍体が天を仰いで大きく口を開いた。ばちばちっと厚いゴムがはち切れたような音をたてて、喉が急速に膨張した。

口のなかからぬるっと手の先が出てきた。フルサイズの大人の手である。

よくそんなもの呑みこんでたなあ。能久は霞《かすみ》のかかった視界を細めた。蛇のようなやつだ。

男の喉がさらに音をたてて膨れ、指の数が倍になった。拡張しきった唇の輪から十本の触手が露出して蠢《うごめ》いている。

——まだほんの前触れだった。十本の指は唇の周囲を這いまわり、やがて位置を定めた。半分は上顎に、残りは下顎に密着した。

すでに構造的な限界まで拡がっているはずの口腔が、さらに数段、暗い空間を大きくした。ふたつの手によって強引に押し拡げられているのだ。

頬の肉はとうに裂けはじめている。喉から胸にかけて猛烈な伸縮運動を繰り返している。いましも破裂しそうだ。

元より半壊していた男の頭部を頭部として認識するのはもはや不可能で、どう見てもそれは、なにかを産みだそうと蠕動《ぜんどう》している巨大な内臓器官だった。

口から、黒い塊が覗いた。

大きな球形のものだ。

男の顔を引き裂いて、それが生まれる……生まれた。

女の頭部。

べったりとした長い髪に包まれていて前後すらわからないが、それは女の頭の形をしていた。

続いて頸部が、肩が……まさしく蛇の脱皮だ。いまや単なる肉の筒と化した男を潜って、女の軀が外界に這いだしてくる。胃であれどこであれ男の体内に彼女が潜んでいられたはずはなく、無からいきなり生じたのでなければ、男の内部がどこか別の空間に通じているとでも考えるほかない。

男の皮を腰まで脱ぎおろすと、女はするり、身軽に下半身をすべりださせて能久の前に立った。生まれたてのくせに着衣だった。軍服か僧衣のような丈長な上衣。踵の高いブーツを履いている。

火のついた屍体はいつの間にかどこかに行ってしまった。にもかかわらず能久の目に情景がつまびらかなのは、焔がすでに床の一部や壁紙を舐めはじめているからだ。火焔のちらつきと漂う白煙がサイレントフィルムのような光景を織りなしている。

驚いたことに女のあとさらに屍体の筒から出てきたものがあった。犬だ。全身真黒なボルゾイ犬である。

黒いボルゾイなど写真でも絵でも見たことがないが、巻き毛に被われた羚羊《れいよう》の軀に鰐《わに》の口吻《こうふん》を備えた犬を他に知らない。犬は細い軀をぶるぶると震わせ、周囲を素早く嗅ぎ歩くと、得心したように軍服の女の傍らに坐った。

犬を吐きだした男の屍体は、役目を終えたかのようにどさりと崩れ落ちて手足を含んだ肉と内臓の山と化した。

そしてしゅわしゅわと音をたてて揮発を始めた。

霧になって空間に溶けていく。軍服の女も、出現したときは全身ぬめりに被われててらてらと輝いていたのだが、いまは乾いた髪を揺らしている。彼女は靴音を響かせて階段から落ちてきた女の傍らに進んだ。跪《ひざまず》いて女の髪を撫でる。

再び立ちあがり、消失していく屍体を見おろして、ほくそ笑んだ。

「こんな田舎までよく辿り着いたね。出来損ないにしてもみあげた執念だ」

男のような低い声だった。能久もつられてへへへへと卑屈な笑みを泛べた。

あんた死神か、と唇を動かしたが声にならなかった。女がふり向いた。

「そのようなものだ」

じゃあ早く殺してくれ。

「わたしに殺されると苦しいよ」

かまわん。

「後悔するよ」

死んでから後悔もないだろう。

「そうかな」

女が近づいてきた。

近くの床が爆ぜて炎が大きくあがり、その顔をかっと明るく照らした。霞んだ能久の目にもはっきりと眺められた。

あんた、おれ、知ってる。自殺したロックシンガーだ。

チェシャは微笑んだ。鮮血を溢れさせている肩の傷に、容赦なく細い指を差し入れてきた。うおおおお痛え。能久は声なき叫びをあげた。また大量の血を吐いて咳きこんだ。

なぜそんなことが出来るのか、チェシャの冷たい指は能久の肉に潜って、軀の奥へ奥へと侵攻してきた。肘までたっぷりと入りこんで、肺を掻き混ぜ、気管を捻り、心臓を摑んでこねくりまわす。もはや痛みも感じるまいと高を括っていた能久だが、とんだ計算違いだった。生まれたての皮膚を引き裂かれるような鮮烈な激痛が次次と体内に生じる。

やめてくれ、助けてくれ、と涙を流して懇願しながら彼は絶命した。

くるしい

われら常世《とこよ》の者。

死より出で、永久《とわ》に存《なが》える。

くるしい

「だからいっただろう。われらが眷属《けんぞく》たる器ではなかったのだ。おまえは弱すぎたのさ」

チェシャの唇から赤い舌が覗く。楽しんでいる。

「やり場のない怨念を抱えて常世をさまようか。それとも消えて無くなるか」

チェシャは問いかけたが、もはや能久に言語を解する知性は残されていない。

いまの彼はいわば冬虫夏草《とうちゅうかそう》の子実体《しじったい》である。自らの屍《かばね》から発芽して生育する菌のようなものだ。

典型的な離脱の失敗だった。彼は母体に多くを残しすぎた。

あるのは苦悶のみ。

地獄の業火に焼かれる、無限の苦しみ。

身悶える生まれたての〝死者〟の内面に感応して、チェシャはしばし恍惚とした。

やがて遊びに飽きると、

「慈悲だ」

と顔を近づけ、未だ光を得られずにいる彼の眼球に息を吹きかけた。

息のかかったところから順に彼は揮発した。

空気に溶けてゆく快感。

——そして屍骸が残った。


最初、雷鳴かと思った。

運転手も同じことを思ったのだろう。

「うひゃあ」

とうんざりしたような声をあげて、ルームミラーごしに馨の顔を見た。

旧国道に出て間もなくタクシーをつかまえられたのは幸運だった。

喧嘩？　男？　あんた親を泣かすようなことしちゃいけない。おれにも娘がいるけどね。もう嫁に行っちまったけどね……と初老の運転手は口うるさかったが、顔を拭くためのタオルを貸してくれたり、彼女が疎覚《うろおぼ》えだった住所から正確なところを推察してくれたりと親切な人物だった。

轟《とどろ》きは収まらない。次第に大きくなる。

「ハーレーだ」

馨が気づいて声にだした。

「オートバイ？　ものすごい音だね。ああ近づいてくる」

あの男だろうか。馨は車窓に張りついた。

銀色のグロテスクな塊がヘッドライトのあかりのなかに現れた。そして消え去った。すれ違う瞬間、馨は運転者の姿を網膜に焼きつけた。頭にはなにもつけず、青みがかった軍服のような長髪を靡《なび》かせていたがあの男ではなかった。笑い声が聞こえた気がした。

別のなにかがそのすぐ後を追いかけていた。真黒いなにかだ。姿かたちは認識できなかった。

タクシーが急に速度を緩めた。

「お客さん、ねえお客さん」

運転手が呼びかけてきた。鏡のなかで目をしょぼしょぼさせている。

「いまの見たかい。だれも乗ってなかった」

馨は眉をひそめた。

――サイレン。サイレンの渦。

タクシーは埃っぽい登り坂に入ったが、やがて目の前に現れた消防隊員に進行を阻まれた。その向こうには消防車が列をなして景色を赤く染めている。

馨は金を払って車を降りた。外気は煙っていた。

野次馬に混じって現場に近づいた。消防車ごしに高高と舞いあがる火の粉が見える。救急車に担架《たんか》が運びこまれようとしていた。人を掻き分けてその近くに進んだ。

雛子だ。血にまみれている。

「ちょっと。邪魔をしないで」

別の救急隊員に肩をつかまれた。

「友達なの。生きてる？」

「命は心配ない」

「いったいなにが。どうなってるの」

「わからない。燃えた家は空家だ。この子は庭先に倒れてた」

馨は救急車に同乗した。


大和町内の救急病院に運びこまれた鞠谷雛子は、右手の指の縫合《ほうごう》手術中に意識を回復した。切り落とされた二本の指は、彼女自身がその左手に固く握りしめていた。

切断面が鮮やかだったおかげで時間経過があったわりに指は難なくつながり、翌日には血液が循環しはじめて温かみをとりもどした。しかし動くようになるかどうかは別問題で、骨の接合を待った後、長期間経過を眺めなくてはなんともいえない。

気を失っていたのは頭部打撲による脳震盪《のうしんとう》が原因らしい。医師や訪ねてきた警察官に指を落とした理由を問われ、憶えてない、とかぶりを振るばかりだったことから頭部打撲に起因する記憶障害の可能性も検討され、念のため翌日脳波検査が行われたが異常は発見されなかった。

他の面ではごく健康で錯乱している様子もなかったため、検査後、退院を許可された。父親に付き添われギプスに被われた右手を胸に抱えて、彼女は同町日影の自宅に帰っていった。

周防馨も雛子の退院まで同病院に居残っていた。付き添うというより他に行き場がないので時間をつぶしているという感じだった。

看護婦のひとりが彼女の頭部にも打撲傷を発見したが、家が病院だからといって断固治療を拒否された。

故尾瀬康丞《やすたか》氏から実弟である邦尋《くにひろ》氏への相続手続き中だった家屋は全焼。焼け跡から男の焼死体が発見され、身体的特徴やつけていたヘルメットなどから、同じ町内に住むヴィデオレンタル店店員、荏崎能久、三十七歳であると断定された。

遺体のそばに巨大な草刈り鎌の刃が残っていた。それが鞠谷雛子の指を切断した兇器であろうと推測された。しかし彼女に対して兇行に及んだのが、また家屋に火を放ったのが荏崎能久であったかどうかの判断は保留となった。

奇怪なのは同深夜、東京都港区で一台のオートバイが引き起こした惨事である。

制限速度を百キロも超える無謀運転で六本木の街に飛びこんできたハーレーダヴィッド

ソンＦＸＳが、防衛庁近くの五階建ての立体駐車場にゲートを壊して侵入、最上階から路上に落下して、結果的に二十数名の死傷者を出す玉突衝突を引き起こした。

オートバイは死んだ荏崎能久の所有物だった。数数の目撃証言からも、何者かによって大和町の現場から東京まで遠乗りされたのは間違いない。ただ不気味なことに、無数にいた目撃者のだれひとりとして運転者の姿を、その服装さえも明言できなかった。

よく見えなかったという者が半分。あとの半分は自信なげな表情で、だれも乗っていなかったと語った。


一週間ほどして、大和小学校の児童のあいだに、火のついた幽霊、の噂が広まりはじめた。例の火事の焼け跡に夕刻になると全身炎に包まれた女が現れ、なにか探し求めるようにゆらゆらと歩きまわっているという。

真偽を確かめようと現場を訪れた子供らが、なにも現れなかったことを触れまわったり、また教師たちが女の焼死者はなかったのだと教室で繰り返したので、噂は夏休みまでに立ち消えた。

5

「しばらくこっちにいたらどうだ」

父親が助手席からふり返った。

タクシーは病院から雛子の実家に向かっている。

「だって、楡崎《にれさき》さんがいるでしょう?」

「いるわけない」

彼は厳とした口調で否定したが、雛子は信じなかった。

彼女の父はこの春、勤めていた地方銀行を定年退職した。

楡崎というのは、職場の部下だった女だ。父親より十五ほど下で、雛子の母が死ぬのを待ちかまえていたかのように家に顔をだすようになった。

「でも、学校もあるし」

彼女は別な理由を持ちだした。

いずれも言い訳に過ぎない。一刻も早くこの街を逃げだしたいというのが本音だった。

呪われている。たぶん、雛子自身が。

ふるさとに災厄をもたらしたくなければ、安易に帰ってくるべきではなかった。

「今日じゅうに帰る？」

隣りの馨が重たそうに頭を向けた。

雛子は父親を見た。うつむいて、ずいぶん老けて見えた。

「明日にする。明日の朝」

親離れしきれない姿を晒してしまったと思い、馨の視線にびくついた。しかし馨は仏頂面のまま、

「あたしもそうする。今晩泊めて」

雛子と父親は顔を見合わせた。

「ダメならひとりで帰るけど」

雛子はかぶりを振った。

「ううん、もちろん、歓迎。ぜひ泊まっていって」

父親の指示で、車は道なりに流れていた小さな川を渡り、左右の緑にすっぽりと頭上まで覆われた小道に入った。緑のトンネルだ。

「禅寺？　修道院？」

やがて現れた白い小さな家に対して馨が皮肉をいった。

玄関を開けると、ダリアが彼女らを待ちかまえていた。

その姿に馨は過剰に反応した。悲鳴をあげてまた外に飛びだそうとした。

「周防さん、犬苦手なの」

「咬まない？　吠えない？」

「声くらいは出すけど。もうダリア、ギプスに飛びつかないで」

「ダリア？　その犬がダリア？」

「仔犬のころは可愛くてそんな感じだったの。もうおばあちゃんだけど」

イングリッシュブルドッグだ。

額から背中にかけてが虎毛。あとは白。

「なんで家のなかで飼ってるの。なんで？」

「なんでって、最初にそうしちゃったから。可愛かったの。顔がピンクで本当に花みたいだったの」

馨をひとまず洋間に通し、ダリアを廊下に閉めだした。

ダリアは悲しんで、うぇーい、うぇーい、と声をあげた。

「わたし、ちょっと着替えて。周防さんのも持ってきましょうか、なにか適当な」

馨は雛子の服装をじろじろと検分して、

「シンプルなのにして」

「じゃあ柄物とか」

「極力避けて。下は大きめなジーンズかなにか」

「あまり、わたし、そういう周防さんみたいな、でも、きっとわたしのほうがサイズ大きいから、周防さんが穿いたら、でも、好みに合うかどうか」

「もうなんでもいいから」

雛子はずっとピアノから目を離している。病院のベッドで気持ちを割りきり、絶対に引きずるまいと決めたつもりだったが、鍵盤の感触を思いだすのは辛かった。馨は気づいていたようで、

「もう動かないって？　指」

彼女らしく単刀直入に訊いてきた。雛子はしばらく返答できなかった。しかし遠廻しに気づかわれるより、よほど気楽ではあった。

「まだなんともいえないけど、感覚がもどるかどうかもわからないそうだから、たぶん元のようには」

「ギターに転向したら。ピック持てるじゃん。あたし弾けるよ。Em《イーマイナー》だけ」

雛子は笑顔をつくった。自分が好きなのはあくまでもピアノであって、音楽そのものではないのだとそのとき強く感じた。

雛子の母は、雛子が高校一年の冬、けっきょく骨癌で死んだ。

葬儀のあいだも、そのあとも、雛子と父親は忙しかった。泣いている暇もあまりなかった。

寝てばかりいると思っていた母親だが、家庭内で果たしていた役割は大きかった。雛子の心身はたちまち疲弊した。胸にふと、クラシックピアノへの疑念が涌いた。

彼女は手を広げ、細長い十本の指を見た。この指はなんの指だろうと思った。母がいなくなっても、安穏とピアノを弾いていられる指だろうか。

自信がなかっただけかもしれない。雛子の音楽教育にもっとも熱心なのは母だった。

四十九日を過ぎても、アップライトピアノの蓋《ふた》には埃が積もっていた。鍵盤に触れない生活は、たしかに、ぽかんとした解放感に満ちていた——。

φ《ファイ》に誘われたのは過分な幸福だったと思う。φの音楽は好きだ。けっして商売にはならないだろうが、純真で心が洗われる。しょせん長くいられる場所ではなかった。

ローレライのオーディションに出かけた日の気持ちを反芻《はんすう》すると自分ながら辟易《へきえき》するのだ。この大学の学生はどの程度の音楽をやっているのだろうという高飛車な好奇心。腕前をひけらかしたいという気持ちも間違いなくあった。

「ちょっと訊いていい?」

ダリアの散歩についてきた馨が、雛子に訊いた。

彼女は怪訝そうにあたりの緑を見渡して、

「ここでどんな修行してたの？　熊や猪と戦ってたの？」

「熊は出ないわ。猪ももっと奥。鼬《いたち》は出る。鼬、見たことある？」

「フェレットなら」

「もっと綺麗よ。小鳥を襲うんだけど」

「買い物は？　たばこの自販機はどこ？」

「下の道をずっとくだったところに酒屋さんが一軒。そこまで行きましょうか」

目の前に張りだした小枝のひとつを、馨は手折《たお》ろうとした。

枝は強靭な薄緑色の芯を見せて抵抗した。

馨は手を離した。

「ずっとここに住んでたの？」

「家はだいぶ古いけどね、わたしが三歳のとき越してきたの。生まれたのは甲府」

「東京でネオン見てショック受けたんじゃない？」

雛子は笑おうとしたが、馨は真剣なふうだった。

「べつに。たまには行ってたから。わたし、新宿が好きなの。本当は新宿に住みたかった」

「汚い街」

「渋谷だって汚いとこは汚いでしょう、池袋も」

「新宿に綺麗な場所がある?」

「高層ビル群」

「住めないよ」

「大きく見えればどこでもよかった。でもそういう部屋が見つからなくて」

馨は啞然《あぜん》としている。

「変かしら」

「こだわりはだれにでもあるもんだけど」

「こだわりってほどじゃないの。小さいころの記憶が」

気がつくとダリアの姿が見当たらない。ふり返ると、ずっと後方で叢《くさむら》に顔を突っこんでいた。紐はつけていない。

ダリア、と雛子が呼ぶと、たたんたたんた、とシンコペートした足どりで近づいてきた。

彼女はまた馨に向かった。

「よく見あげてたのを憶えてる。母の膝の上から。どうしてあんな場所にいたのかしら。いつか訊こうと思いながら、けっきょく訊きそびれてしまった。たぶん一歳か二歳で、母もまだ若くて綺麗だった。わたし、母が四十ちかくなってからの子供なのね。でも、とても。どうせ東京に住むんだったら、その記憶につながる場所がいいなと思って」

酒屋からもうバス一区間ぶん歩いて、スーパーマーケットで馨の替えの下着と夕食の材料を買って帰った。ダリアはぐったりと満足げに玄関に横たわった。

馨とふたりで料理をつくるのは、妹ができたようで楽しかった。右手を使えない雛子の代わりに馨が包丁を握った。色白といわれることの多い雛子の肌が、馨と並ぶといくぶん浅黒く見えた。

包丁さばきは拙いが意外と労を厭わないタイプのようだった。つぎつぎに仕事を求めてくるのが小気味いい。ただくわえ紙巻莨《たばこ》には参った。

支度の最中に楡崎が訪れた。父親と連絡が行き違いでもしたのだろう。

雛子が玄関に出た。彼女は目をまるくして痩せた軀をドアの陰に隠した。

「こんにちは」

雛子がいうと、彼女はもごもごとつぶやきながら会釈した。

「——部長がひとりでご不自由じゃないかと思いまして」

手にスーパーの白い袋を提げている。

「今日はわたしと友達が。楡崎さんもごいっしょにいかがですか」

「いえわたしは——」

語尾がまたもごもごと不明瞭になった。視線は雛子のギプスに張りついている。

「怪我したんです。もうだいじょうぶです。父を呼びますか」

彼女はかぶりを振った。

「また」

逃げるように戸を閉めた。

雛子は楡崎を憎んでいない。好きでもないが嫌悪するほど大きな存在でもない。

ただ彼女が父のそばにいると、雛子の居場所がなくなるというだけのことだ。

楡崎は当初雛子の存在を甘く考えていたようだ。十代の小娘と思って迂闊にその前に姿を現したのだろう。

次第に雛子と母親の相似に気づきはじめた。ときおり亡霊でも見るような表情を泛べるようになり、やがてきっぱりと雛子を避けはじめた。

「お母さん?」

食事のとき、馨が鴨居の額を見あげて訊ねた。

「そう、遺影」

「どんな人?」

雛子は父を見た。

手酌でビールを飲みながらテレビの野球中継に見入っている。

野球に興味のある人間ではない。突然異質な空気を持ちこんできた娘の友人をどう扱えばいいかわからず、話しかけられないようにしているのだ。

「病気のデパートみたいな人。心臓が弱くて肝臓がわるくて喘息持ちだったんだけど、またべつの病気で死んだの。入院してるか、家ではいつも床に臥せていて、わたしは母親というのはそういうものだと思ってたから、友達の元気なお母さんを見るとびっくりしてた」

「新宿の病院にいた？」

「なぜ」

「高層ビル。病室から見てたのかと思って」

雛子は瞠目《どうもく》した。不思議とそう考えたことはなかった。

病院は甲府、高層ビルは新宿。微妙な時差が双方を隔てていると思いこんでいた。

「おとうさん、ねえおとうさん」

父親をふり返らせた。

「おかあさん、新宿の病院にいたことある？」

え、と彼はわれに返った顔で、

「どこの」

「新宿」

「ないない、そんな遠く」

軽く否定された。

「じゃあ、わたしとおかあさんとで東京に通ってたことってあるかしら、わたしが一歳か二歳のとき」

父は首を傾げた。

「憶えてるんだけど。よくふたりで新宿にいたの。高層ビルが大きく見えた」

「記憶ちがいだ」

と彼は断言した。幼児期の思いこみを口にするのは不謹慎だといわんばかりに白みがかった眉をひそめ、コップに残ったビールをくいと飲みほした。

「おかあさんは」

強くいいかけて、息をつき、優しい調子に改める。

「もともと躯が弱かったが、おまえの出産で一気にバランスを崩した。おまえが幼稚園に入るころまでほとんど寝たきりのような暮らしだった。そのあとなら三人で東京に出たこともある。記憶が前後してるんだろう」

「そうか」

雛子はうつむき、左手に握ったスプーンで南瓜《かぼちゃ》の煮つけを砕いた。

記憶には自信があった。雛子は言葉が早かった。あの建物はなにかと……いや建物という言葉にさえ思いいたらずもどかしかったのをはっきりと憶えている。

意識の混沌の具合からいって、まず三歳以前だと思う。広く、暗く、静かな屋内から、雛子はいつもそれを見ていた。傍らに母がいた。

父はどこにもいなかった。

風の唸り。樹樹のざわめき。蛙《かえる》の声。

一切が馨の耳には意味をなさず、かといって街の喧噪《けんそう》のように知らずと遠ざかってもくれない。

いつまでも喧《やかま》しく、ずきずきと反復する側頭部の痛みを煽って、少女が眠りに入るのを許さなかった。

寝室としてあてがわれたのは四畳半の小部屋だった。人形がちまちまと置かれた飾り箪《だん》笥《す》と、被いのかかった鏡台があった。雛子の母の居室だったに違いない。

馨は目を開き、布団をはいで立ちあがり、電燈をつけた。

枕もとには雛子が置いていった古ぼけたラジカセがある。完全手動のチューニングダイヤルを見ただけで触れる気がしなかった代物だが、ついにそのコードをコンセントに差した。

ホワイトノイズ。不思議なほどの安堵感が彼女を包んだ。

ダイヤルを回転させた。忙しないテクノミュージックが流れてきたとき、その凛とした口もとに微笑さえ泛んだ。

あかりをつけたまま、彼女は再び軀を横たえた。

鼓膜を打ちつける脈動のようなキック音に、英語訛りのDJの声が重なる。

「――の大ヒットアルバムからぁ、ん二曲続けてお送りしました、お聞きのプログラムはTCR、DJはルキオ」

すかさず曲が変わる。口調も変わった。

「続いては国内のアーティストCRISIS、えー悲しいことに去る五月二十日、ヴォーカリストのチェシャが自らその命を絶ってしまい、これがラストアルバム、シングルカットよりなぜかこの曲にリクエストが集中してる、ラストアルバム妖都のラストを飾るタイトルナンバー」

DJは「イヤウトゥ」と発音したが、妖都という字面がすぐに泛んだ。どこでその字を見たんだったか。

ミドルテンポのバラードだ。

ギターが陰鬱なリズムを刻み、もごもごと一本調子な歌が重なる。壊れたロボットの呻きみたいな発信音が背後を飛び交う。

血が飛び散ってどう、這いずる虫がどうのという悪趣味な歌詞で、こうした状況で聴いているのでなければ、意識をほかに飛ばしていたかもしれない。

ギターが途切れ、無調のノイズが残る……。

曲調が一転した。重厚なストリングスをバックに、昂揚感のある旋律が乱暴に歌われる。

馨の意識は曲に同調した。軽い興奮を味わった。胸騒ぎがするほどだった。

曲調がまたもとにもどると、急に歌詞のことが気になりはじめた。

さっき一瞬、強く引っかかったのだ。意味をつかまねばという切迫感さえあったのに、どういう言葉だったか早くも思いだせない。

バッグから手帳を出し、万年筆を手に同じメロディを待った。

来た。同じ歌詞のようだ。

書きとめた。

あやし　色めく　東の都　とわの
たそがれ　訪れて
鏡の　なかの　トコヨの　底に
ムゲン連なる　ヒナ　のかげ
死こそ　始まり　リンネの　終わり　われ
待ちわびし　千年の　楽園

ヒナ、と書いたときペン先が止まった。引っかかったのは、これか。雛子のヒナ。どういう意味だろう。まさか鳥の雛じゃあるまい。

雛人形？ それとも聞き違いだろうか。

トコヨというのも、どこかで聞いた気はするのだが、わからなかった。

リンネはたぶん輪廻転生の輪廻。それが終わるとは？ 死こそ始まりとは？

曲はまたテクノに変わっている。馨は歌詞を読み返した。

東の都は東京。そこに永遠の黄昏が訪れて。

鏡のなかというのはもちろん比喩だろう。手の届かない世界。あるいは世界の真の姿。

ヒナと呼ばれるなにかに根ざした世界。

歌として聴いているぶんにはさして違和感はなかったのに、こうして歌詞だけを抜きだしてみるとあたかも謎掛けのようだ。

ヒナが鍵であるのは間違いない。聖母のような存在なのだろうか。その偶像？ 自然物とも考えられる。山や、海や……あるいは地球そのものとも。

最後の一節も気になる。

われ　待ちわびし　千年の　楽園

待ちわびし……。

詞の作者について歌手自身であるとして疑問を抱かなかった。投げやりな歌いぶりのせいでもあったし、また職業的な作詞家の作にしてはあまりにも閉じた詞に思えた。

他の部分はごく断片しか頭に残っていないが、鬼面人を威す類の羅列以上の印象はなく、むしろ手馴れを感じさせた。この不安定で散漫なリフレインこそ曲の最も閃《ひらめ》きに満ちた箇所であるはずだった。

それなのに手帳の文字を眺めれば眺めるほど、わかる者にしかわかるまいとでもいった、静かな諦観の笑いが耳朶《じだ》にまとわりついてくる。

部屋の出窓に小さな本立てがあり、その端に角の丸まった国語辞典が立ててあるのを馨は見つけた。雛子が小学校か中学で使っていたものであろう。箱から出してヒナという語を引いてみたが、彼女が知る以上の意味は発見できなかった。

次いでトコヨを引いてみると、永久不変という意味のほかに常世の国の略であるとあり、では常世の国の項を見てみると、それは以下の通りだった。

①古代日本人が、遥か海の彼方に想像した国。
②不老不死の国。仙郷。

③死者の国。あの世。

そっと襖《ふすま》を開けると、馨は電燈もラジオも点けっぱなしで横向きにうずくまっていた。ラジオはニュースを流している。

——六本木の大惨事を引き起こした張本人は未だ不明。警視庁では目撃証言を求めて大がかりな聞込み捜査を開始——。

——昨日東京都内で発生した自殺は少なくとも十四件。その数は日日増加傾向にあり、この異常な流行に対処すべく政府は教育と福祉の専門家から成る諮問委員会を組織——。

馨は雛子の古いパジャマが気に入らなかったようだ。下着の上に昼間貸したTシャツだけを羽織っている。

毛布は撥ねのけられている。剝《む》きだしになった雪花石膏《せっかせっこう》のような脚に雛子は目を奪われた。

跫音を忍ばせ、布団に近づいた。吸い寄せられた、といっていい。

畳に膝をつき、年下の少女を見おろす。

締めきった部屋が暑すぎるらしく、汗に湿った額に前髪が貼りついている。うっすらと唇を開いている。物思いにふけっているような、あるいは瞬きの瞬間に凍りついてしまったような表情だった。

「周防さん」

雛子はささやいた。

反応はなかった。Tシャツに包まれた乳房が、折り曲げられた腕のなかでゆっくりと規則正しく上下している。

胸の高鳴りを意識した。

自分が恐ろしくなった。この少女に征服欲を感じている。

左手の甲でその肩に触れてみた。寝汗に湿ったTシャツごしに皮膚の冷たい弾力を感じた。呼吸に乱れはない。熟睡している。

これは悪いことだ、と頭のなかでつぶやいた。

わたしは悪いことを考えている。

悪魔になろうとしている。

少女の頸筋を凝視した。赤みの少ない肌に雛子の影がさして青みがかったオリーヴ色に見えた。産毛が白く輝いていた。熱帯雨林の底の暗闇にはきっとこんな色白な植物がひっそりと息づいているのだ。

悪魔であって構わないという気がしてきた。

だってわたしは、そう生まれついたのだから。

ニュースが終わり、時報が鳴った。午前四時。

夢のなかでその電子音を聞いたようで、馨はわずかに身を強ばらせた。雛子ははっと彼女に触れていた手を離した。

天井から吊りさがった電燈が、少女と自分を煌煌と照らしているのを改めて意識した。背筋がうそ寒くなった。

雛子は頭を振った。考えすぎで、わたし、おかしくなってる。

わたしは、まだ、わたしは、きっと……。

情けなさに涙がにじんだが、指で拭って立ちあがり、部屋を訪れた本来の目的を果たすために飾り簞笥の前に進んだ。

ガラス戸を開いて、童女の姿の博多人形を取りだす。逆さまにする。ころっというこもった音がした。

底の穴には和紙が詰められている。人形を右腕で抱えなおし、指を差しいれてていねいに抜いた。

奥から鍵が出てきた。

母がここに鍵を隠していることを雛子は小学生のころから知っていた。

人形に触れるのは禁じられていた。しかし母が病院に行っているあいだに禁を破った。そして鍵の存在を知ったのだが、そのときは鍵と和紙とを元通りにしておくのに必死で、適合する鍵穴を探してみようとはしなかった。

いまにして思えば、同じ箪笥の小抽斗《こひきだし》の鍵に違いない。こうして鍵がそのままあるということは、父親はまだ気づいていないのだろう。

果たして鍵は、目的の鍵穴にぴったりと収まった。

抽斗には古い手紙や絵葉書がどっさりと入っていた。

差出人はさまざまで、文面もどうということのないものばかりに思えたが、母には大切なものだったんだろう。

写真もあった。学生時代の記念写真、友人らしき人たちのスナップ、雛子が写っているものもある。

なかの一枚が、強く雛子を引きつけた。

父、母、そしてショートヘアの雛子。十二三のときの顔だ。緑色のTシャツに男ものの開襟《かいきん》シャツを羽織っている。

おかしな写真だった。なにより雛子の記憶との接点がない。

このころ、こんな項《うなじ》がでるほどのショートカットにしていただろうか？　こんなシャツを持ってただろうか？

写真は海辺で撮られている。船上かもしれない。旅さきで通行人にシャッターを切ってもらったような雰囲気だ。そんな遠出の記憶、どこにもない。

もうひとつ、父と母とが若すぎる。

写真のなかの雛子の年齢からいって、ともに五十代に達していて然るべきだ。焦点がぼけて輪郭の滲んだ写真だったが、どう見ても四十路以前のふたりがそこにいる。

つまり、写真の雛子は雛子ではない。雛子よりずっと年上の人間だ。

雛子に瓜ふたつの、雛子の知らないだれかだ。

第二部

1

着陸を告げる機内アナウンスが、兼松繁貞《かねまつしげさだ》を幾度めかの浅い眠りから呼びもどした。

パイプ莨《たばこ》で黄色に染まった鬚《あごひげ》をなぶりながら、うすぼんやりとした頭で楕円形の窓を覗きこむ。

雪原のような白雲。それに接するあたりは淡い水色なのが、上にいくほど濃さを増して、窓の頂点ではほとんど黒ずんで見える。

繁貞は雲の上を歩く自分を想像した。想像のなかの彼は少年の姿をしていた。

雲の切れ間は深い湖。少年がそれを覗きこむ。

湖底に地上の町並みが見える。美しい。

飛行機が螺旋《らせん》を描いて一気に高度をさげた。円窓の蒼いグラデーションが、東京湾のジオラマに変わった。

着地は軽やかで、繁貞はその瞬間に気づかなかった。また死にそこねた、と思う。死を心待ちにしているのではないが、予期可能な死ならばそれは幸運だ。繁貞の母は二十七で、父親は四十五で死んだ。そのふたりの人生を足したよりも長く、すでに繁貞は生きてしまった。

大概の出来事より、いまや死は彼の堅実な未来だった。

「おとうさん」

到着者出口からロビーに押しだされたこの引退医師に、そう呼びかけてきた声がある。顔をあげると、息子の岳雪《たけゆき》が霜髪《そうはつ》を揺らしていた。

息子といっても間もなく五十に手が届く。父親と同じく医師であり、医者の不養生の典型で、深酒が祟《たた》って三十代で軀《こわ》を毀し、その時分から真白な頭をしている。度の強い眼鏡の奥の眼はにこにこと人懐こいが、色艶のいい顔と伸ばし放題の白髪の取りあわせは一種異様で、目の前に立たれるとわが子ながらぎょっとすることがある。

「仕事はいいのか。嵐のようだといってたじゃないか」

岳雪はいつものように飄逸《ひょういつ》な口調で、

「忙中閑ありというやつで。もうよほどの変死体しか監察医務院にはお呼びがかからないんですよ。刑事官レベルで処理してます。おとうさん、昨日だけで何件自殺があったと思う？」

「港区《みなと》、千代田区《ちよだ》、中央区《ちゅうおう》、それに新宿と渋谷の五区内だけで少なくとも十九件。夜間人口はたいしたことないのにその辺に集中してるんだ。自殺と推定される遺体だけで十九であって、変死の数はというとざっとその三倍。きっと未発見の遺体もある。法医学上の変死じゃないですよ。なぜその人物がそこでそういう死に方をしなければならなかったのか、首を捻らざるをえない本当の変死ばかり。見えない殺人集団が不休で殺戮《さつりく》を続けてるらしい」

岳雪は繁貞のガーメントバッグに手を伸ばした。

「ほかに荷物は?」

繁貞は上着の胸に手をあてた。

プラスチックのカプセルに密封された草薙巽の乾燥血液がそこにある。マサチューセッツ州のセイラム医科大学でDNAを鑑定させたサンプルの残りだ。

「じゃあ車に」

「さあ」

ふたりは駐車場へ出た。

空の西半分を鮭色のヴェールが覆っている。車にたどり着くまでのあいだにもじりじりと日が傾いていくのがわかった。

小豆色のギャラン。ほかではまず見かけなくなった年式の、擦り傷だらけの代物だ。

ボンネットの上に大きな鴉がとまっていた。岳雪は気にするようすもなく車体に近づいてドアを開けた。

鴉は岳雪を一睨みして、飛びたった。繁貞は助手席に入った。

「鑑定の結果はどうでした？」

セルモーターが空転するなか、岳雪が甲高い声をあげる。

繁貞も声を高くして、

「出たには出たが、あくまで中間報告とし、追試を続けさせてほしいといってきた」

「ということは」

やっとエンジンがかかる。

「両性だ。染色体レベルでも遺伝子レベルでも――」

岳雪が不器用に車を急発進させた。繁貞の軀はシートに沈んだ。

「――草薙巽は両性だった」

白髪の下の黒い眉が大きく動く。

「もちろん遺伝子レベルでのそれは、仮説中の仮説に過ぎないんだが」

「そうでしょうね」

「男性化遺伝子に女性化遺伝子、セイラムの連中は、スライ、ディズと呼んでいたが、所詮複雑怪奇なパズルのなかの目立ったピースに過ぎないんじゃないかという気がする。スライで男性、ディズが二つで女性だなどと、単純すぎる」

「真理というのは単純で美しいものじゃないの、相対性理論のように」

繁貞はやや目を見張り、それから細く息を吐いた。

彼の息子は彼よりも明晰で、鋭敏で、それにシニックだ。岳雪が少年のころから、会話するたびにぎくりとさせられてきた。

「チェシャはそのスライもディズも完全に備えていた、つまりわれわれの知り得るあらゆるレベルで、チェシャこと草薙巽は男性であり同時に女性でもあったと――」

「いや」

繁貞が強く割りこむ。息子はちらと助手席を見返した。

「重要なひとつが残ってる」

「機能？」

「そう。男性機能があったかどうかだ」

「あって不思議じゃない構造ではありましたね。精巣も陰茎もしっかりとしたものだった」

「女性機能は、間違いなくあったと見てるんだろう？」

岳雪は白髪を揺らした。

「というより出産経験が。子宮頸の切れた痕がありましたから。出産即ち妊娠能力といいきれないところが現代のややこしさなんだけど。そういえばサンフランシスコで男が出産したとか」

「冗談だろう」

「さあね。それにしても知りたかった、チェシャに男性機能があったのかどうか。もし男女両方の機能を備えていたとしたら、医学というより哲学上の大発見だ。われわれの不完全性が形而下で証明されてしまう。残念ながらぼくが出合ったチェシャはすでに遺体だった。ぼくが出合う人間の大半はそうですけどね」

「わかるかもしれない」

「DNAからチェシャを複製する？　それが可能な時代まで長生きしますか」

「わたしには無理だよ。しかし残された時間に過去を検証することはできる」

「というと？」

「草薙巽は男性として子供をつくってるかもしれない」

あははは、と岳雪は快活な笑い声をあげた。

「それを調べあげるとなるとおおごとだ。長生きのほうが楽ですよ」

繁貞は曖昧にうなずき、黙思を始めたが、やがて居眠りに変わった。

ヒポクラテスに誓いを立てた父子だが、ともに医院を開業することはなかった。

息子の岳雪はさして迷いもないようすで監察医の道を選んだし、繁貞はキャリアの大半を船医として、陸にあがってから引退までの数年間は目黒《めぐろ》区のリハビリテーション施設で過ごした。

凛寧丸《りんねいまる》という船にいた期間がもっとも長かった。横浜《よこはま》とシンガポールのあいだを往復する客船だ。

船格としては中の上といったところで、貧相ではないが豪奢というほどでもない。旅客の大半は日本人で、ときとして使用人を引き連れた華僑《かきょう》が一等船室を占有したりもした。

あるシンガポールへの往路の、中日《なかび》、ふと医務室を訪れた少年があった。

薄暗い受付口でその姿を目にした瞬間、繁貞は身を竦ませた。

そのなかを水平線がゆったりと上下する円窓の強い輝きを頼りに小説を読みふけっていた老眼には、即座に相手の全体が映らなかった。薄闇《うすくらがり》に、白い開襟シャツと眼球だけが泛《うか》んでいるように見えた。

間もなく受付口を照らす蛍光燈の光量に目が慣れてきた。猫背気味の姿勢でこちらを覗きこんだ、涼しい面立ちの少年……いや少女だろうか。確信が持てない。

歳は十二三だろう。豊かな前髪の下の小さな顔のなか、ぎょろついた感じの眼だけが別人のもののようだ。蛇のように寒寒しい。

「名前と客室番号を、この用紙に」

繁貞の指示に相手は無言で応じた。右あがりの強い筆跡で用紙に番号と氏名を残した。

「どこか、具合がわるいのですか」

身についた癖から、そう極端に明瞭な口調で訊ねた。そうして甫《はじ》めて日本語の通じる乗客もいる。それでも無理なら英語か片言の北京語になる。

しかし書かれた名前は、あきらかに日本の男性名である。

「ともかくなかへ」

少年が押し黙っているので、繁貞はドアを開けて彼を診察室に通した。

看護婦はいない。患者は船医自身が受付け、四畳ほどの診察室に招き入れ、診察する。

少年を円椅子に坐らせた。

「慣れない船旅で体調を崩したかな」

繁貞は優しく切りだした。彼は耳に入らぬようすで、

「鍵を締めてください」

と線の細い、それでいて高圧的な感じの声をあげた。

「なぜ」

「秘密のことだからです」

「大丈夫、勝手に入ってくる者などないよ。具合がわるいんじゃないのか」

「締めてくれないんだったら、先生には診せられません」

繁貞は立ちあがり、ドアに施錠した。

船旅という独特な体験は、人間に少なからず窓やドア――空間の連続性への過敏さをもたらすようだ。ドアの開放を強く求める患者もいる。密閉を要求する者もいる。

船医が机の前にもどると、少年はシャツのボタンを外しはじめていた。

外し終わると、前がはだけぬよう胸で両手を組みあわせた。

「いまはまだ秘密です」

「患者の秘密は守るよ」

少年は冷たいまなざしで繁貞の表情を観察した。

やがて軽くうなずいて、

「ぼくにはお乳があります」

繁貞は眉をひそめた。

「きみは――」

「男です」

「年齢は」

「十三歳」

「最近膨らんできたのかね」

少年は眼で肯定した。

「診せてもらえますか」

シャツが、わずかに開かれた。

「それではわからない」

繁貞が目つきを厳しくして顔を寄せると、少年はふてくされたように両の肩をだし、シャツを円椅子の下に落とした。

繁貞は眉をひそめた。

なるほど、少女の胸部のように見えなくもない。

痩せている。鎖骨の下や脇腹の上部に、肋骨がくっきりと浮きだしている。肌は不健康に生白い。

薔薇色の斑紋を頂点に、なだらかなふたつの隆起がある。

息を深く吸えば肋骨のほうが勝るほどかすかな膨らみで、もし少年がこうも痩せていなかったら、むしろまったく目立たなかったろう。

「たしかにすこし膨らんでいるね。しかし異常ではないよ。きみくらいの年齢には軀のあらゆる要素が不安定なものだ。やがて安定する。きみはおとなになる」

少年は薄く唇をあけて歪めた。苦笑したように見えた。

「そうかなあ」

空空しいほど無邪気な口調でいい、彼は右手を自身の左胸にあてがった。

ゆっくりと愛撫するように、それを腹部へとすべらせる。

指先から目が離せない。繁貞は動揺を感じた。

少年の骨ばった指は軀のわりにどれも長く、男性的というほどではないが、歳相応の意志や厳しさを感じさせる。

ところがそれを意識するほどに、滑らかな肉体が、女性のものにしか見えなくなってきた。

男の指、女の軀……あたかも、ひとつの肉体に宿されたふたつの人格が、無言の対話を交わしている情景だった。

「下も診てもらえますか」

一瞬、怖じ気づいた。

やりとりの主導権は完全に少年に移っている。船医の咽は渇いて、言葉を発するには音をたてて生唾を飲まねばならなかった。

「そうだね。では、診察台に」

少年は上半身裸のまま診察台に移った。

身を横たえ、ベルトを外し、腰を浮かせて、ズボンと下着を膝まで押しさげた。

下腹部を薄く飾った陰毛を目にすると、むしろ職業意識が覚醒し、実験動物に接するときに似た厳粛さで、少年の陽物をつまみあげようとして、その下方に別の器官の割裂を発見し、息をのみ、しばらく身じろぎもできなかったが、視線を感じて恐る恐る少年の顔を見あげると、宝石のように無感情なふたつの眼がこの六十の老人を見返している。

「だんだん変化したんです」

「いつごろから」

「去年」

「それまではその、友達やおとうさんと同じだった？」

「ふつうだったと思います。人のはよく見たことないけど、本で調べたりして」

繁貞は震える指で触診を続行した。割裂を形づくるふたつの丘陵の内部に、それぞれ小さな球体を確認できた。少年の肉体は、男女双方の特徴を丁寧に備えていた。

船医が身を離すと、少年は半身を起こし、片膝を立てた。

古典絵画のオダリスクにありそうなポーズだったが、顔にも、泛んだ骨にも、陽物にも、脛《すね》から下に滞った綿ズボンにも、窓からの陽光と混濁した天井燈のあかりが容赦なく陰惨な色彩を与えている。これは現実だろうか。この生きものは現実の存在なのだろうか。

「本当は女なんですか」

かろうじて、小さく、頭を振る。

「男？」

「率直にいえば、どちらである可能性もある」

「両方ってことはありますか。男でも、女でも」

「その可能性も、ないではない。真性半陰陽という」

「両方なんだとしたら、先生に質問があります」

「詳しく検査しないことには判断がつかないのだよ」

「きっと両方です。自分でわかります」

医師は言葉を失った。少年が、あるいは少女が、あるいはその両方であるものが、射抜くような眼で自分を見つめている。

「だとしたら、ぼくは子供をつくれますか」

「男性としてかね。それとも女性として?」

「両方です」

「両方とは」

「自分で自分を妊娠させられますか」


目が覚めた。

一瞬の居眠りのような気がしたのだが、視線をあげてみると、車はすでに首都高速に乗っていた。

対向車の多くがヘッドライトを輝かせている。ビルの狭間で空と雲との色関係が逆転し、沈みかけの太陽は鮮血の色をしていた。

「奇妙な夢をみたよ」

「どんな」

岳雪の白髪が揺れる。繁貞は夢の記憶をかき集めた。

「海にいたころの。子供のころのチェシャが船の医務室を訪れるんだ。そして、いまはまだ秘密ですという」

「おとうさん」

岳雪は吐息まじりに、

「何度も聞いたよ。だってそれ、実話でしょう」

「実話？」

繁貞は目をまるくしたが、しだいに頭の芯が醒めてきた。

岳雪のいうとおりだ。たしかに自分は、少年時代のチェシャを診察しているのだ。憶えている。ずっと憶えていた。

「テレビでチェシャを見かけて、その少年の成長した姿だと目星をつけていた。だからぼくが受けた電話を横で聞いて、強引に検死に立ち会ったんでしょう。自分も知らないいまどきの歌手をおとうさんが知ってるのが、ぼくにはなんとも不思議だった」

「そうだった」

引退医師は大きくため息をついて、すっかり寂しくなったオールバックを撫であげた。

「歳のせいかな。夢と現《うつつ》の境がどうも曖昧になってきた」

「むかしからだよ」

「そうか？」

「ぼくが子供のころも、家にいるとき昼寝から覚めて、おまえ海に行ったんじゃなかったのか、なんて訊いてましたよ」

「そうか」

足場を揺さぶられたような気がした。

「岳雪」

「はい」

と息子が、ことさら邪気のない声でこたえる。

「わたしは、妄想にとりつかれてるんだろうか」

彼は頭を振った。

「チェシャは実在しましたよ。そしておとうさんの見立てどおり、男であり女でもあった。それはぼくも保証できる」

「その男でもあり女でもあった存在が、自分で」

いや、というつぶやきで、繁貞は残りを濁した。岳雪が察しよく、

「自分の子を身籠って、産むことができた可能性？　彼はそれをおとうさんに訊いたんでしたね」

咳払いでこたえる。

「絶対にない。そう断言できますね」

「断ずる根拠は？」

「要するにそれは自己再生だ。高等生物のＤＮＡがもっとも恐れるところでしょう。乗り換えが利かない。そこで凡てがストップしてしまう」

「乗り換える必要がないとしたら？　チェシャは、われわれのアーキテクチュアの最終到達点かもしれない」

「概念上は、それもあり得ないとはいえない。ゼロの概念と同じでしょう。あるいは神の概念と。乗り換えのためのエネルギーが不要だとすれば、ある意味で存在としてゼロということになる。完璧な数であり、またどれの目にも見えない」

耳障りな電子音が重なる。

「電話だ。後ろの鞄、取れます？」

繁貞は軀をひねった。くたびれたショルダーバッグをつかんで、岳雪とのあいだに引き

よせる。

「どこだ」

「開けて」

繁貞がフラップの留め金を外すと、岳雪は自ら左手を突っこみ、搔きまわして、やがて電話機を取りだした。

「もしもし。ああ、うん――」

最小限のやりとりだったが、それが仕事の要請であることが繁貞にはわかる。岳雪は電話をきると申し訳なさそうに、

「おとうさん、わるいけど次の出口で」

「かまわんよ。適当な電車で帰るから」

「議論の続きは、また今夜ゆっくりと」

「おまえが帰ってくればな」

「まったく」

と岳雪は嘆じて見せたが、口調は辛そうでもない。けっきょく自分の仕事が好きなのだ。全身これ好奇心の塊である。

「もう幽霊の話はしただろうか。自分でもわからなくなってしまった」

「どういう？」

「船の上だ。チェシャを診察したその航海で」

「初耳ですね」

「では話したと思ったのは、きっと航海中の夢だったんだな。おまえにどう話そうかとばかり考えていたから。聞きたいか」

「怪談は嫌いじゃないよ」

岳雪は歯をむきだした。引退医師が語りはじめる。

「その夜半、雨の夜だったがね、突然船が停まった。大洋のまんなかだ。エンジンの音と振動が途絶えて、波の唸りだけが残った。なにごとが起きたのかと思って、わたしは寝衣《ねまき》着のまま操舵室に上がった。航海士がいうには、スクリューの動きがおかしい、なにか絡まっているらしい、とのことだった。絡まっているものを回収するため、乗組員《クルー》たちが海に入った。やがてそれが甲板に引き揚げられた。まず頭と肩」

「なんの」

「人間のだよ。しかし底に石の詰まった頭陀袋《ずだぶくろ》にしか見えなかった。人の軀というのは強靭なものだ。全身が引き伸ばされ、絞られ、しっかりとスクリューに絡みついていたそうだ。もはや解《ほど》くこともかなわず、彼らはくびれた箇所を選んで切断したんだ。次に曲がりくねった腰から片足までが揚がった。内臓をながながと引きずり、間違って網にかかった深海魚のようだった。その遺体を検死する羽目になったわけさ」

「本当なの。ぼくでも滅多に踏まない修羅場だ」

「修羅場だった。臓器の集まりとしか呼びようのないそれを、広間に並べて検分した。頭部だけは奇跡的に無傷に近く、屋内プールの監視員として乗務していた青年であることが確認できた。かろうじて肺の一部を見つけだし、それが海水を含んでいないことを確認した。溺死ではない可能性が高い、と所見に書いた。それ以上はどうしようもなかった。仮に彼が滅多刺しに遭って死んだのだとしても、わたしにはその痕跡を見つけられなかったろう」

「幽霊というのは、その？」

「その青年のものらしい。わたしは見ていない。華僑の娘が使用人を引き連れて乗っていた。使用人のひとりにイハという眉間にほくろのある男がいた。この男が幽霊がいると騒ぎはじめ、けっきょく航海が終わるまで一睡もせずに半狂乱で船内を逃げまわっていた。幽霊が苦しみから逃れるためにだれかを血祭りにあげたがっている、そして自分は生来幽霊を引きよせるのだといって」

「アジアのあちこちでそういうらしいね。眉間のほくろは、この世ならぬものを見る第三の眼」

「ああ。これで見えるんだとしきりに眉間を指さしていた。鎮静剤を打って眠らせようとしたが、そんなことされようものなら海へ飛びこまんばかりの抵抗ぶりでね、ついにはわたしも船長も努力を放棄した。鼠のように逃げまわっているだけで、ほかの乗客の目には触れにくかったし」

「麻薬中毒患者では」

「その可能性もあったし、繊細で敬虔《けいけん》な宗教信者が、無惨な遺体を目にして恐慌状態に陥ったのだとも考えられる。ただそうした騒ぎのさなか、わたしの頭からはチェシャの言葉が離れなかった。医務室を去りぎわ、わたしにこう訊いたんだ。先生、ぼくの力を見たいですかと」

岳雪は鼻を鳴らした。

「おとうさん、その幽霊をチェシャの仕業だと?」

「わからん」

慎重にこたえる。

「その後、チェシャと話す機会は訪れなかった。昼間の甲板で見かけたその姿は、あどけなさを残したごく通常の少年だったが、あの年頃に特有の挑戦的な視線が、わたしになにかを悟れと命じているように思えた。船を降りてから、当時の記録を頼りに彼の所在を探し求めたことがある。家族ともどもどこかに消えてしまっていたよ」

「それから二十年ちかく経って、ようやくテレビ画面のなかに見つけて」

「そうだ」

「次に会ったときには遺体」

繁貞は太陽を見た。老いて黄みがかった視界に深紫色の残像がのこった。最初から勝ち目のないゲームには違いなかった。

2

緑朗の家の電話は古めかしい黒電話で通話以外になんの機能もない。たいてい母か祖母が家にいて、わりあい的確に伝言をつたえてくれるので不自由は感じていない。

ただ外にいるあいだに知らずと電子式の呼びだし音に耳が慣れてしまい、家でじりりりという巨大なベルの音を聞いて跳びあがることはある。

トイレをでて電話台の横を通りかかったら待ちかまえていたようにベルが鳴った。深夜という時刻でもなかったが、どきりとした。

「はい」

「もしもし」

かすれた女のささやき声だ。一瞬、背筋が寒くなる。

「どちらさま?」

「鞠谷です」

「ああ」

ほっと息をついた。

「電話だからわからなかった。新聞で読んだよ。何度も電話したけど通じなかった。いまどうしてる」

「タクシーで通院する以外はずっと部屋に。電話は外してたんです、マスコミの人がしつこかったので。甘粕さんに連絡しなきゃと思ってたんですけど頭のなかの整理がつかなくて、とてもお話しできる状態じゃなくて」

「手に重傷を負ったと書いてあった」

「指を二本、切り落とされました」

緑朗は息をのんだ。

「つながりましたが、まだ動きません。もう動かないかもしれないのでφは続けられません。申し訳なく感じています」

「どの指」

「右の薬指と小指です」

他人ごとのような口調だ。そのせいか雛子を思いやるより自身の落胆がさきに立った。手折るつもりでいた花を他人に踏みつけられたような気がした。いやな気分だった。

「だれがいったい。犯人は」

「甘粕さんには正直にお話しします。信じてもらえないかもしれません。頭がおかしくな

った と思われるかもしれません」

眉をひそめた。試験だろうか。おれを試しているのか？

「わたしの指を切り落としたのは、もう死んだ人です。焼死体の人物という意味ではありません。わたしはそんな人とは会っていません。尾瀬郁央くんのこと、まえお話ししましたよね。亡くなった同級生。甘粕さん？」

「聞いてる。続けて」

「燃えたのは、その尾瀬くんの家です。彼がわたしの部屋に現れました。なにか伝えようとしていました。だからわたし、彼の家を訪ねたんです」

「現れたって、幽霊が？」

「はい、幽霊です。彼のお母さんがわたしを迎えてくれました。親切でしたけど、息子を失った悲しみで精神に異常をきたしているようすでした。まだ尾瀬くんが生きてるみたいに振るまっていました。しばらく放っておかれたので、わたしは尾瀬くんの部屋を探しました。二階の部屋でした。そこに尾瀬くんがいました」

「それも」

「ええ。尾瀬くんはまたなにかいいたげだったけど、なにもいわず消えてしまった。部屋を出ようとしたら彼のおとうさんが入ってきました。手に大きな鎌を持ってました。それをわたしに振りおろしてきたんです。わたし、とっさに顔を庇いました。指が落ちました」

　緑朗は生唾を飲んだ。

「わたしは部屋を逃げまわりました。逃げながら切断された指を拾いあげました。部屋を出て、階段を下りようとして、つんのめって頭から転がり落ちて、気を失って、目を覚ましたのは病院です。そこで知りました。尾瀬くんの両親は二週間前に亡くなってたんです。ふたりは〝死者〟でした」

　その呼び方を奇異に感じた。郁央のことは幽霊と呼んだのに。

「〝死者〟？」

「霊視のできる友達がいます。彼女がそう呼んでるんです。霊じゃありません。生命でもありません。生きてるみたいに意思を持って動く屍体です。霊と同じで見える人は限られてます。この数か月、東京に増えているそうです」

「霊との違いがよくわからないな。どちらにも実体はないんだろう？」

「あります。〝死者〟には霊よりずっとはっきりした実体があります。わたしの指を切り落としたんです。電車のなかで別の〝死者〟に襲われたこともあります。ただふつう、眼には見えません」

「おれは一生見なくてすみそうだ。ふつうの人間だから」

「すみません、そういう意味合いでいったんじゃなくて、わたしは、見えると見えないのあいだに厳格な壁は存在しないと思ってます。ただ流れ星みたいに、見てしまう人はしょっちゅう見てしまうものだと」

「とにかく、見えなければ安全なんだろう」

「ずっと危険です。〝死者〟は幻じゃありません。ちゃんと存在するんです。東京で謎の自殺や事故が続いてるでしょう。わたしも友達も、あれは〝死者〟の犠牲者だと考えてます。人間を無差別に襲うんです」

緑朗は思わずため息を洩《も》らし、それが雛子の耳に届きはしなかったかとどぎまぎした。

「その、そういう映画流行ったよね。苦しみから解放されたくて人を殺すんだっけ」

「そうかも」

映画に関して同意したものと思ったが、すぐにそうではないと気づいた。会話を続けるのが辛くなってきた。

「ゆのことは心配いらない。また三人にもどるだけだから。いっしょにライヴができなかったのは心残りだけど、指のほうがなんとかなりそうだったら、いつか復帰してくれると嬉しいよ。学校には？」

「怖くて」

「学校は安全だよ。おれは毎日通っててちゃんと生きてるし、変な事件が起きたって話も聞いてない」

「安全とか生きてるとか、そういうことってとても微妙なバランスのうえに成立していることだと思われませんか」

「そんなことといってたら部屋で眠ることもできない。屋根を突きぬけて人工衛星の破片が落ちてくるよ」

「人が怖いんです。人の集まる場所が。教室や電車で、ふと隣の人が呼吸をしてないことに気づくんじゃないかと思うと。信じてください、わたしは本当に〝死者〟に襲われたんです」

「信じてるよ」

「本当なんです」

「わかってる。家に籠《こも》ってて不自由はない？　欲しい物があれば持っていくよ」

「いえ。必要な物は友達が届けてくれるので。それよりお願いがあります。ローレライのOBでCRISISの関係者につてのある方、ご存じありませんか」

「CRISIS？　なんでまた」

「知りたいことがあるんです」

「いるかもしれない。レコード会社はどこだったっけな。いると思うよ。会いたいの？」

「もし会えないなら、訊いていただくだけでもいいんですけど」

「どんなことを」

「ヒナってなんでしょう」

雛子の問いかけに緑朗自身がこたえることもできたのだが、彼女が求めているのは自分が持っているような知識ではないという気がした。

文学部史学科で東欧史を専攻している。自分の畑以外の本も好んでよく読んでいるから、ヒナといわれてすぐピンときた。というより初めて雛子の名前を知ったとき、すでにそれを連想していた。

マライ－ポリネシア神話のヒナ神。島によって、ヒネ、シナなどとも発音する。月と冥界を司る。伊邪那美《いざなみ》と同根の女神といっていい。

森神タネは赤い砂で女をつくり生命を吹きこみ、それを自身の妻とした。女はヒネ・ティタマを産む。名は暁の処女を意味する。成長したヒネ・ティタマはタネの妻となる。タネが父親であることを彼女は知らなかった。

のちに真実を知ったヒネ・ティタマは、恥じいって冥界の闇へと姿を隠す。

追いかけてきた夫を拒絶していう。あなたが光明の世界で子供たちを愛でるのと同じように、わたしも子供たちを闇に引きよせて愛でるでしょう。彼女はヒネ・ヌイ・テ・ポすなわち暗黒の女神となった。ニュージーランドの伝承だ。

ヒネ・ヌイ・テ・ポの孫に、海底から島島を釣りあげ、太陽を罠にかけその運行を遅らしめ、天空を持ち上げて世界を広め、また人類に火をもたらした英雄神、マウイがいる。マウイはさらに不死を求め、冥界へと出向く。

祖母は眠っている。マウイはその子宮で不死を獲得しようと、彼女の股に侵入する。その姿を見て鳥が笑う。女神は目覚めてマウイを殺す。

一方トンガやタヒチ諸島の伝承では、鰻のトゥナに誘惑され妊娠する処女として、ヒナの名が現れる。鰻は激昂した民に殺害される。タヒチでは英雄マウイの指示で殺されたことになっている。殺された鰻の頭からココ椰子が生じる。

多くの神話において、はじめ世界は混沌として生死の別さえない。やがて何者かが死を司る。ポリネシアにおいても日本においても、それは女神だ。

死は再生、つまり新たな生命の始まりでもある。女神は死を発明し、世界に生命サイクルを生じさせ、ココ椰子に象徴される豊饒を保証するのだ。

ヒナは地下世界の支配者でありながら、月の住人であるともされている。生死、男女、昼夜つまり太陽と月、という二元的帰結に違いない。月面でヒナは樹皮を叩き、樹皮布タパをつくっている。これは他の国国における機織りに匹敵する。

月に住む織姫の伝承は世界中に分布している。ヨーロッパから中東、インド、太平洋の島島、そしてアメリカ大陸に至るまで。月面のヒナ像はそのヴァリエーションに違いないが、彼女の仕事は機織りでも糸紡ぎでもなく、タパを槌《つち》で叩くことだ。ここにまた死と再生のイメージが現出する。打撃は死を招く。

こじつけではない。べつの伝承によればタパ叩きのヒナは、槌音を耳障りに思った一神の命に背いて仕事を続けたため、神の僕《しもべ》に自らの槌で殴り殺される。殴打の勢いで、彼女の魂は月に跳んでいってしまうのだ。

「いまさらどういう風の吹きまわし？　こんな時間になによ」

険悪な素振りと絹のパジャマで、椥田栄《なぎたさかえ》は緑朗を歓待した。部屋に染みついたブルガリの香りが漂ってくる。

「頼みがある」

「頼みだけ？　じゃあ帰って」

「顔も見たかった」

「入っていいわ」

「だれかいるんじゃないのか。いるなら帰るよ」

「入って確かめれば」

緑朗はスニーカーを脱いだ。

沓脱《くつぬ》ぎには一足の靴もない。自分の靴のみならず来訪者の靴も、栄はいつの間にか注意深く隠してしまう。

お互い心底夢中で、栄が七つの年齢差を気に病んでいたころ、深夜とつぜん栄の前の男が部屋のドアを叩いたことがある。

すでに決着しているはずの話を、男は執念深く蒸し返した。栄が泥酔させタクシーを呼んで追いだすまでの三時間、緑朗はずっとソファの下にいた。

栄が気を利かせて部屋のあかりを落とし、照明代わりにヴィデオを流した。テレビは床に置かれていたが、画面が巨大で緑朗がどう頭を動かしても上部が欠けた。しかし字幕は読めた。

映画の選択は気が利きすぎていた。ワイルダーのコメディで、緑朗は何度か息を吹いた。男は気づかなかった。二本めの山場で男は帰っていった。残りはふたりで床に坐りこんで観た。

「なに飲む?」

栄の軀がキッチンカウンターの背後に隠れる。居間はすこし模様替えされていた。万事ミリ単位で配置されている。緑朗は所在なくつっ立っている。

「映画観る?　それとも音楽?　チェス?　セックス?」

「皮肉をいうなよ」

「マリファナ？　スピード？　アシッド？　なんにもないわよ。ビールとワインだけ」

「車だから飲めない。ちょっと頼みがある」

「聞くわよ。聞き入れるかどうかはべつだけど」

栄は白ワインの瓶とコルク抜きを手にしている。

「酔ったら醒まして帰ればいいじゃない。頼みごとだけだったら電話で済んだでしょ」

「久しぶりに顔も見たかった。そういう気分だった」

「ワインを開けてよ。わたしにやらせる気？」

緑朗はソファに腰をおろし、押しつけられた瓶のコルクを抜いた。瓶は程良く冷えていた。

栄がグラスを運んできて、横に坐る。

「相変わらず強引な人だ」

「どっちが。夜中の一時にドアを開けてもらえただけありがたいと思いなさい」

ふたりはワインを飲みかわした。

「前話したのっていつ？　まだ桜が咲いていたっけ」

「電話でね。咲いてたと思うよ」

「あのときいってた新入生とは？　うまくやってるの」

「そういう関係じゃない」

「どうだか」

「栄に話したのも他意はなかった。純粋にピアノの技術に驚いてたんだ」

「わたしには別れ話の前置きに聞こえたわ。そして本当にそうだった」

「無関係だ。おれたちは合わなかった。楽しかったのは最初だけだったと栄もいってただろ。それに、吉岡《よしおか》とも切れないようすだったし」

緑朗をソファの下に追いこんだ男だ。あれからどういう経緯があったのかは知らないが、けっきょく男の影が栄の背後から消え去ることはなかった。

「とうに切れてるわ」

「じゃあよく似た違う男だ。それから蓮見に似た男も。おれは栄が思ってるほど迂闊《うかつ》な人間じゃないよ。栄や蓮見の行動半径に知りあいはいくらでもいる」

栄の表情は硬化している。会話の続行が困難になりそうだと踏んで、緑朗は寛容な笑みを泛べた。

「いまは気にしてないよ。終わった話だ。最近仕事は?」

「代り映えしないわね」

「裏方でいるより自分で歌いたくなるんじゃない?」

「最近は裏方が音楽の中心なのよ。φのような鼻っ柱の強いバンドを欲しがる事務所は皆無ね。といってもいまのφは知らないけど」

「変わってないさ」

「十代の女の子を客寄せに使っても」

「ピアニストだ」

「ずっと三人でやるっていってたわ」

「そういったことはない。メンバー構成に拘《こだわ》ったことはない」

「いってたわ」

「やめよう。どっちにせよ、また三人にもどったんだ」

「ふられたんだ」

ふふふふ、と栄はやけに嬉しそうに笑った。

「彼女、大怪我をしてね」

「あらお気の毒」

栄はグラスに酒を足した。

「もうこんなに減っちゃって。次も白ワインでいい？」

「車なんだよ」

「会社まで送ってね」

「いまから？」

「朝よ。十一時まででいいから」

栄はするりと立ちあがり、素早く新しいワインを取ってきた。さっきまでより緑朗との距離を詰めた。

「これも開けて」

青いマニキュアを乗せた指をしきりに自分の胸元に這わせている。見ればパジャマのボタンがふたつ外れていた。

「暑くなってきちゃった。緑朗くんもシャツ脱いだら」

緑朗は黙ってコルクを抜いた。

「怒ってるの」

「べつに」

「頼みってなに？」

「CRISIS にコネクションはないか」

「CRISIS？　なんでまた」

「話がしたい。チェシャのことを訊きたいんだ。親しかった人間ほどいい」

「メンバーに会えば。事務所は違うけど連絡がとれないでもないわ。どうせ失業で暇にしてるでしょ。急ぐ？」

「早いほうが嬉しい」

「あした送ってくれる？」

緑朗は歎息した。栄はほくそ笑みながら、またするりとソファを抜けだした。

手帳を持ってもどってきた。数字を書きつけて頁をちぎった。

「ベーシストの携帯。ジウっていうの。いい子よ」

緑朗の表情が険しくなる。

「どうしたの。疑ってるの？」

栄は勝ち誇ったような笑みを湛えて、緑朗に寄り添った。

「誘いたそうだったけど知らんぷりで通したわよ。弱っちくて好みじゃないんだもの」

まだ空になってない緑朗のグラスに、かまわず新しいワインを注ぎ足す。

「これが空いたらバスルームに行きましょう」

緑朗は視線をあげた。栄の顔はいまにも口づけんばかりに接近している。

「コークならあるの」

緑朗は顔を背け、グラスのワインを呷った。

口腔をワインでいっぱいに満たし、一気に飲みくだした。

「本当？」

「本当よ。たっぷり」

彼は笑いだした。その口を栄の唇と舌とがふさぐ。

――浴室の便器に折り重なるようにしてコカインを吸いこんだあと、バスタブでシャワーを浴びながらセックスをした。まだまだ尽き果てたという気がしなかった。

「ドライヴしない？」

栄が提案した。ふたりは濡れた軀を拭き、洋服を着こみ、再び鼻から薬物を吸入して、駐車場に下りた。

「どこに行く」

「レインボーブリッジ」

「飛ばそう」

緑朗の紫色のMGFに乗りこんだ。栄のマンションは四谷《よつや》にある。

幌を開けて走った。深夜の首都高は首都高にしては空いていた。制限速度以下の流れだったがふたりの有頂天な気分は乱されなかった。

軀が冷えても幌を閉じる気になれなかった。気分が沈みそうになると路肩に停車し、そのときばかりは幌を閉じて白い粉を摂取した。量はじゅうぶんすぎるほどある。

街のあかりを瞰《み》おろすたび、栄は、

「きれいいい」

と叫び声をあげた。どんな景色に見えているのだろう。緑朗の目にはただ夜景でしかない。

しかしあかりひとつひとつの下、鋼《はがね》色の夜の向こうの、人人の息づかいは感じられる。

大半は眠っている。一部は蠢いている。アクリルケース内の土にせっせと巣穴を掘り進める蟻の集団のように、目まぐるしく情報や感情を受け渡している。

湿っぽい乱気流。海のにおい。

レインボーブリッジに乗った。

「レインボーブリッジ！」

栄が両手をあげ天を仰ぐ。

叡智《えいち》のモニュメント。アクロバティックな蟻塚。人工の星星が深呼吸しながら現れ、また飛び去ってゆく。

栄がシフトレバー越しに彼の太腿を撫でてきた。巨大な蟲の触角にふれられたような気がして、

「やめろ」

とつい声を荒らげた。

栄はやめない。コットンパンツのジッパーに指を伸ばしてきた。

「やめろってんだよ」

緑朗は怒った。栄を見る。いまにも蕩《とろ》けだしそうな眼が彼を見返している。

橋を渡りきった。栄はまだ運転席に身を寄せている。

「ねえ、いいこと教えてあげる」

緑朗の耳もとで叫んだ。

「妊娠してるの」

頭のなかで意味を成さなかった。

やがて、横目で彼女を見た。

「緑朗くんの赤ちゃん」

「まさか」

彼女は満足したように座席に背中をあずけた。

有明《ありあけ》ジャンクションを抜け湾岸線に入る。コカイン切れの陰鬱が襲ってきた。

運転を放棄したくて堪らない。なのに両手はハンドルに吸いついたままで、右足は自然とアクセルを踏みこんでしまう。

辰巳《たつみ》ジャンクションで紆《まが》りそこねた。運河を渡ってから新木場の料金所で降りた。夢の島だ。

だだっ広い公園内のどこか木陰にでも停めたかったのだが、入りこんだのは建築工事の現場だった。奇妙な形のビルが聳《そび》え、周囲一帯の土が掘り返されている。新しい処理施設だろう。

叢に半分乗りあげて停めた。幌を閉じる。ドアを半開きにしてマップランプをつける。

「コークを」

栄がシガレットケースを手渡してきた。袋に小分けされたコカインと硝子片と剃刀が入っている。

硝子の上で刻んで、半分吸引する。目を閉じてすこしのあいだ息を止める。力が……血流に乗って意識に到達する。ひとまわり大きな自分が目醒める。

硝子を栄に渡す。栄も残りを吸いこむ。そのさまを緑朗は冷酷に観察した。

「嘘をついてる」

栄は頭を揺らした。

「四か月よ」

「なぜコークをやってる。酒も飲んでた」

「それだけだと思わないで」

「どういうつもりだ」

「母子ともに楽しんでるのよ。赤ちゃんもハイになってる。感じるわ。もちろん産むわよ、緑朗くんとの愛の結晶」

「おれの子じゃない」

「いいはってれば。産まれてみればわかることよ」

勝ち誇ったような表情だ。

「両棲類みたいな姿のうちから薬漬けで、いったいどんな赤ちゃんに産まれるのかしら。

お祖父さん、びっくりなさるでしょうね。会社を継がせてもらえないかも」

蟀谷《こめかみ》に血が昇る。脅迫か。

ドアを押し開けた。

「どこ行くの？」

「小便」

栄も外に出てきた。

「どこで」

「そのへん。来るなよ。見たいのか」

「堕ろしてもいいの」

緑朗はふり返って栄のシルエットを眺めた。どことい って美点の見当たらない安普請《やすぶしん》な年増がそこにいた。

「なにが欲しいんだ」

「緑朗くん。もどってきて」

緑朗は歩きはじめた。背後で栄がなにかつぶやくのが聞こえた。

——月も星もない。高架道路のあかりで辛うじて景色が見える。

工事のためにフェンスが切断されている箇所から、人工の雑木林に立ち入った。幾層にも重なりあって延びる道路群の、恐竜の呼吸のような騒音が遠ざかった。

いちおう道らしきものがある。散乱したゴミが白く輝いている。人通りのある場所とは思えない。高速で投げ棄てられ、風に運ばれたものだろう。

茂みに踏みこむと、蠅や羽虫の舞いあがる音がした。夢の島なのだ。海に堆積したゴミの上に緑朗はいる。

闇に向かってゆっくりと放尿したあと、ジタンに火をつけた。思いがけず鼻や咽に滲みた。粘膜が傷んでいる。

栄は本当に妊娠しているのだろうか。

だとしても自分の子ではないという気がした。実在であれ架空であれ、吉岡の子だ。それを殺害することで、彼女は緑朗への忠誠を誓おうとしている。そうでなければ、たんに気が狂っているかだ。

咽が痛い。もともと短い紙巻莨の、半分も吸わずに踏み消した。

風がそよいだ。

そよいだと思ったのだが、空気の動きは肌に感じられない。たしかに木の葉がざわついたのに。

雛子の話が脳裡に蘇った。

息を殺し、周囲の闇に目を凝らした。

生欠伸《なまあくび》を噛み殺して聞いた〝死者〟の話が、この闇のなかでは刻刻と現実味を帯びていく。

思えばここは、東京の、墓地と呼ばれぬ最大の墓地だ。なにが徘徊していても不思議はない。

人影は見あたらない。蠅がさかんに翔びまわりはじめたような気がする。耳鳴りかもしれない。

一呼吸待って、こちらと思う方向に足を踏みだした。気配の正体を見極めたかった。野良猫かなにかであってくれることを祈った。

張りだした低木の枝に手や脚をぶつけながらしばらく進んだが、犯人らしき存在は見つけられなかった。代わりに、正体不明の箱状のものに出合った。

周囲の情景になんら関連なく、それは唐突に茂みのあいだから出現した。

近づいてみるとコンクリートの建造物だった。高さは緑朗の身長に満たない。暗色に塗られている。

窓がある。鎧戸で塞がれている。指をかけて動かしてみたが、鍵がかかっていた。

まわりを廻ってみた。窓があるのは一面だけのようだ。

最初、配電盤でも入っているのかと思った。それにしては設置されている場所が辺鄙《へんぴ》だ。この打ち捨てられたような一角で、なにに対して配電するというのか。

とすれば、なんらかの計測機器だろうか。地面のなかの……熱？　振動？　毒物？

「うわ」

とつぜん地中に引きこまれて、草の上に尻餅をついた。

「なんなんだ」

建造物の壁に接して、地面に大穴が空いていた。木切れでぞんざいに塞いである、その隙間に緑朗は足を取られたのだった。

ちょうど人ひとり潜りこめる程度の大きさだった。建造物の内部に入りこむためのものに違いない。

設置作業時のものがそのまま埋められなかったか、それともあとになって定期的に入りこむ必要が生じたか……。

雛子のゾンビ物語より、目前のコンクリート塊のほうがよほど不気味に感じられてきた。彼は東京で生まれた。ずっと東京で暮らしてきた。なのにこの都市のほとんどなにも知らない。

だれかが、なにか強大な意思が、どこかで自分たちを管理しているのか。

それとも、千万の細胞から成る混沌に過ぎないのか。

そんな基本的判断さえつかずにいる。二十二年も。

どこかで女の声がした。

樹樹の向こうを行き交うトラックの軋りにも聞こえたし、栄の悲鳴にも聞こえた。

穴凹から脚を引きだした。

跫音を気遣いながら、来た道を早足でもどる。だれかに監視されているような気がしてならない。

栄は、暴漢の集団にでも襲われているのかもしれない。東京と黄泉国《よもつくに》との境界だ。どんなことでも起きうる。

車のあかりが見えたところでふと足を止め、樹木のあいだを抜けて車の後方に廻った。

後方から車に近づいた。

暴漢を警戒してのことだったが、人影は見当たらなかった。MGFは無言で叢にうずくまっている。

「栄」

車に接近した。奇妙なにおいが鼻を突いた。

なんのにおいかわからぬまま、半開きのドアから運転席にすべりこんだ。

ドアを閉じる。

暗闇のなか、胸ポケットから紙巻莨の箱を取りだした。動けなくなった。

いま……なにを見た。おれはなにを見た。

ドアに手をかけた。躊躇した。

脳裡をかすめた幻想か？　それとも現実の残像か？

しかしもう一度ドアを開けて車内にあかりを燈すまでもなく、闇に再び慣れはじめた眼にはフロントガラスの向こうの黒い影が黒い卵形のこれはそうだまさに、栄の……。

心音を何拍か数えたあと、ドアを開けた。マップランプが点った。

覚悟はあったが、遥かに凄惨だった。

緑朗は震える指でジタンを唇に運び、火をつけた。

栄は——栄の一部であったものは、切断された頸部からの血飛沫と、両眼、両の鼻腔、開いた唇の両端から流れでた血液とで、顔じゅうを紅く輝かせ、やぶにらみ気味に緑朗を見返していた。

切断面を底にしてボンネットに乗っている。切り口の肉が花弁のように盛りあがり、上向きに反り返っている。

頭を運転者と対面する位置に置いたのは、殺人者の陰湿なユーモアかもしれない。車に乗りこむまで気づかないことを予期されていたようで、それだけでも気分がわるかった。

頭が、すこし遠ざかったように思えた。

息を詰めて観察した。

たしかにじりじりと、栄の顔は後退している。切断面から未だ溢れ続ける血液が、頭部を、ボンネットの曲面に沿ってすべらせているらしい。

切断されたてなのだ。

はっとなって、車内を、次いで窓の外を見渡した。動くものは見あたらない。

栄の頭部は加速しながら遠ざかり、やがてボンネットから落ちた。叢に落ちる音がした。重量を感じさせる音だった。

「いったい」

緑朗はつぶやいた。どうやって切断したのだ。

人体の物理的強度がどれほどのものか、その知識がないではない。犯罪や刑罰に関する本を紐解けば、人間を切断するのがいかに困難かがわかる。確実な斬首は職人芸だ。断頭台は有能な医師による画期的発明品だった。

十分か二十分、緑朗はじっと考えこんでいた。

まだ殺人者が近くに潜んでいるとすれば、ぼやぼやしているあいだに自分も殺されかねない。しかし、それならそれでいいという気分だった。すくなくとも目の前に山積した問題から逃れられる。

ヘッドライトを点けて外に出た。

ボンネットから落ちた栄の頭部は、顔を下に向けて叢に転がっていた。

程近い場所に胴体があった。

胎児のようにうずくまって横向きに寝ている。衣服も周囲の叢も、吹きだした血に染まってべっとりと赤黒い。

司法解剖確実の屍体だ。栄の体内からはコカインと緑朗の精液が見つかるだろう。身につけている物から指紋が検出されるかもしれない。

そして彼女が真実を語っていたのだとしたら、胎児――。

常人に行える殺人ではない。緑朗は常人であり、実際彼女を殺してはいない。

しかし司法が真実に迫れるかどうかは、はなはだ疑問に思われた。いずれにせよ恐ろしく面倒なことになる。人生のヴィジョンが根底から覆る。

シャツを脱いで座席に投げこんだ。

栄の胴体のそばに屈みこんで最初抱えあげようとしたのだが、たとえ頭部を失っていてもぐったりと自らを支えようとしない肉体は重たくて仕方なかった。あまり衣服を汚したくもなかったので、両の足首を持って引きずることにした。

重労働だった。小刻みに休憩をとりながら、緑朗は雑木林を後ろ向きに進んだ。

スカートが裏返しに捲れ、下着が露になっている。この肉体に男根を差し入れて楽しんだのだと思うと不思議な気がした。

例の四角いコンクリート塊が近づいてきた。

茂みのなかでは遺体を引きずれないので、やむなく肩のほうから抱えあげた。頸の切断面はまだじっとりと濡れて、水面のように滑らかだった。

建造物の裏手に達するといったん遺体を地面に置き、穴を塞いでいる木切れをとり払った。

遺体を転がして落とした。ちょうど棺桶の大きさだった。

車のそばにもどった。

叢から頭部を抱えあげる。

頭は頭で意外に重い。ボーリングのボールを捧げ持っているような感じだ。

見まいと思ってもつい顔に目が行ってしまう。緑朗を睨み返している。

やむなく片腕に抱えこんで、瞼を閉じさせた。ところがすぐに開いてしまう。

何度試みても同じだった。

どういう理屈で目が閉じないのか、緑朗にはわからない。胴体のほうに硬直が始まっている気配はなかった。

可哀想で涙が出てきた。かつて愛した女の頭を抱えて、緑朗はおいおいと泣きながら林を進んだ。

そこかしこに胴体を引きずったときの痕跡が残っていた。朝になれば凡てが明白だろう。

血塗れの叢から屍体の隠し場所まで、小学生でも事の全貌を辿ることができる。

あと数時間で現場作業員たちがやってくる。緑朗はなす術を持たない。栄を隠そうとしているのは放置しておくよりはましと判断したからに過ぎない。

作業員たちの粗忽さに期待するばかりだ。異変に気づかぬままあの叢を掘り返してくれないものか。

頭を穴に放りこむ前に、血でべとついた頰を撫で、唇に口づけた。すっかり冷えて弾力を失っていた。鉄の味がした。

「さようなら」

穴に蓋をしていると、とつぜん林が騒《ざわ》つきはじめた。

立ちあがって枝枝に視線を巡らす緑朗の頰を、ふと冷たいものが刺した。

騒《ざわ》めきが増す。緑朗の頭皮が、肩が、掌が濡れた。

雨だ。低い空からの奔流。

車にもどるまでにずぶ濡れになった。笑いが止まらなかった。

3

きらきらきら、くるくる——。

ヒップホップのミュージシャンそのままの服装をした少年が、自転車のサドルから腰をあげて緑朗の前を行きつもどりつしている。

新品の台湾製マウンテンバイクだ。ふたつの車輪とそのスポークが日陰の彼に反射光の攻撃をしかけてくる。

盛夏が間近い。

前髪を押さえていたサングラスを鼻の上に降ろした。呼びだし音が途切れた。

「もしもし」

相手が黙っているあいだにテレフォンカードの度数表示が早くも減じた。

「もしもし、ジウさん？」

「はい、はい」

意外に子供子供した感じの声だ。

寝ぼけてるらしい。それとも昼間からなにかに酔ってるかだ。

「甘粕といいます。海野《うんの》音楽事務所の方から番号を」

「海野のだれから」

「棚田さん」

血に染まった頭部。その重み。

口づけの感触。

「ああ、あのしつこい女。ええとマスコミの人？」

「いえ。ただ個人的に伺いたいことが」

「チェシャのファン？　遺品を譲れなんていわれても困るよ。まわりが思ってるほど交流はなかったんだ」

「すこしだけ話を伺えればいいんです。できたら食事でもしながらゆっくりと。日時は繰りあわせます」

「スポンサーは？」

「マスコミの人間じゃありません」

「そうじゃなくて会食のスポンサー。そのへんでランチ食わせて、お食事、なんてんじゃないよね」

送話口を押さえて舌打ちした。

「もちろん、それなりのお席を」

「なんだろう。蟹《かに》かなあ。毛蟹。長いあいだ食ってないや。おれ八戸《はちのへ》だからさ、子供のころはおやつ代わりだったのに」

「時節的に蟹はお薦めできませんけど」

「そうだよね、冷凍じゃ旨くないもんな」

「和食ということで」

「いいよ。でも鮨はやめてね。うんざりなの。CRISISが売れてやっとパンと牛乳の生活から脱出できたと思ったら、今度は鮨か焼き肉かラーメン。なんで夜中ってその三種類しかないの。いまはまたパンと牛乳だけどね。けっきょくCRISISってチェシャだったからさ、ベース屋なんてピンで仕事できないじゃん、貧乏籤《くじ》もいいとこだよ。ずっとチェシャだけ特別待遇でさ、バンドが大きくなれば変わると思ってたら、変わる前に終わっちゃった。ソロデビューの話もあるんだけどね。ルックスはまあ問題ないと思うけど歌がさ——」

喋っているうちに頭が冴えてきたようだ。

このまま黙って聞いていれば奢《おご》ってやる必要はなくなるのではと思えたが、生憎とカードの度数が一桁まで落ちている。

「和食で」

と話を遮《さえぎ》った。

「——あ、うん。鮨はやめてね」

「今週中ということで、問題は」

「ないよ。いまならまあ時間はとりやすいよね。今日じゃダメかな」

夕刻また連絡するといって、通話を切った。

雨は断続的に三日間降り続いて、緑朗はずっと自宅にいた。今日ようやく靴を履き、自《じ》由《ゆう》が丘《おか》の街を歩いた。

賑わっている。

緑朗が子供のころは田舎くさい街並みだったのが、いつの間にかエキゾチックに様変わりしてしまった。作為的でしらじらしい。しかし歩いていると物語の一部になったような快感がある。

夢の島の屍体のニュースは未だ見かけない。あんがいあのまま朽ち果ててしまうのかもしれない。ずいぶん蠅を集めていることだろう。

緑朗がニュースを見落としてきただけかもしれなかった。このところ自殺や変死の話題は尽きない。新聞はすでに個別の報道を放棄して、毎日一覧表を掲載している。

たとえ報道されたところで、栄はそのうちの一行に過ぎないのだ。多数の死に埋もれてしまう。あたかも内戦や飢餓下のように。

このところろくに食べていないのを思いだし、途端に空腹に耐えられなくなって、フライドチキンの店に入った。なんでもよかったのだが、前を歩いていた少女の集団が楽しそうに店に吸いこまれていったので、つい釣られて続いた。

　列のひとつに並んだ。

「――ダイエットにね」

「ほんとに効くの」

「四キロ落ちた」

「嘘こいてんじゃねえよ」

「顔は痩せない体質――」

　少女たちは隣の列にいる。近隣の女子校の制服を着ている。

　標準服というやつで、厭なら着る必要はない。いまはそれを着るのが流行だ。制服を着ないことが流行する時代もある。どちらにしてもお互いが似た服装になる。

　ひそひそ話にぼんやりと耳を傾けていた。エスという単語が頻出するのに気づいた。覚醒剤。子供のあいだで流行っている。

「お客さま、ご注文は」

　女店員がカウンター越しに緑朗に笑顔を向けた。綺麗な歯茎をしている。

「マジックマッシュルーム」

「は？」

「冗談」

　適当なセットを注文して金を払った。

　鶏肉やコーラの載ったトレイを捧げて、二階にあがる。

　テーブルの多くが埋まっていたが、奥の一角だけががらんと空いていた。

　いちばん奥まった席で、若い女がひとり、拡げたバインダーに見入っている。大学生だろう。

　隣のテーブルにトレイを置く。

　美人ではないが清楚な横顔だった。風雨に晒された枯木のように無駄がなかった。ニューヨークを旅行したとき遭遇した老女を思いだした。

　容貌や態度に共通するところはない。老女はだらしなく太って、汚い服を着て、下品な言葉を吐き、狂った眼をしていた。明るい灰色の眼だった。

　ウォール街のはずれのハンバーガー店だった。食べ散らかしたあとの包み紙にテーブルごと埋もれているというのに、彼女の前にはまだ二十個ものハンバーガーが積みあげられていた。ポパイに貢献したあとのウィンピーを演じているとしか思えなかった。

　半壊したハンバーガーを手に、ケチャップに汚れた唇で、周囲の人間に、あるいは宙に向かって、呪いの言葉を投げ続けていた。彼女の存在に気づいたが最後、緑朗はかたときも目が離せなくなった。

「わたしは狂っている。おまえも狂っている」

彼女は緑朗に向かっていった。

「おまえを犯して殺してやる」

彼女と隣の女学生のあいだにはなんの共通点もない。坐っている席の感じが似ているだけだ。

緑朗はチキンに齧《かじ》りついた。

ぺちゃ　ちゅば

得体の知れない音が耳を掠めた。女学生のほうから聞こえたと思い、ふり向いた。彼女は書類に見入っている。テーブルにはバインダーのほかにコーヒーのカップと灰皿が載っているだけだ。

ちゅるるる　ごり　ぐえぇ

緑朗の正面にあたる席に階下にいた高校生が集まってきた。音には気づかないようだ。

髪や衣服をしきりに整えながら、リップクリームでぬめらせた唇にストローやポテトスティックを運びはじめる。お互いを牽制するようにゆっくりと、自分がもっとも美しく見えるように。

店内を見まわしてみても、怪訝そうな顔はひとつも見当たらない。隣の女学生は紙巻莨に火をつけている。だれにも聞こえないのか？

じゅぷ　しゃご　べり

緑朗は油脂に濡れた唇を動かした。意識するほどに音は明瞭さを増し、耳朶に絡みついてくる。

「だれだよ」

空調のノイズかなにかだ。

自分にいい聞かせて食事を再開した。最初のひと切れを骨ばかりにし、くっついていた軟骨を齧りとり、それも呑みくだした。

視界の隅の女学生が、ふと老婆に見えた。もちろん錯覚である。

しかし幻影の余韻が、ある単語を――ghoul――想起させた。

食屍鬼《グール》。

永遠に満たされない食欲を抱え、墓地を、屍体置場をさまよう。

女学生の本性を、ふとかいま見てしまったのだろうか。それともあの老女のようなものが彼女と重なりあってそこに……莫迦ばかしい。おれはなにを考えてる。

苦笑して、チキンや魚フライが盛られたバスケットに視線を落とした。散乱した小骨。黄色い脂。栄の感触が甦った。抱えようとした二の腕の柔らかさ……ぺっとりと濡れた頸の断面。

胃が勝手に収縮して食べたものをバスケットに吐きもどしてしまった。咽が大きな音をたてたものだから、少女の集団が気づいて口口に悲鳴をあげた。

吐くのは苦しくなかったが鼻がつんとなって涙がでた。ハンカチで眼のまわりと口とを拭い、トレイを持って席を立った。

屑《くず》もの入れに全てぶちまけた。騒ぎ続けている少女たちに、

「おまえらが臭いからだ」

と憎まれ口をいって階段を下りた。

階段は静かだった。

京橋《きょうばし》の〝ひらゐ〟は沖縄の百年古酒や中国の薬酒《やくしゅ》やベルギーの修道院ビールといった一

風変わった酒ばかりを置いた店だが、内装は昭和初期あたりの洋館の一室かあるいは品揃えを絞った骨董店のように見え、地下一階の入口に通じる階段は巧みに湾曲してドアを通りから目隠ししている。鈍角に開いたL字形の塗りのテーブルが店内の大半を占める。著名人の私的な会合に使われることが多い。

ときどきによって人を増やしたりもするが、大抵はふじこという五十がらみの店主がひとりで接客する。ふくよかな顔に和服がよく似合い、頭の回転が早く、口が堅い。

「お待ちしておりました、坊ちゃん」

斎藤慈雨《さいとうじう》を従え薄暗い店内へと踏みいった緑朗を、ふじこが小走りに出迎えて、きれいに染め整えた頭をさげた。

「坊ちゃんはやめてよ」

「あら、おほほほ」

ふじこは唇を隠し、緑朗のサングラスから店の奥へ、すっと視線を流した。

「慈雨さん、どの席でもご自由に」

枝毛だらけの斑頭《まだらあたま》をふり返っていい、ふじこに追随した。

厨房にすべりこんで、ふたりドアの陰に身を隠す。作りつけの古風な戸棚がいささか重苦しいが、万事美しく整頓され、強いにおいもない。

「川北砂雲《かわきたさうん》を断ったのよ」

最近人気の日本画家の名をいって、ふじこは拗ねた目つきをした。

「感謝してる」

女のまるい顎をつかんで、唇を吸う。

ふじこは急速に軀の力を抜いて吊るされた木偶《でく》のようになった。舌にだけ生命力が漲《みなぎ》っていた。

やがて唇を離すと、

「いやだわ、こんなおばあさんに」

と目尻に柔和なしわを寄せた。

「いつも綺麗だ」

「およしになって」

またとろんとした目つきになってきたので、緑朗はすこし後ずさった。

「最近、祖父さんは？」

「社長は」

もったいぶって髪を直す。パトロンの動向をこの女が記憶していないはずがない。

「ここ何か月かお見えになりませんでしたけど、昨日宮丸《みやまる》さんからお電話が。来月、お誕生会とか」

思わず吹きだした。老人が老人たちに囲まれて七十本の蠟燭を吹き消している光景を思い泛べた。

「じゃあ、今日の勘定はそのお誕生会に」

「承知いたしました」

長テーブルにもどる。慈雨の向かいに腰をおろした。

舞台化粧なしの慈雨は、虚弱な中学生のようなつるんとした青い顔をしている。

慈雨というのは本名だそうだ。落ちつかない表情で、色鍋島《いろなべしま》などを飾った棚やおとなが抱えて腕に余るほどの花花を載せた李朝箪笥《りちようだんす》を見まわしている。

「すぐお食事に？　それともまず飲みものでも」

「あ、うん、食事を」

「お酒は」

「いや、まず食事を」

緑朗はうなずき、指を鳴らした。ふじこがきた。

「こちらにお食事を。おれにはそう、白ビールを」

「かしこまりました。お料理には少少お時間をいただきます」

ふじこは深く頭をさげた。

彼女の料理もなかなかのものだが、手の込んだものは近くの料亭から運ばせる。

高名な料亭であり、ふつう急の仕出しなど受けつけないし、運んでもお仕着せのような弁当に限られる。〝ひらゐ〟の客筋を承知しての特別サーヴィスだ。

料亭の味を好んで、それを〝ひらゐ〟でしか食べようとしない我儘な客もいる。我儘を通せるほどの客であり、料亭にとっては膳を運べるだけで願ってもない。

つまり〝ひらゐ〟は経営上独立した店でありながら、料亭の別室の側面も持っている。

「神話とかさ、好きだったよね」

素朴な料理を、と緑朗が指示しておいたからか膳の彩りはなんとなく田舎じみていたが、慈雨には気に入ってもらえたようだ。付き添ってきた料理人が厨房で温めなおした椀で唇を湿らせてからは、別人のように弁舌が滑らかになった。

「神話、どこの」

緑朗は身を乗りだした。慈雨は箸を迷わせている。

「それよりもさ、チェシャの本名って知ってる?」

「いえ」

「草薙巽。これどういうことだかわかる?」

「いいえ」

軀を背もたれにもどす。

「草薙ってさ、事務所の社長の苗字なんだよ。今年四十いくつかで、もちろん男」

「血縁?」

「ないよ。養子。どういうことかわかる?」

「さあ。いつごろ縁組みを」

「CRISISを結成した直後。想像はつくと思うけど、事務所主導でできたバンドなんだ。おれはもともとソロで契約するとこだったの。でもCRISISで弾かないかって話になって、ベースなんか触ったことなかったからさ、それから特訓。ルイス稲毛《いなげ》は知ってる?」

「なんとなく、名前くらいは」

「昔、スフィンクスにいた人。その人の個人レッスン受けて、半年でなんとか弾けるようにしてもらったの。ていうかさ、ここ、だいじょうぶ?」

慈雨はテーブルの端に待機しているふじこに視線を流した。

「外に漏れることはありません。保証します」

彼は改めて室内を見渡したあと、納得したようにうなずいて、

「ルイスって若い男が好きでさ、たしかに可愛がってくれたんだけど、しゃぶらせろってしつこいんだ。ある程度までは許したよ、こっちは立場弱いからね。つまり社長とチェシャのそれも、わかった?」

「つまり、結婚代わりの養子縁組だったわけですね」

茶と銀の入り交じった前髪が上下する。

「社長だけは巽って呼んでた。養子になる前の苗字は、ええと、忘れちゃったな。聞いた

んだけど」

「素顔の、ふだんのチェシャというのは想像がつかないんですが、どんな人物だったんですか」

「あのままだよ」

と慈雨はこたえた。

とても綺麗で、頭がよかった。

それがチェシャのイメージでしょ。あのまんま。

昔の外国の女優に似てる。なんてったっけ、キムなんとか。ノヴァク？　たぶんそれ。

Crippleっていううちの写真集があるんだ。見ないよね、ふつうね。でも可笑しいの。うちの音楽は聴いたことなくてCrippleは持ってますって子からファンレターがいっぱい来るよ、未だに。本物のミュージシャンから見たらさ、何十年シカゴブルースやってますみたいな、そういう人らってほんとに凄いと思うの、事務所の人間からCD借りたりしてさ、一生足許にも及ばないなと思うわけ、そういう人達から見たら、CRISISなんて素人なわけじゃん。そのくらいは自覚してる。でも関係ないんだよ。CRISISのCDはまだ聴いたことがありませんがCrippleは毎晩眺めてますっていう手紙が、本当にいっぱい来るんだ、そんなもんなの。友達はみんなチェシャがいいっていってるけどあたしは最初からジウがいちばん素敵と思ってました、みたいな。笑った？　ロックってたぶんサージエンドペーパーズで終わってる。それはルイスがいってたんだけどね。いやバンドかな。ザ・バンド知ってる？　かっこいいよねあれ。ビートルズとどっちが先？　あ、そう。なんだっけ。

そうだ、Crippleにチェシャの顔だけの頁があるの、でっかくさ、ナチュラルメイクで。それ見て、ほんと綺麗なんだなと思った。天女みたい。ロングショットは悪魔。男だよ。それは知ってる。胸膨らませてたけどね、付いてるもんは付いてた。見えるさ。楽屋、ファッションショウ状態だから。でも違和感なかった。それがチェシャって感じ。そういうとこってファンってほんと不思議なのさ。チェシャの裸なんか見たことないくせに、あの子らが勝手に抱くイメージってけっこう本質を突いてる。両性具有的で、頭が切れて、底意地がわるくて。

意地悪だった。ものすごく意地悪。最初のころはけっこう苛められたよおれ。ツアーで北陸に行ったときさ、真冬で、大雪だったのね。夜中、ホテルのおれの部屋にやってきて、ジウ、UFO見にいくよっていうんだ。えって驚いてたら、金子《かねこ》から聞いてないのか。金子ってのはマネージャーの名前。もうみんな車で待ってる、その格好でいいから一緒に来い、間に合わなくなるって、なにに間に合わなくなるのかわからなかったけど、おれスウェットにTシャツ一枚だったんだけど、スリッパ掛けのまんま部屋を出て、途中でやっぱり上着を取りに帰ろうとしたら、チェシャがわたしのを貸してあげるって肩に掛けてくれたんだ。玄関前にごっつい四駆が停まってて、残りのメンバーが乗ってた。チェシャはほとんど飲まないんだけど、ほかはそうとう酔ってる感じだった。この車どうしたのって訊いたら、ホテルから借りたって。ふつうは貸さないと思う。無理を通すのがうまいんだ。だからツアーは楽しかった。女なんてのはさ、女はさ、はっきりいって簡単なの。簡単に手に入る。おれなんかベース弾きながら、ずっと会場のさ、前のほうに並んだ顔を見てるわけ、今夜はどれにしようって。曲の合間にローディやマネージャーに服装と髪型をいって部屋番号を伝言させる。百パーセント来るね。友達とふたりのことが多い。元気があれば両方喰っちゃう。気に入らなかったらほかのメンバーにまわしたり、友達とやってるとこわざと見せてやったり。意外と逃げてかないんだ。ブスがさ、闇《くらがり》でじっとこっちを見てる。なんとなく気になって、けっきょくそのブスの顔見ながら終わっちゃったりしてね。変な気分だよ。水族館にいる感じ。どっちが観客ってんじゃなくて……たぶんみんな魚なんだ。

水族館。夜の。

そういう部分じゃないんだよね。けっきょくバンド屋なんて娼婦と変わんないわけじゃん、客に媚び売って、売り続けてるうちに干凅《ひから》びて、そうなったらボロ屑みたいに棄てられるわけで、政治家が国民国民って繰り返すよね、ああいうの見てていつも、おれたちはその頭数に入ってないなと思う。でもチェシャといると違うんだ。逆転するの。いろんなもの持ってる人間ほどそういう自分を恥じいって、縮こまってくのがわかるんだ。だってチェシャってなにもないわけじゃん。年齢も性別も経歴も技術もない。なのに完璧だから。UFOってのはもちろん嘘だったの。おれを連れだす口実。どんどん山んなかに入ってくんだよ。UFO見るんならそうだよなと思ったり、こんな天気なのに見えるのかなと思ったり、そのうちみんながこのへんだな、このへんだろうっていって車が停まって、チェシャが、ジウ、あの樹の幹にメッセージが残ってるかどうか見てきてくれ。スリッパだよっていったら、靴でもどうせ濡れるだろう、蟹座の男じゃないと都合がわるいんだって、訳がわかんない、でもそれがチェシャなんだ。車のなか暖かかったから上着は返しちゃってた。Tシャツにスリッパ履きのままで吹雪のなかに出てったよ。チェシャに逆らうのはとても難しい。吹雪のなか震えながら歩くほうが楽なんだ。樹に近づこうとすると膝まで雪に埋もれて、すぐにスリッパを取られた。エンジンの音がした。ふり返ったら車が方向転換してた。樹を照らしてくれるんだと思ってたら、そのまま走っていっちゃった。

　実験だったんだ。なんだかで、どうやったら手を汚さずに人を殺せるかって話になったらしい。飲んでてそんな話になることは多かった。みんなだれかを憎んでたから。こんな夜に外に置き去りにすれば一発だろってキイボードのラリーがいって、本名は野沢《のざわ》ってんだよね、しょっちゅうラリってるからおまえラリーだって社長がつけた。だけどチェシャが、九十九パーセント不可能だ、必ずだれかに救出されるさって。そしたら、チェシャっていい方がきついっていうか嘲笑うみたいなとこあるからさ、ラリー酔ってたし怒っちゃったんだって。だから山奥にだよ、山奥にだっていまいおうとしてたんだよって、あいつの口調は想像がつくよ。チェシャは譲らなかった。チェシャは譲らない。譲る必要がない。いつも正しい。人も車も通わない山奥なんかいまの日本にそう残ってないし、吹雪の夜にそんなところまで出かけたら自分自身の命が危ないって、そりゃそうだよね。だけどほかの連中もラリー寄りで、反発がね、最初は内部でも強かったから。そしたらチェシャが、じゃあジウで実験しようっていいだしたんだって。行けるだけ遠くにジウを捨ててこよう、だけど死なないよ、もしも死んだらわたしひとりの仕業にしていいよって。おれだけ早く部屋にあがってたからね。チェシャとはべつの意味で浮いた存在だったし、絶好の鴨《かも》っていうか。みんなどろどろに酔ってたってわけでもないのに、そんな話に乗っちゃったのが不思議なんだけどね、チェシャの言葉って催眠術みたいなところがあるからな。

死ななかった。だからここにいる。三時間くらい歩いた。雪は慣れてんだ東北だから。さすがにTシャツ一枚は初めてだったけど。寒かった。ただ寒いってのはすぐ超えちゃって、なんていうのかな、痛いんだ。ものすごく大きな力で軀を無理な方向に捻りあげられてる気がする。痛くてだるくて指を動かすのもうんざりでね、でも歩いてなきゃ死ぬからさ、象亀みたいな動きで自分でも可笑しかったけど、とにかく歩き続けた。タイヤの跡を歩いてればそのうち車が通りかかって助かると思ってた、最悪倒れちゃったとしても。ところがぜんぜん来ないんだよ。あかりもないし、真暗っていうか真白っていうか、ただ雪がぼおっと光ってる感じがするだけ。叢や石の上だけ盛りあがってて、すれ違いざま人間かと思う。なんだか都会を歩いてるみたいな、だんだん本当にそんな気してきて、あれ、ここ高円寺《こうえんじ》じゃないの、とか。気がついたら、家のなかだった。知らない家に知らない家族。寄って集《たか》って洋服脱がされて風呂に入れられて、でも湯に浸かっててもまだそれが現実なのかどうかわからなかった。あとで聞いたら、ちゃんと玄関から入ってきたって、呼び鈴押して。憶えてないんだよね。もっと可笑しいのが、その家って山奥の山奥の一軒家だったんだよ。置き去りにされた場所よりずっと。知らずとUターンしてたんだよね。怖くない？

朝になって目覚めてからも意識は朦朧《もうろう》としてて手足には感覚がなくて、いまでもおれさ、足の指の感覚がない、いつか治るのかな、だけどホテルの名前はいえたから送ってもらえた。爺さんが、ふつうの古い乗用車で、タイヤにチェーンが巻いてあるだけ。吹雪はまだ続いてて、明るい状態で見るとまるで南極だった。こんな車で大丈夫かなと思ったけど、大丈夫なもんだね、腕前なんだね。ホテルのロビーで、まだ朦朧とした頭で、もう平気です、ありがとうございます、お世話になりましたって頭さげて、そのままチェシャの部屋まで行ってドアを叩いた。チェシャは起きてた。おれの顔見て、ほほえんで、お帰りジウっていって唇にキスしてくれた。どういうことだったのか、それでだいたい察しがついた。

でも怒れなかったな。怒っても、口論しても、どうせチェシャには勝てないし。バンドも社長もチェシャには逆らえない。もっとも、いうこともやることも完全にチェシャの世界だからさ、おれらには半分も意味が見えなかったけど。よく人に謎謎《なぞなぞ》出してたよ。

「謎謎?」

「王は賢者を追い払いたい。掟によれば召し抱えるべきは、両眼の見えない賢者七人、片眼の見えない賢者十人、両眼の見える賢者五人、片眼の見える賢者九人。王は何人の賢者を残せばよいか。これだけはよく憶えてる。解けたから」

「何人?」

「考えて。あんた大学に行ってんだろ。おれ中卒だけど十秒で解いたよ。数学だけは得意だった。数学者になりたいって本気で考えてたんだ」

緑朗はグラスを口に運んだ。問題を解こうにも、条件自体すでに憶えていない。

「神話に詳しかったというお話でしたが、具体的に、どの地域の」

「世界中全部じゃない? チェシャが知らないことなんてあったのかな。いつも難しい本読んでた。読み終わると棄てちゃうんだ。頭に入ったからって」

店の電話が鳴った。ふじこが小走りに店の隅へと進む。

「ひらゐでございます——はい。はい、少少お待ちを」

受話器を手でふさいで、

「坊ちゃん」

と唇を動かした。

「わからないって？　いまどこに」

ふじこはうなずいて、いまどちらから、と受話器に問いかけ、また顔をあげた。

「ＳＳビルのティールームだそうです」

「迎えにいくと伝えて」

紙巻莨をくわえて立ちあがる。慈雨が食事中なので遠慮していた。

「お膳のご用意は」

「じゃあそろそろ。あとふたりだから」

「十六人」

慈雨が椀に顔を伏せたままで声をあげた。

緑朗が怪訝な顔で見ていると、やがて椀を置いて、

「これ、お代わりできるかな」

「もちろん」

ふじこが寄ってきた。

「十六人というのは？」

「賢者の数」

うなずいて、ドアに向かった。

日の暮れた街をさまようように進む。黄昏月が追いかけてくる。歩いても歩いても、ビルの狭間に待ち伏せていて緑朗を嘲笑《あざわら》った。

サングラス越しの景色は水綿《あおみどろ》の涌《わ》いた水槽のように昏く、いずれも不格好な人工光が太った金魚の鱗よろしく無作為に現れ、やがて消える。

——この界隈じゃ、だれもが狂ってるのさ。

道に迷った少女にチェシャ猫はいう。

——おれも狂ってるし、おまえも狂ってる。

いま甫めて気がついた。老女が吐いたのはチェシャ猫の台詞だったのだ。偶然の一致かもしれないが。

昼間の女学生に狂った老女の姿が重なり、そこに草薙巽ことチェシャのイメージが交錯した。

複数のスケッチを重ねて透かしたような、なんの姿にも見える奇怪な肖像。

チェシャという人を喰った芸名はだれがつけたのだろう。慈雨に訊ねようと思って忘れていた。

ビル風が紙巻莨を煽り、火の粉が舞った。指の力を緩めると紙巻莨は風にさらわれ、朱色の蛍のように歩道の外に逃げ去った。緑朗は交差点を折れた。

演説が聞こえてきた。ずっと聞こえていたのだが、風の唸りにも思えていた。地下鉄の入口の脇に黒いマイクロバスが停まっている。屋根の上で黒い背広を着た白髪の老人がマイクを握っている。右翼の宣伝車だ。アジテーションにしては穏やかな口調だ。数人のサラリーマンが立ちどまって耳を傾けている。

「——特定の国家による組織的テロであるとか、いかがわしい宗教団体の仕業であるとか、あるいは医薬品が、食品添加物が引き起こした集団ヒステリーであるといった、根拠なき噂で人心を乱そうというのでは断じてないのです。わたくしは、わたくしたちはただ、国民のみなさんに認識していただきたいのです——」

緑朗も車の前で足を止めた。

老人は痩せこけていた。上半分が黒いセル縁の眼鏡をかけ、頬から顎にかけて貧相な髭を生やしていた。

車体には、白文字で団体名やスローガンが書かれている。いわく、

　自国民の意志による真の国民憲法を

靖国の魂への畏敬こそ平和国家の礎

北方領土権は国際条約上保証されている

地図も描かれている。北海道の東端から択捉島《えとろふ》まで赤く塗ってある。ドアの硝子越しに運転者の姿が見えた。ポロシャツ姿の中年男だった。まるまると太っているのにどこかしょぼくれている。

「――経済活動に勤《いそ》しまれること大いにけっこう。精神力のみで国家の繁栄が実現すると信ずるには、われわれは多くを経験しすぎました。だけど、ねえ、どうか聞いてください。たしかに異変は起きつつあるのです。わたくしは大戦を、敗戦を、朝鮮戦争と高度成長を、バブル景気とその崩壊を、無数の犯罪と国民的狂気を目の当たりにしてきました。いずれも外側から、いささか怜悧な視線でもって眺めてまいりました。その同じ視線をして、いま強烈に感じるのです。東京はいま未曾有《みぞう》の危機にさらされている。わたくしのような老骨さえ経験したことのない、正体不明の危機です。週に三百もの異常死！　それが都心にのみ集中している。国家的異常事態と呼ばずしてなんといたしますか。なのにマスコミは興味本位で個個の事件を書きたてるばかりで、背後に見え隠れしている巨大な影からはわざと目を背けている――」

　緑朗が足を止めてから五分ほどで、演説は終わった。ぱらぱらと拍手が涌いた。

　老人は歩道に向かってふかぶかと頭をさげ、ポロシャツの男の手を借りてマイクロバスの屋根を下りた。

　巨大な影の正体を彼がどう想像しているのかという興味で最後まで聴きとどけたのだが、老人にも皆目見当がついていないらしい。個別の死と捉えるな、危機を認識しろ、といった主張に終始していた。

　たぶん、彼は正しい。しかし蜘蛛の巣の存在に感づいたからといって、蝶は飛翔の高度を変えられない。

　粘ついた糸はその複眼に映らない。

　――ティールームのドアを押しても、場面は転換しない。

　店は街路に面していて細長く、外の景色に合わせたように仄《ほの》暗い。

　テーブルが二列に並んでいる。列車の食堂を連想させる。

　夢のなかを泳ぐように、狭間を進む。

　数組の男女がランプのあかりに頬を染め、眸《ひとみ》をぎらつかせている。

　犬が、と助けを求めるような声があがった。

「窓の外、黒い大きな、鹿みたいな」

二三個さきのテーブルで、マネキン人形のように小さな顔をした少女がウィンドウを指さしていた。

緑朗も街路に視線を転じた。

犬は見当たらない。

サラリーマンが数人、地下鉄の入口方向に足を急がせている。

その向こうを車の群れが行き交っている。

しかし鹿のような黒犬など、どこにもいない。

店内に視線を返した。

言葉を発した少女の向かいに掛けた女が、身を捩って緑朗を見つめていた。

ひと月ぶりに見る、鞠谷雛子だった。

4

馨の目撃した巨犬もまた屍《かばね》に違いなかった。

灰色の舌を口吻の端にだらりと垂らし、ウィンドウの土台に前肢を乗せて、建物のなかを監視していた。

くろぐろとした巻き毛に被われた魚のように薄い肢体は、瞬間、馨を蠱惑《こわく》した。しかし蒼い両眼に意識の輝きがなく、ただ汚濁した澱みのように世界を撥ね返していることに気づくなり、切迫感が胸に渦巻き絡みついて息苦しくなった。

あたしを襲うのかしら。襲って喰い殺すのかしら。

「犬が。窓の外、黒い大きな、鹿みたいな」

馨が声を絞りだすと、雛子もウィンドウに顔を向けて、真新しいブラウ型の眼鏡を外した。

同時に犬は消失した。

異常な素早さでいずこへか跳び去ったようにも、幻燈画のようにただ掻き消えたとも見えた。

不吉な白い残像だけが宵闇にのこった。

見ただろうか。

雛子のほうを向いた。

しかし彼女は街路とは別の方向に頭を向けていた。

サングラスをかけた青年が立っていた。

眼を隠していてもなかなかの美貌であることがわかる。

「甘粕？」

雛子に問うと、青年にそうとわからぬ程度にうなずいた。

大体のラインで想像通りの男だった。

雛子の心をカリスマ的に支配しているようだが自分を威圧するほどではないと踏んでいたから、予想が裏切られなかったことにいささか落胆した。これまで轡が付きあって顎で使ってきた男たちと五十歩百歩の印象だった。

「遅くなっちゃって。行きましょうか」

甘粕緑朗はいったん黒眼鏡を外したが、思い直したようにかけなおし、テーブルから伝票を取りあげて勘定場に向かった。

意外と静寂を湛えた目つきをしていた。下瞼に疲労が窺えた。

しばらくぶりの雛子の姿に彼が内心動揺しているのを見てとって、馨の心は優越感に染まった。

このひと月、夜昼《よるひる》となく雛子に付き添い、彼女の変貌を目の当たりにしてきた。一言でいえば、雛子はいま、羽化の瞬間を迎えているのである。

——雛子のような人間の生態が、馨には神秘でならなかった。

飾らない、といえばまあ通りはいい。しかしそう評される人間というのはそう評されるよう慎重に自分を飾りたてているもので、雛子の、自己への無関心とは根本的に性質が違う。狂気に近い無関心と、馨の目には映った。

他人を不快にさせない最低限度のお洒落と社交術。この最低限度というのが曲者《くせもの》で、悪趣味や粗暴よりある意味で質《たち》がわるい。自分に手間暇かけることを心底嫌って、刑務所の労役のように感じている証拠だ。口紅を塗るという行為ひとつをとっても、雛子の場合、人並みに埋もれ、存在を薄れさせるための手段なのだ。

そういう人間が、しかしどんな集団にもわずかな割合で存在する。寂寞《せきばく》としているであろう彼らの内面を想像すると、馨の心はいつも軽い鬱《うつ》状態に陥った。彼らの自我が意識の薄闇のなかでどういう姿に輝いているのか、彼女にはとんと想像がつかないのだった。

手を怪我して東京にもどってからの雛子は、話しかければ気丈な笑顔を見せるには見せたが、口数はめっきりと減り、必要以上には外出せず、馨がいないと食事もろくにとっていないようで、会うごと顎や瞼の膨らみが落ち頬は血の気を失って、このところ手や視線の動きはまるで蜉蝣《かげろう》が翔び漂うように、ゆらゆら、ゆらゆら、といまにも堕ちていきそうに感じられる。

自分から口を開くかと思うと、それはよくピアノの話だった。

「発表会が、厭でたまらなかったの」

「なぜ」

「上手《うま》く弾かなければ嗤《わら》われるし、上手く弾いたら妬《ねた》まれるでしょう」

「黙って坐ってるだけでも妬む人間は妬むよ」

「わたしは周防さんのように人目を楽しめないから」

「人の目がつらいんじゃあ音楽なんか苦しいだけじゃない」

「楽しく弾けるときもある。好きだったのは合唱の伴奏」

「でもロックバンドでカーテンの陰は無理だ」

「φの主役は甘粕さんだから。φも楽しかった。もう音楽はできないかもしれないけど、だとしてもφが最後でよかった」

「そのうち治るって」

「でも前のようには弾けない。それはわかるの」

いずれの対話も淡淡としたものだったが、その表層を浮き沈みしていたキイワードにあとから気づいた。

伴奏、に執着していたのだ、彼女は。

伴奏者。

それが雛子が鞠谷雛子に与えた役割に違いなかった。けっして目立つことなく、人人の脇でひっそりと和音を刻む。それが彼女にとっての音楽であり、人生のあるべき姿なのだった。

切断された二本の指には未だ感覚がないという。つまりそれは失われたままである。彼女の右手は、包帯と、指先を落とした手袋のような白い合成皮革の拘束帯に被われている。伴奏者としての条件を失い、彼女はいま急速な変質を遂げつつあった。

手の傷口から長い割裂が生じて、殻のなかで時間を弛《ゆる》めていた成虫組織がようやく乳白色の姿を現し、黄緑に色づきはじめたかのようだ。

滑らかな腹部を反らし、濡れて縮んだ羽を外気に揺らしている。

変態《メタモルフォーゼ》のさなかにあるいまの彼女は、たぶん成熟して浮遊を始めた未来の彼女より、よほど艶《なまめ》かしく、妖しい。

「甘粕です。彼女の、大学のクラブの」

喫茶室を出た緑朗はそう馨にいい、

「ええと」

と手を突きだして自己紹介を求めた。

「馨」

簡単にこたえる。緑朗も簡単にうなずいた。

「ヒナの意味は」

馨が問うと、彼は苦笑気味に、

「まだ聞きだせてない。ずっと勝手に喋ってるよ。知らないのかもしれない」

「ジウってギター？」

「ベース」

「音低いんでしょう」

「低いね」

「どのくらい」

「慣れないと聞えないときも」

「聴こえない音でなにを弾くの」

「さあ」

「甘粕さんは？」

「ギター」

「あたしも弾けるよ。Emだけ」

「意外とそれでじゅうぶんかも」

「Emだけで出来る曲ある？」

「おれが作ってあげるよ」

雛子は黙ってふたりの会話を聞いているか、あるいは聞いていない。夢遊病者のように見える瞬間がある。

三人は比較的足早に夜の街を進んだ。

「思ってたより元気そうで、安心した」

緑朗が雛子に話しかけた。

ご心配を——と雛子は唇を動かして、そのまま語尾を濁した。

〝ひらゐ〟は仄昏い夜気のなか、湖底の都市のように息をひそめて往来の目を避けていた。

緑朗は無言で階段を下りていく。馨、雛子の順で続いた。

厚い木製のドアが開くと、長いテーブルの端に斑色の頭が見えた。

「ジウ？」

馨が訊ねる。緑朗は小さく頭を動かした。

「お待ちしておりました」

ふくよかな中年女が出てきて、またも場違いなふたつの新顔に型通りの会釈をした。着物にこめられた香が、内心の拒絶を表すように冷たく匂った。

CRISIS のベーシストは少年と呼んで差し支えないほど幼い顔つきをしていた。一足先に食事を終えているようで彼の前にだけ敷物も箸もない。小振りなグラスに淡い琥珀色の液体を揺らしている。

馨たちを見てぎょっとしたような表情になったが、緑朗に指示されてテーブルの向かいに付いてみると、そのつぶらな目は一心に雛子の顔へと向けられているのだった。

「後輩の鞠谷と、そのお友達」

まりや、とベーシストの唇が復唱した。

「話せば長くなるし、ぼく自身、彼女らが語ってくれた範囲でしか事態を把握していないんですが、どうも東京に、空前絶後の異変が起こりつつあるらしい。死んだ人間が甦ったり――」

「犬も」

馨が口をはさむ。緑朗は片眉をあげて、

「だそうです。その姿なき〝死者〟たちが、生きてる人間を襲っては殺し、つまりは増殖している。彼女らにはそのさまが見えると。CRISIS に妖都という曲がありますね」

そのとき、緑朗が優雅に組みあわせた手のうえを漂っていた慈雨の視線が、あたかも許可を求めるように雛子に向けられたのを馨は見た。雛子はきょとんとしている。

「あの歌詞は？」

「チェ」

　返事をしかけて、激しく咳きこんだ。顔色がなんとなくおかしい。

「チェシャだよ。全部チェシャ」

「あの曲の詞に、いま起こりつつある異変を予見しているようなくだりがある。偶然かもしれない。その可能性のほうが遥かに強い。それでも妖都に縋《すが》らざるをえないというのが実際のところです。われわれはヒントが欲しい」

「ごめんよ」

　慈雨がいう。震え声だ。緑朗は鼻白んで沈黙した。

「あ、いや」

　彼はグラスを握った手を強く動かして、酒をテーブルに撒きちらした。

　走りよってきた女将がそれを拭いているあいだに、天の声にでも急きたてられたように席を立ち、ズボンを乾かしてくる、急用を思いだした、気分がすぐれない、などと矛盾した言い訳を並べながら、後ずさるようにドアに向かった。

「もしもし、周防さん？」

「だれ」

「甘粕です」

「ああ」

「深夜にごめん。寝てたかな」

「起きてた。今日は、もう昨日か、ご馳走さま。携帯教えてたっけ」

「鞠谷から聞いた。いまちょっと大丈夫かな。いまどこに」

「自分の部屋。なんで」

「あまり帰らないらしいって」

「それは事実。雛子、どんな感じだった？」

「いちおうふつうに話してた。笑ったりも。周防さんはどう思ったかと」

「震えてたね」

「ああ、震えてた。なにかに気づいた、という感じに見えたんだけど」

「ジウのほうも」

「彼も変だった。きみたちと会う前はああじゃなかった」

「あたしじゃないと思う。雛子ばっかり見てた」

「うん。面識があったんだろうか」

「接点があるとは思えないけど」

「鞠谷、あのあとは？」

慈雨は飲んでいる。

飲んだくれている。高円寺の高架下の店だ。最低の酒と最低以下の肴を出す。材料に含まれた保存料と無暗《むやみ》に濃い味つけとで辛うじて腐敗を免れている突きだしの小鉢には、よく小さな油虫が混じっている。ビールは高いのでだれも頼まない。間違って入ってきた真《ま》っ当《とう》な勤め人や学生もそれが店のルールだと誤解して注文を避ける。焼酎らしき酒を湯やホップ飲料で割って飲む。ホップ飲料より酒のほうが安い。酒は一升瓶から注がれるが、瓶のラベルは変色し皺が浮いている。店主が店の裏でポリタンクに入った液体を漏斗《ろうと》でその瓶に移しているのを慈雨は見たことがある。上を電車が通過するたび、薄気味わるい振動が息苦しい店内を襲う。さっき最後の振動が過ぎた。彼はこの店を憎悪している。不健康で不潔な店主の顔を見るだけで反吐《へど》が出そうになる。CRISISへの加入が決まり事務所が借りあげた一間きりのアパートに暮らしはじめた晩、彼もまた間違ってこの店に足を踏みいれた。

高架下には居酒屋が軒を連ねている。単純な選択のはずだった。四五人の先客がいた。活気がないくせにねっとりと生温かい霧に満たされたような雰囲気に違和感をおぼえつつ、他の客を真似て飲みものを頼んだ。テレビがついていた。まだ放送時間内だった。二杯めか三杯めあたりで、おそらくは店主の態度から、彼はふと自分の失敗を悟った。彼は晒し者だった。その場にいるだれよりも、清潔な洋服を着、髪型に金をかけ、艶やかな肌をしていた。店じゅうが彼を羨望して卑屈な憎悪を抱いていた。憎悪こそ、この店の最高の料理なのだった。客は、お互いを、あるいは自身を、あるいは記憶の人人を、あるいはテレビの向こう側の世界を憎んで、それを肴に工場廃液のような酒を流しこむ、毎夜、正体を失くすまで。今夜霞網にかかった生きのいい獲物が慈雨だ。新鮮な憎悪を運んできてくれた。ご馳走だ。慈雨の頬は紅潮し、斑《まだら》に染めた髪の毛の根にふつふつと汗が湧いた。擦り傷だらけのジョッキを思いきって空にすると、急に眩暈に襲われた。気を保つため油じみたカウンターの焼焦げが人の顔に見える部分に目の焦点を合わせようとしたが、かえってその顔を支点とした遠心力を感じはじめた。店が高速で廻転する。慌ててよろけながら外に飛びだし路上に嘔吐した。その日はろくに食べていなかったので、咽はポンプのように液体を放出するばかりだった。迷彩柄のズボンを濡らして店内にもどってきた彼を、いくつもの濁ったまなざしと画面上の水着の女たちが迎えた。二度と来るものかと憤りながら、金を払って家に帰った。

なのに今夜もまたここにいる。ここを離れられたのはチェシャが死ぬ前のほんのいっときだけだ。映画収益のカウントダウンやエクササイズヴィデオの通信販売や薄汚れた赤ら顔や油虫の輝きを眺め、涌きあがってくる世界への憎悪を、つんと鼻に沁みる混合液で胃の腑の底に押しもどしている。やがて酩酊が訪れるだろう。憎悪と忘却の空白だけが、彼を束の間、さまざまな恐怖から遠ざけてくれる。


「意識はしっかりしてても軀がいうことをきかないような感じだった。タクシーのシートを指でがりがり引っ掻き続けて、降りるまでに小さな孔を空けちゃった」

「運転手には？」

「だいじょうぶだったけど、手を押さえつけても、ものすごい力で掻き続けるの。雛子って叱りつけるとそのときははっとなって、ああどうしようなんて笑ってた。でも喋ってると勝手に涙がでてくるみたいだった。自分で驚いてて、なにかしらこれって。しばらくするとまたがりがりやりはじめる。運転手に聞こえないよう、あたし、ずっとひとりで喋ってた」

「しばらく一緒にいてやるべきだろうか。どう思う？」

「そうしたいならそうすれば。雛子が欲しいんでしょう」

「なにを急に」

「廻りくどいのが厭なの。正直にいえば。恥じゃないんだから」

「違うといったら、嘘になるね」

「ついててやれば。無駄だとは思うけどね。もうあんたの知ってる、ただとろくて可愛い眼鏡女なんかじゃないから。あたし、見てきたからわかる。これからの雛子は、あんたなんかには手が届かない」

「鞠谷は鞠谷だよ。おれだって彼女のことはよく知ってる」

「そっちが本当の雛子とは思えない。べつに意地悪でいってるんじゃないよ。内側には、ずっとべつの雛子が息をひそめてたんだと思う。それがようやく外に出てきた。羽化したの。だからいまはまだ、空気もなにもかもひりひりして痛い」


おい、と肩を揺さぶられて目を覚ますと、慈雨は路上で若いサラリーマンの集団に囲まれていた。それまで歩きながら夢をみていた。音の夢だった。

……そ……そ……そ……という、くぐもった音が鼓膜を揺らしていた。夢のなかでも慈雨は眠っているらしい。不定形な幾何学模様の闇のなか、その音に耳を澄ませている。やがてそれが雪の音であることに気づく。牡丹雪が窓を叩いて桟にすべり落ちる音だ。

夢のなかで眠る慈雨は、それでもどこかで、自分が夢のなかにいることを意識していた。チェシャの実験に連れだされ命からがら辿りついた、あの民家にいる夢だろうか。あのとき夜通し聞えていたのがこの音だ。だけど子供のころもよく聞いた。まだ祖父も祖母も生きていた。

いきなり体当たりしといてその挨拶はないだろう、となかの眼鏡をかけた男がいった。そういわれても言葉を発した記憶が慈雨にはない。あたりを見まわして、そこがまだ高架下の飲食店の連なりがようよう途切れかけた場所であることを知り、すこし驚いた。長い夢だと思っていたから。

男たちは六人いた。淡い鼠やオリーヴ色の背広を同じように着崩していた。あいだを通り抜けようとすると、おい、と今度は後ろから突き飛ばされた。慈雨はよろけて電柱に顔面からぶつかった。頭蓋の内側に閃光が走った。鼻を撫でると、その下にぬるりと血の感触があった。ふり返り、呪いの言葉を吐こうとして、彼らの顔をよく判別できないことに気づいた。彼らの半分が眼鏡をかけている。たった三人なのに、最初に自分に文句をいったのがどの男なのかわからない。怖じ気づいた慈雨に男たちは罵声を浴びせた。いいたいだけいって逃げんのか、この餓鬼。胸糞わるい。こういう餓鬼が視界に入ってくるだけでいつも吐き気がしてんのに。

こいつらな、知ってるか、おれたちを街の背景だと思ってんだ。サラリーマンなんか人間じゃねえと思ってんだ。いつもそういう目で見やがんだ。てめえらが残飯漁りの鴉のくせによ。そのままどうしょうもない大人になって日本を汚すんだろう、この公害が。教えてやろうか。なあ教えてやろうか。本当はおれたちが日本を動かしてるんだ。おれたちだけのためにな。おまえらのことなんかだれも考えてない。人の数に入ってないのはおまえらのほうなんだ。

　知ってるさ、と慈雨は思う。

　ごきぶりだよ。ごきぶり。物陰から出てくんじゃねえ。踏み潰すぞ。だいたいおまえ、老人か？　眼鏡をかけていないひとりが慈雨の髪をつかんだ。それとも外人か。なんなんだこの髪。女みたいな顔してやがる。唇光らせて、おかまかおまえ。おかまかおまえって訊いてんだ。こたえろおい、こたえろよ。領頸《えりくび》をつかんで振りまわされた。

　ネクタイに向かって唾を吐いた。男は激昂した。半殺しにしてやる。腹を蹴られた。二度三度と同じ場所を蹴られた。そのくらいだろ、と別の男が制止に入る。だいじょうぶだよ、こいつらどうせサラリーマンは区別がつかねえんだ、背広着てネクタイしてましたとしかいえないんだ。こいつの同類に後ろ蹴り入れられたことがある。昨日のお礼だとか吐《ぬ》かして、区別ついてねえんだよ、だからおれは知ってる、なあ、と男はまた慈雨の腹を蹴った。周囲も便乗して脚や尻を蹴りはじめた。膝で背中を蹴る者もあった。

　子供同士の喧嘩のような鈍い暴力の乱打だったが、浅い水に溺れるのに似た苦しさがあった。全力を出せば逃げられると思うのに、その時機がつかめない。崩れそうになるとだれかがまた襟を吊りあげた。死なれちゃ困るんだよ。生きて、這いずって仲間んとこに帰んな。明日死ね、遠くで。久しぶりの、あるいは生まれて初めての他人への暴力は、男たちを忘我させている。慈雨が苦しみのなかで視線をあげると、恍惚となったまま凍りついた仮面が近くに遠くに揺らいでいた。楽しいなあ、おい。ひははは。最高だ。なあ、おれ起《た》ってきちゃったよ。そりゃよかった、半年ぶりだろう。やっぱりストレスだったんだよ。ああ堪んねえ、こいつが女だったらなあ。あんがい女じゃねえのか。雌ごきぶり。だれか触ってみろよ。ひとりの手が慈雨の腹の下に伸びる。ちぇっ男だ。でも起《た》ってやがる、可笑しいなあ、起ってやがるぜこいつ。おかまだ。その気になってんだ。やっちまおうぜ。起ってんなら和姦だろ。だれかこいつにキスしてやれよ。顎を引きよせられた。身を固くして抵抗すると顔を殴られた。仮面のひとつが接近する。伸びかけた髭と毛穴の群れが慈雨の視界を埋めつくす。息が臭え、ひどい酒飲んでやがる。別の仮面が近づく。本当だ、臭え臭え。だいじょうぶだよ、駅前にコンビニあったろう。だれかオーデコロン買ってこい。こいつに飲ませてやろう。いいにおいになるさ。それから口紅も。口紅もな。

「恐ろしい体験が続いて、一時的に感情が昂ってるんだ。おれはきみが思うほど不真面目な人間じゃないよ。鞠谷の支えになりたい」
「都合が良すぎるんじゃない。本当はあたしたちの話なんか信じてなんかないくせに」

「東京になにか異変が起きつつあることは認めてる。おれも恐ろしい目に遭ってるんだ」

「どんな」

「いえない。おれに罪が被さる」

「あんたがだれかに罪を着せようとしてんじゃないの。いっとくけどあたしは雛子と違うよ。あんたを心からは信用してない」

「ご自由に」

「あんた、上辺は若いけど中身は狡賢い老人だもの。何人女がいるの。あの店の婆《ばばあ》ともできてるでしょ」

「莫迦なことを」

「隠しても無駄。女の目つきの意味はわかる」


脱出への野心が慈雨を奮いたたせようとする都度《つど》、男たちは敏感にそれを悟った。攻撃は漣《さざなみ》のように慈雨を苛《さいな》んだ。痛みは催眠効果を生み、彼に幾度も短い夢をみさせた。

ＬＳＤの幻想に似ていた。周囲の凡てがぐにゃぐにゃと不定形になり、触手を伸ばして生温かく彼に浸透する。あらゆる暴力が心優しき魔女の爪のように彼を内側からまさぐり引き裂いた。ごめんよ、ごめんなさい、と慈雨は痛みに服従を誓い、やがて夢から醒めると、目の前にはチェシャが立っていた。

背広の男たちは相変わらずまわりにいて、慈雨の頰を叩いたり向う脛を蹴りとばしたり、そのうえコンヴィニエンスストアに走った男が、こんなのしかなかったけど、とがさがさ音をたててナイロン袋からスプレイ瓶を取りだしているのまでわかるのだが、ちょうどテレビに別チャンネルがあるように、たしかにチェシャはそこに存在しているのだった。

「チェシャ」

慈雨が呼びかけると、チェシャは嫣然《えんぜん》とほほえんで、彼の頰に冷たい指先をすべらせた。

「助けてよ」

ほほえんだまま、眉根を寄せて困り顔をつくる。

「おれ、やられちゃうよ。チェシャなら出来るだろ。助けてよ」

「ジウ、おまえはいつも喋りすぎる」

とチェシャはいい、素早く彼に口づけた。ちろりと舌がすべりこんできて、薄荷かアルコールのような刺激を残して、逃げた。

見棄てられる。慈雨は直感し、チェシャ、と叫ぼうとした。ところが舌も上顎も咽も、急に麻酔にかかったように動かず、感覚もない。へはあ、と無声の息が肺から吹きだしただけだった。チェシャは彼に背中を向けた。

蓋を外したスプレイ瓶の口が顔に押しつけられた。揮発性の内容液が一瞬熱く、そのあと冷たく彼の頬を濡らし、頸筋を伝って胸にまで流れた。瓶が半開きの唇に捻じこまれた。強い香料のにおいと柑橘の皮に似た苦みにむせ返りそうになったが、軀のほかが抵抗を示していているというのに口腔や咽はつくりもののようにその軽い液体を受容し、胃の腑へと運んだ。強い異物感に慈雨の軀は震えた。どの男かが慈雨の開いた唇に顔を寄せ、ほらいいにおいになった、と笑い、どの男かが顎をつかんでリップスティックを押しつけてきた。

女じゃないか。こいつ女だよ。いい女だ。男たちは雄叫びのように繰り返しながら、駐車場の車と車の隙間に慈雨を引きずりこんだ。突き飛ばして転がされ、俯《うつぶ》せに押さえつけられた。無数の手が彼の動きを封じた。ベルトを外されズボンが引きおろされるのを感じたが、争うほどの気力は残っていなかった。なんとでもなれ、なんとでも、と自分にいって聞かせるように頭のなかで繰り返した。厭な時間は必ず過ぎる。忘却の淵に沈んでいく。

慈雨は顔をあげ、闇を見た。行き詰まりの壁の向こうに黒い大きな犬が佇んでいた。長い体毛は闇に対してむしろ翡翠輝石《ひすいきせき》色に輝いて見えた。

やあ、ケルベロス。

目で呼びかけると、犬は競技用自転車のように精悍《せいかん》な肢体をぶるぶるっと震わせ、軽快な足どりで慈雨に近づいてきた。すこし距離を置いて坐る。あたかもヴィクター犬のように小首を傾げて慈雨の顔を見おろしていたが、そのうちなにかが起きるのを待ちかまえるように、前肢をべったりと地面につけて姿勢を低めた。

その一連の動作を、かつて慈雨は見たことがあった。飼い主のチェシャが餌の生肉を切り裂きながら彼の名を呼び、それを彼専用のボウルに放りこんで合図を出すまでの待機行動に他ならない。男たちのひとりが慈雨に伸《の》しかかって下半身を密着させてきたとき、犬はじれたように生欠伸をした。猛獣の黄ばんだ牙が覗いた。

輪姦の苦しみと恥辱が慈雨の命綱になった。それが途切れたとき、彼は毒蜂に制覇された芋虫のようにわれを失うことだろう。その瞬間を黒犬は待ちかまえている。男たちがすこしでも快楽を長引かせてくれることを慈雨は祈った。自尊心をかなぐりすて恐怖と苦痛に頬を濡らしながら、動かぬ咽の底で喘ぎ、腰を振った。それでもなお、無意識の波は黄昏のように彼を呑みこんでいった。

ぱち、と指の鳴る音がどこかで聞こえた。

「子供が。鞠谷にくだらないこと吹きこまないでくれよ」

「子供だよ。だってあたし、まだ女じゃない。だから雛子とは違うっていってるの。驚いた？　だからあたしはあんたなんかには騙されない」

「いま聞いたことは忘れよう。きみが信用しようとしまいと、おれはきみたちの理解者であることを任じてる。けっきょくのところ〝死者〟とはなんなのか、おれなりに考えてみた。鞠谷はああいう状態だし、きみに聞いてもらいたいと思ってたんだが、いやなら電話をきる」

「いえば。〝死者〟の正体ってなんなの」

「わからない」

「莫迦にしてんの」

「違う。わからない、それが彼らの本質ではないかと思うんだ。本気でね。きみたちは生きて動く〝死者〟を見るという。それは人を殺すという。死んでいるものが意思を持つかのように徘徊するとすれば、それは物理的な制約を超えた存在だ。霊的、あるいは感覚上の、実体のない概念ということだ。それが即物的な殺人行為をおこなうといったら、存在自体が矛盾を含んでいることになる」

「だから怖いんじゃない」

「知覚の限界というか、なんらかの臨界を超えているということだ。群盲象を撫でるがごとく、われわれの想像力は彼らの実体に及ばない」

「屍体とかってより、もっと大きな存在だということ？」

「大きなというより、超えた存在かな。われわれは自分の知覚に信頼を置きすぎるきらいがある。本当は世界のほとんどなにも見えてないんだ。われわれの視覚は錯覚で成り立っているといって過言じゃない。壁の染みさえ顔と誤認するほどの貧弱さだ。嗅覚や聴覚に至っては絶望的。なのに意識はわからぬものにわかる形を与えようとする。魑魅魍魎の類が生まれる」

「想像力の産物だっていうの。けっきょく信用してないんじゃない」

「そうはいってない。このいい方ならわかるだろうか。仮にわれわれを、互いにコミュニケイトできる蟲螻《むしけら》だと仮定する。樹木の内部で一生を過ごす。啄木鳥《きつつき》が天敵だ。樹皮を穿ってわれわれを捕食する。さて、われわれの意識のなかで啄木鳥はどんな姿をしているだろうか」

「ウッディ・ウッドペッカーには似てない」

「いちおう正解だね。お互いコミュニケイトできるなら、樹皮を叩いて突き破る堅いハンマーと、その先から伸びてきて仲間を連れ去るしなやかな物体のことを知るだろう。しかしそれらが一個の生物の部分に過ぎず、その生物は頭が赤く、黒い翼で樹木のあいだを移動するのだと認識できる日は、永久に訪れない。いつか自身にも突然の死をもたらすかもしれない、堅い恐怖と柔らかい恐怖でしかない」

「天敵だっていうの、人間の」

「とも限らないがね。彼らの実体はわれわれのDNAに潜んでいて、われわれに予定通りの恐怖と死をもたらすのかもしれない。人口調節か、世代交代の促進か、いずれも憶測だよ。とにかくなにかの一部であるってことさ」

「以前はいなかったのよ」

「なにかが一定のレベルに達して自動スイッチが入ったかな。人類の進化は遅遅として続いてるという、ただそれだけのことなのかも。すくなくともこれはいえる。われわれをとり巻く世界は日日変わってるんだ。だからいつ新しいどんなものが現れたところで、それ自体は不思議でもなんでもない」

5

仮説の合理性にはいちおうの満足を得ていたが、わからない、の正当化など所詮論理ゲームに過ぎないという気もし、ゆうべはいくつも年下の子供を相手に詭弁《きべん》を弄してしまったと思えば、緑朗はいささか憂鬱だった。昼さがりにようやく起きだして机の前で紙巻莨を喫い、愛用のサドウスキイを膝に置いてまた紙巻莨に火を点けた。

すこしのあいだ、轍から聴かせてもらった妖都の単調な旋律をウェス風に辿《たど》っていたが、展開部に入ったところでふと指を止めた。机をふり返りファイロファクスを開いて、CDの付属冊子から写しとった妖都の歌詞を眺める。

自分の仮説はまるきり見当違いな方向をむいているように思えてきた。あるいはまた、チェシャはただジャパニメーション的叙事詩の断片としてこれを書いたに過ぎず、なにとして予見などしていなかったのではとも思えた。ともあれ栄は殺された。東京になにかが起きている。

歌詞のなか、ヒナという語はただ片仮名で表記されている。

ヒナ、ヒネ、シナ……伊邪那美。冥府の女王たち。

輪廻。生命サイクル。

千年王国。

東京。

頭のなかで、なにかとなにかが繋がったような気がした。そしてまた別のなにか——。ルービックキューブを合わせているような感じで、完成した立体の色並びは漠然と見えるのだが、手順を誤ると思いもよらなかった別の色が混じってくる。窓の外で音がした。カーテンの透かし模様の向こうに黒い影が見えた。ギターを机に立て掛けて窓に近づくと、それは飛びたって逃げた。生ゴミを漁りにきた鴉のようだった。

咽の渇きを意識した。たったいまビールで満たされた凍ったグラスとコカインが机上に出現したらどんなにいいだろうと思い、栄のことがたまらなく懐かしく感じられてきたが、けっきょくまたジタンのいがらっぽい煙で咽を苛めただけで、着替えて階下におりた。

祖母がテレビを見ていた。他に人はいないようだった。緑朗が長椅子の背後を通っても祖母は身じろぎもしなかった。ふと、彼女は死んでいるのではないかと思い、足を止めてその姿を観察した。肩が微妙に上下していた。

テレビの音が大きく、それは緑朗が冷蔵庫を開けて飲みものを探しているあいだにもはっきりと聞きとれた。さて次のニュースです。先頃メンバーのひとりが自殺して活動を休止していた人気ロックバンドCRISISの、今度は斎藤慈雨さんが昨深夜何者かによって殺害されました。遺体が発見されたのは――。

CRISISのメンバー　また死去

東京・杉並区　猟奇殺人の疑い

三十日午前六時半ごろ、東京都杉並区高円寺のＪＲ中央線高架下の駐車場で、人気ロックグループCRISISのベース奏者・斎藤慈雨さん（二五）が、全身血まみれの状態で倒れているのを通行人が見つけて一一〇番通報した。斎藤さんはすでに絶命しており、直接の死因は暴行のショックによる心不全とみられている。男性集団による性的暴行の痕跡もあることから、警視庁では集団による暴行殺人事件とみて捜査本部を設置した。

悪魔的なカルト集団が存在？

調べによると、斎藤さんは深夜二時ごろまで、現場から約八十㍍ほど離れた飲食店で酒を飲んでおり、そのあと一人で帰宅している途中、暴行を受け殺害されたものと思われる。午前六時半ごろ、通勤途中だったサラリーマン・比企貴史さん（三八）が血まみれで倒れている斎藤さんを見つけた。

現場は、JR中央線高円寺駅から中野駅に至る高架線路の下に設けられた駐車場の一角。斎藤さんは車と車のあいだに隠れるように倒れていたため、比企さんは最初、路面に広がった血だまりを車から漏れたオイルだと思ったという。遺体は半裸で、血まみれの惨たらしい状態でうずくまるように倒れていた。

医師の所見によれば、遺体には複数の男性による性的暴行の形跡があり、咽喉部や腹部には猛獣に食いちぎられたような裂傷があり、内臓および性器の一部が欠損していた。現在のところ、ほかに獣毛など大型動物のいた痕跡が見つかっていないため、警視庁では、犯人集団は斎藤さんを暴行後、特殊な形状の刃物で殺害、臓器を持ち去った可能性が強いとみている。

現場近くに住む六十代の女性は「夜も人通りのある場所でこんな恐ろしい事件が起きるなんて、東京は変わってしまった。もう住んでいたくない」と、表情を強ばらせた。

斎藤さんと同じアパートに住む学生・久野庄造さん（二〇）は「あの辺りではよく喧嘩が起きているが、通行人はみな見て見ぬふりをしている。最近変な事件が続いているから、きっと近くでもあると思っていた。気味がわるいので当分夜は出歩かない」と語る。

駐車場を管理している会社「小暮エステイト」の代表取締役社長・小暮隆仁さん（五七）は「高級車の部品の盗難が続いたため、警備会社に夜間巡回を頼んだばかりだった。事件を未然に防げなくて残念だ。今後はいっそう厳重に警戒し、利用者の安全を心がける」という。

斎藤さんが所属する音楽事務所「アルケオプテリクス」では事件に関し「チェシャ（先月二十日に自殺したメンバー）の一件からまだ日が浅いというのに、耳をふさぎたくなるような報せだった。事務所一同悲嘆にくれている。ファンの悲しみもいかばかりかと胸が痛むが、CRISISの音楽は永久に不滅だと信じている」とコメントしている。

◆中村冬彦・橙林学院大名誉教授（犯罪社会学）の話

猛獣の仕業ともそれを模した犯行とも考えにくい。悪魔的な教義を奉ずるカルト集団による、儀式的な殺人ではないか。

このところ都内で頻発している自殺や変死との関連はわからないが、史上稀に見る変質的かつ残虐な集団犯罪であり、犯人らの心理は想像を絶する。

――帝都新聞　六月三十日　夕刊――

「あにき」

と馨がドアの前で声をあげると、椅子の軋《きし》みと、衣擦《きぬず》れと、カチ、という金属音とが聞こえた。待て、という兄の返事があったが、程なくしてなかからドアを開いたのは、母親の喜美子《きみこ》だった。

「お茶をね」

訊ねもしないのに笑いながら弁明し、軀を隠すように盆を胸にあて、息子の部屋を出ていった。髪がすこし乱れ、口紅が落ちていた。喜美子は小柄で、背丈はすでに馨が追い越してしまった。歳は四十八か九になるものの、それよりだいぶ若く見える。馨の容姿は父方の遺伝が強い。母はどちらかというと南方系の容姿をしている。鼻は平ためで、唇はいつも笑っている。古代の性愛書の挿画のように。

兄の滋《しげる》は机の前にいた。ティーカップの上に湯気はない。

「なんだ、こんな夜中に」

「夜中しかいないだろ」

逆に文句をいって、ドアの隙間から室内にすべりこんだ。滋は二十八になる。形式上は周防総合病院に雇用されている。彼が椅子を廻転させると、自慢のグッチのベルトが腰のループをひとつ飛ばしているのがわかった。固い音を発したのはその金色のバックルらしい。馨は絨毯に唾を吐きたかった。

「なんの用だよ」

「チェシャを検死した人」

「その話か」

滋は人差し指で眼鏡を押しあげた。滋と馨はよく似ていると人にいわれる。たしかに部分部分は非常に似ている。しかし馨は自分のことは美しいと思うものの、滋の顔は甘ったれた鼠のようだと思っている。滋が机に向かってコンピュータのキイボードに触れると、ディスプレイ上の熱帯魚の大群が消失した。

「わかったの」

「たしかここに。当日だれがその遺体を担当したかなんて、外部から簡単にわかるもんじゃないんだ。ゼミのOBにけっきょくジャーナリズムに進んだ人がいて、監察医務院だったら有名な男がいるからそいつに訊いてみればといわれた。機嫌がよければ教えてくれるだろ。ああ、これだ。自宅の番号を教えるから、あとは自分でやれよな」

滋はメモ台を引きよせた。

「いい。憶える」

と馨はジーンズのポケットに手を入れたままでいったが、それは兄が字を書いた紙に触れたくないためだった。入るときドアに接してしまった片肘《かたひじ》さえ洗いたくてたまらない。馨にようやく物心がついたころ、すでに彼女の母と兄は正常心の一部を失っていた。いまにして過去のさまざまな情景が、雨の日の窓越しの景色のように画面をじっとりと湿らせ、脳裡に甦るのだ。もしかしたら自分の父親は滋なのではないかと彼女は疑っている。

滋は電話番号をいった。馨は頭に刻んだ。

「兼松」

「憶えた。ありがとう」

廊下に出ていくと、背後から、

「閉めろ」

と声がした。彼女はスリッパでドアを蹴った。

兼松岳雪が白髪を揺らして夜の新宿を歩いている。無声音で、途切れ途切れに、歌を口ずさんでいる。薔薇色の人生。

「岳さん」

と突然恰幅のいい若者が近づいてきて、その肩にとり縋った。あまり人通りのない路だったが、注視していた者があれば暴漢とでも誤解したかもしれない。岳雪は酔いに血走った目で青年を見あげた。

「ゆうこか。なんだ、その小汚い格好は」

青年は唇を尖らせ、身をよじった。

「仕事中なの」

野球選手かレスラーのような体軀だが、顔つきは子供っぽい。スポーツブランドのロゴの入ったパーカを着、腿ばかりが色落ちしたリーヴァイスを穿いている。とくべつどうという服装ではない、ここが新宿の特定の一角でなければ。

「露店に転向か」

「流行があるのよ。お店で綺麗にして待ってても、いまはあんまり儲からないの」

「頑張るんだな」

「行っちゃうの。ちょっとアラベスクにいてよ。岳さんのためだったらあたし、ちゃんと綺麗にしてくるから。もちろん商売抜きで」

「アラベスクならいままでいたよ。しばらく来れそうにないからまとめて付けを払ってきた」

「どういうこと」

「難問続出でね。見たこともないような屍体がごろごろ出てくる。切断屍体に破裂屍体に溶けかけた屍体、極めつきが今日検《み》た屍体だ。都会の真中で猛獣に喰い殺されてる」

「CRISIS の」

「ゆうこが新聞を読むとはね」

「テレビで見たの」

「おれの所見は無視されたがね。こちとら何十年も屍体と向きあってきたんだ。狂犬に咬み殺された赤ん坊も虎にやられた飼育係も検《み》たことがある。あれは刃物なんかじゃない。どこからどう見ても喰われた痕だ。地獄の蓋が開いて悪魔の大群が這いだしてきたんだろ。いまその禍禍《まがまが》しい姿を想像してるところだ。警察も政府機関も頭を絞ってるんだろうが、おれにも独自の材料がある。屍体が教えてくれるのさ、おれにだけこっそりとな」

「だから忙しいっていうの」

「遊び歩いてる気分じゃないんだ。最高のパズルに出遭って興奮してるんだ」

岳雪が眸を輝かせるのとは裏腹に、若者は表情を曇らせた。女ね、とその唇が動いた。

「女でしょう」

「おれに？　いるもんか」

「正直にいいなさいよ、卑怯者」

「正直に？　じゃあ正直に語ろうか。おれは気づいたんだ。おれはべつに女嫌いなんじゃない」

「ほら。畜生」

「嫌いなのは女じゃなくて、動くやつら全部だったんだ。それに気づいた。ひひ。動かないやつらが好きなんだ」

「きちがい」

「なんだろ。だからもう相手にするな。おれも興味がない」

「恨んでやる」

「ご自由に」

差し延べられた若者の手から、岳雪は身をかわした。若者は泣きはじめた。

「愛してたのに」

「おれもだよ」

肩越しにこたえる。若者は地面を蹴った。

「あんた、死ぬよ。あたしも死ぬけど、あんたも死ぬ。だってあたし、黙ってたけど、治らない病気なんだから。きっと岳さんにも感染《うつ》ってる」

岳雪が立ちどまる。若者の頬が赤みをとりもどした。

「びっくりした？　これが切り札だったの。狡いと思う？　でももう引き返せない。岳さんはあたしと一緒に生きて、一緒に死ぬしかないの」

岳雪はしばらく若者を見つめたが、やがてかぶりを振り、

「ひとりでじゅうぶんだ。死ぬのは怖かない。連中の仲間になるだけのことさ」

「噓」

若者は叫んだ。

「死ぬのが怖くない人なんかいない。だって、死ぬんだよ」

「おれは怖くない」

岳雪は駅の方向に歩きだした。

畜生、畜生、と叫びながら若者が商店のシャッターを蹴りつける音。


「鞆谷ですが」

「わたしです」

「雛子か」

「うん」

「どうしてる」

「まあ、元気」

「指は」

「動かない」

「すこしもか」

「感覚もまだ。でも元気。おとうさんは」

「なんとかやってるよ」

「ダリアは」

「そこで寝てる。腹を上にして」

「楡崎さん、きてるの」

「いや」

「手短にすませるから。すこし訊きたいの、おかあさんのこと」

「どんな」

「おとうさん、わたしに、なにか黙ってたことない？」

「べつに。なにもないよ」

「おかあさんの軀のことで」

「ないよ」

「先天的な異常、なかった？」

「異常？　いや、なかったと思う。急にどうしたんだ」

「ちょっと」

「異常といえば異常なほど病気がちではあったが」

「それだけ？」

「ほかには思いつかないな」

「そう。それならいいの」

「悩みでもあるのか」

「すこし、いま、考えてて」

「話せないことか」

「話せない」

「そうか」

「もうひとつ、正直にこたえてもらいたいことがあるの」

「こたえるよ」

「わたしにね、そっくりな人がいるの。死んでしまったけど」

「死んだって、だれだ」

「CRISISというロックグループで歌ってた人」

「おまえに似てるのか」

「写真はどれもお化粧してるけど、素顔はたぶん、そっくり。グループにいた人と会ったの。わたしを見て、言葉を失ってた。その人もゆうべ死んでしまったけど」

「歌手だったのか、その」

「そう。知らなかったの」

「知らない。それは、その男の名前は」

「おとうさん、男だなんて、わたしいってない」

「女か」

「男。というか」

「名前は」

「草薙巽」

「巽というのか」

「最近、自殺したの」

「巽が」

「おとうさん、正直にいって。その人、わたしのお兄さんなの？　それとも」

「違う。そんなことはない。他人の空似《そらに》だ」

「おとうさん、わたしね、おかあさんの抽斗を開けたの。おかあさんの箪笥」

「どうやって」

「人形に鍵が入ってるの。だからわたし、本当はもうわかってた。抽斗に、海で撮った写真が入ってた。ここにあるの。おとうさんとおかあさんと、わたしにそっくりな人が並んで写ってる」

「それは、いや、それはおまえだろう」

「違う。そっくりだけどわたしじゃない。おとうさんたちも若すぎる。だれなの」

「おまえだ」

「違う。本当はだれなの」

「おまえだよ」

「教えて、お願いだから」

「知ってどうする」

「ただ知りたいの。だれなの」

「兄だよ、おまえの」

「名前は」

「だから、たぶん、その男だ。巽だ」

「死んだのよ」

「知らなかった。しかし死んだと思って諦めていた」

「なにがあったの」

「突然、理由もなく家を出ていったんだ。十二のとき」

「なぜわたしに黙ってたの」

「話すきっかけがなかったし、わたしもおかあさんも忘れようとしていた。八方手を尽くして、どうしても見つからなかった」

「おかあさんはそのあとわたしを産んだの」

「そうだ」

「わたしは巽には一度も会ってないの？」

「会ってない」

「嘘。おとうさん、わたし、憶えてる」

「いったい、なにを」

「巽のこと。ずっとおかあさんの記憶だと思ってた。新宿にいた。それも憶えてるの。わたしは生まれたばかりか、せいぜい一歳か、でも不思議と憶えてるの。母親のように、巽がそばにいた」

「記憶が混乱しているんだ。おまえはずっとうちで育った」

「子供のときから、なにか違う、なにか変だと思っていたの。わたしははじめ巽に育てられてたんだと気づいたら、頭のなかのいろんなことがきれいに整理できた。お願いだから、おとうさんの口からいってください。巽は、わたしのなんなの」

「兄だ」

「だとしたら隠す必要ないじゃない。ただ行方不明というだけの人を、なぜ恥じたり隠したりしてきたの。おとうさん、本当のことをいって。もしもし。おとうさん、教えてください。わたし、だれなの？」

阿南洋《あなんひろし》は今年十四歳になる。学校の成績はわるくない。ただ場面によってひどく内向的になってしまうところがあって、そのせいか友達が少ない。昼休みといえばいつも図書館で過ごしている。

古い中学なので古い本が多い。どこにどんな本があるのか、図書委員より洋のほうがよほど詳しい。図書委員もそれを知っていて、洋のところに本の所在を訊ねにきたりする。

飛翔に夢中になっている。

科学やノンフィクションの棚からそれに関する本を抜きだしてきては熟読するのが日課だ。航空力学やロケット工学の基礎、蝶の飛翔に関する研究、航空機黎明時代の苦難の記録、月ロケットを夢みてアポロを見ずに死んだ勇者たち、無重力を体験した犬やチンパンジー、イカロス、ヘルメス、パラグライダー、初めて音速を超えた男、空中サーカスの女王……。

洋の両親は洋が小学校にあがると同時に離婚した。洋は父親に引きとられたが、その父親は仕事で三年も上海《シャンハイ》にいる。洋は叔父の家で暮らしている。

いとこの兄妹とはあまり仲がよくない。兄の卓也《たくや》は高校生で、長距離の選手だ。去年はインターハイに出た。妹の里香は洋のひとつ上。洋と同じ中学に通っている。外向的な性格で、学校ではいつも大勢に囲まれているし、マンションにもよく友達が遊びにくる。広い住居ではないうえ、里香は洋が友達の前に姿を現すことを嫌うので、そうなると洋はこっそりと外に出ていくか、あるいは納戸に設《しつら》えられたささやかな彼の場所に閉じこもっていなくてはならない。

卓也とはここしばらく口をきいてない。ある晩、沓脱ぎにあった新品のランニングシューズを珍しがって眺めていた。触るな、と後ろから体当たりされて、洋は沓脱ぎに倒れこんだ。ごめんなさいと謝ったが卓也はこたえず、靴を箱にしまって部屋に持ち去った。以来洋はそれを見ていない。

口にだしたことはないが、叔父と叔母のこともあまり好きではない。スポーツ好きの叔父は卓也のことが誇らしくてならず、ことあるごと洋と中学時代の卓也とを比較する。毎朝卓也といっしょに走れといわれたことがある。一度走ったがついていけず、午後になると片方の膝がソフトボール大に腫れあがった。自分は長い距離を走るのが苦手なのだと知った。叔父は洋の甘ったれた性格ゆえの体力不足と断じた。そのくせ洋が得意の英語で満点を取ってきても、けっして自分の子供たちを詰《なじ》りはしない。

叔母とはほとんど言葉を交わしたことがない。彼女は最初から、ひたすら洋によそよそしい。

その夜、洋はみなが寝静まるのを待ってから、スウェットシャツとジーンズに着替え、図書館で借りた本を二冊リュックサックに入れて、部屋を出た。食堂にはまだ叔母がいた。無言で歩みを進めていた。洋は息をひそめてその前を通りすぎた。

運動靴を履いていると、ラブラドル犬のクドが外出の気配を察知して駆けてきた。この黄色い一歳の雌犬だけが、唯一気心の知れた洋の家族といえた。

一風変わったその名は洋の命名による。一家がこの犬を飼いはじめたとき、兄妹が名前でもめているのを見かねて洋がそう提案した。スプートニクで宇宙に行った犬の名がクドリャフカというのだと説明すると、思いがけず叔父に気に入られて採用となった。

洋はクドの頸に腕を廻した。

「だめなんだよ。あそこには連れてけないんだ。ちょっと留守番してて」

はあ、はあ、と息を荒らげていた犬が、留守番という響きに急に尾をさげ、しょんぼりとうずくまる。

エレヴェータで地上に下りた。半屋外の駐輪場に置かれた青いマウンテンバイクは、洋の最大の財産だ。父が上海に行く前に買ってくれた。はじめのころは卓也が勝手にどこかに乗っていってしまうことが多かったが、そのうち擦り傷に被われ新品のころの輝きを失い、卓也のほうも背が伸びすぎてサドルの高さが合わなくなったため、ようやく完全に洋のものになった。サドルをあげてまで乗り続けたい代物ではなかったようだ。だいいち卓也は遥かに高価なロードレーサーを持っているのだ。同じ駐輪場に大切にカヴァーを掛けて置いてある。そのカヴァーを外す手間を惜しんで、彼は洋の自転車に執着していたのだった。

都下。駅から離れた閑静な住宅街だ。市境に向かってひたすら自転車を走らせていると、やがて住宅地は途切れ、ゴルフ練習場や化学工場や廃車場が現れ、そのあと植物園が見えてくる。それを過ぎると市民病院がある。自転車を降りて息を整えた。愛車をガードレールに鎖錠で固定して、建物の脇の夜間出入口に向う。

片側だけ開け放たれた硝子の扉ごしに、腕を組んで居眠りしている警備員の姿が見えた。跫音を忍ばせ、するりとその前を通り抜けた。見咎《とが》められたときの言い訳なども考えてあったが、赤の他人と話すのは面倒だった。階段の前から警備室をふり返った。人が出てくる気配はなかった。

四階まであがって、看護婦の詰め所の前を身を縮めて通過し、廊下の奥まった場所に並んだドアのひとつを開けた。

「おばあちゃん」

暗い、小さな部屋だ。ベッドを囲んだ機械のあかりが空間を縦横に遮るヴィニルチューブや絶縁線やステンレスの支柱や、毛布に被われた小さな肉体を照らしだしている。小さな赤い光の明滅が少年を安堵させる。

(洋だね)

「うん」

（そばにおいで。きっと椅子があるだろう）

洋はベッドに近づくと、壁に立て掛けられていた折り畳み椅子を開き、リュックを膝に置いて坐った。

（いま何時かしら。夜のようだけど）

少年は壁を見あげた。しばらく闇を見続けていると、時計の円い文字盤に目が慣れてきた。

「一時。夜中の」

（驚いた。そんな時分に遊びにきたのかい）

少年は苦笑った。

（今日は何曜？）

「火曜。水曜になったところ」

（日曜までだれも来ないと思ってたよ）

「ほんとは学校の帰りに寄りたいんだけど、遅いと叱られるんだ。卓にいさんみたいにクラブに入ってないから」

（夜中に出てくるほうがよほど叱られるだろうに）

「朝になったら帰るよ。すこし走って、汗かいて帰れば怒られないよ」

（脚がわるいんだろう。無理しちゃいけないよ。その代わり、おまえは本をたくさん読んでる。それでいいんだよ）

うん、と少年はうなずいた。

彼女は洋の祖母ではなく、曾祖母にあたる。じき九十の齢に手が届く。髪も皮膚も塩素に晒されたように真白い。骨は縮んで動物の子供のようだ。昨年脳梗塞で倒れて、以来意識不明のまま、ここでこうして長らえている。ただ生きているというだけで、自力では瞬きひとつできない。

その彼女とどうして対話が可能なのか、そもそも曾祖母の声はどういう仕組みで自分の耳に届いているのか、洋自身にもさっぱりとわからないのだが、曾祖母か自分のどちらかがいわゆるESP能力の持ち主なのかもしれないだとか、あるいは彼女の入院が引鉄《ひきがね》となって自身のなかに曾祖母によく似た別人格が生じたのかもなどと想像できる程度には、これまで多様なジャンルの書物を濫読してきた。真相がどうあれ、この曾祖母との対話がもっとも心安らぐ時間であることには変わりない。いつかクドともこうして言葉を交わせたらと願っている。

（学校はどうだい。仲のいい、なんといったかね、あのお友達とは？）

「おばあちゃんまた。西村《にしむら》くんとは学校が違うんだ」

（まあ。ほかに仲良しはいないの）

「西村くんほどの友達はなかなかできないよ。でもほかのみんなとも、まあまあうまくやってるから。クドもいるし」

(クドは元気？)

「うん。でもちょっと太りすぎてる。叔父さんが餌をやりすぎるんだ」

(そういっておやり)

「いったけど無視された。意地悪と思ったのかも」

(おまえはいい子だ。このさきいいことがたくさん起きるよ)

曾祖母との対話は洋のなかに奇妙な感覚を喚び起こす。鼻孔にチューブを差されて闇《くらがり》で眠る小さな生きものも曾祖母なら、澱みなく彼に語りかける美しいアルトもまた彼女そのものだった。ひとつの生命の陰と陽を視覚と聴覚からべつべつに感じている。急速に老いさらばえて萎えたかと思うと、次の瞬間には再び瑞瑞しく張りつめる、それ自体ひとつの呼吸器のような彼女の素肌に素裸で包まれて、浅い眠りに誘われているような気がしてくる。

(なぜ急に来たくなったの。いってごらん)

ん……と洋は口ごもった。

(怒らないよ。いってごらん)

「叔母さんが、ちょっと」

（嘉子《よしこ》が？　どうしたね）

「怖いんだ」

（なにかされたのかい）

「なにも。でも死んでるみたいで」

（ああ、あの女は死んでるようなもんだ）

「たとえ話じゃなくて、本当に屍体みたいなんだ。今朝叔父さんと喧嘩して、深川《ふかがわ》の実家に帰ってったんだけど」

（またかい）

「うん。でも学校から帰ったら、うちにいた。夢遊病みたいに家のなかを歩きまわってるんだ、ずっと。そのうちみんなが帰ってきて、叔父さんが晩ご飯つくったんだけど、みんな、叔母さんがいないみたいに無視してた。もしかして叔母さんのこと見えてるのぼくだけかもしれないと思ったんだけど、なんとなく訊けなかった。怖かった。出てくるときも歩いてたよ。なにもいわなかった」

（本当に死んでるのかもしれないね。欲だけは深い女だから、死んだってのを認めたくないんだろう。悲しいかい？）

「あんまり。あまり話したこともないし」

（そのうちあきらめをつけて消えるだろう。哀れだね。ああいう人間だけど、なにもわた

しより早く逝くことはないのに）

「朝まで本読んでていい？」

（明日も学校だろう）

「眠くなったら、おなかが痛いとかいって保健室で寝てるよ」

リュックサックを開いて中身を出す。

（あかりをおつけ。眼がわるくなるから）

「うん」

洋は曾祖母の枕元の、彼女には一度も役だったことのない読書燈をともした。

第三部

1

「死にたいのか」

怒鳴りつけてきた車のヘッドライトに深雪《みゆき》は笑いながらうなずき返した。

ライトのほうが彼女を避けた。ぎょっとした表情でハンドルを廻す若い運転者の姿が見えた。黄昏に幽霊に出遭ったとでも思ったのだろうか。

銀色に輝くパジェロ。助手席の窓からポメラニアンが小さな顔をだし、飾りボタンのように真黒い目で深雪を見た。

車はのろのろと深雪の前を通過して、横断歩道の前でまた、事切れたように停まった。

ブレーキ燈の輝きを深雪は哀れんだ。

わたしひとり轢く度胸もなしに、なぜそんな兇器を乗りまわすの。

いっそう堂堂と横断歩道から外れて、車道の残りを渡りきった。自動車の往来をべつにすれば、代官山《だいかんやま》は大好きな街だ。職場の仲間には下北沢《しもきたざわ》や自由が丘のほうが人気が高いが、過度に少女趣味な佇まいが深雪には鼻につく。

代官山は趣味がいい。非番の日はいつもこの街に足を延ばす。目新しいうえに実用的な洋服や靴があり、それらは青山《あおやま》通りのような莫迦げた値段ではなく、こぢんまりとしたカフェで美味《お》しいサンドイッチが食べられ、裏通りは閑散として散歩に向いている。夜には夜らしい闇がある。

――加士《かど》深雪は死というものをあまり怖れたことがない。看護婦という職業柄ではなく、幼児のころの刷込みのせいだ。

広島の実家近くに浄土真宗の寺がある。敷地の一角で幼稚園を経営している。二十年前は深雪もそこの園児だった。園長でもあるところの住職は、いまは息子に代替わりしているらしい。

年度末に生活発表会という催しがあった。年少の組の子らは音楽に合わせて踊り、年長の子供は寸劇をやった。いまはどんな題材が取りあげられているのだろうか。

深雪のときはアレンジされた仏教説話だった。彼女は主役の兎を演じた。旅の修行者に慣例の施しを行うべく、動物たちが食べもの集めにやっきになる。猿は果物と木の実。川獺《かわうそ》は魚。

しかし兎には捧げられるものがなにもない。

思いつめた兎は、旅人に薪を集めて火を点けるよう頼み、その燃えさかる炎のなかにわが身を投じるのだ。そしてこの兎こそが、仏陀の前世なのである。

しゅぎょうのおかたよ　しゅぎょうのおかた
わたくしには　あなたにごちそうできるものが　なにもありません
どうかかわりに　このわたくしをめしあがってください

サ行の発音が苦手だった。

しゅぎょうがすじょうになるのは辛うじて避けえたものの、このわたくしをめしあがって、というくだりに異常に力が入り、父母たちの失笑を買った。

その台詞をいいきったあと、背景の焚き火のなかに飛びこんでいくという演出だった。

炎は、梱包用の赤いナイロンの紐を無数に束ねて解《ほぐ》したものを、書割に重ねあわせてぶらさげ、表現してあった。ただそれだけのものに見えた。ところが炎の奥には刳りぬきがあって、兎はするりとそのなかに消えることができるのだった。

薪を描いた低い衝立を跳び越えて、深雪は炎に身を投じた。書割の背後で客席のどよめきを聞いた。

園児たちと背景。分断されていたふたつの要素が、突如交錯したのだ。深雪の目にもセットの出来は適度に稚拙で、仕掛けを予期できた観客は少なかったはずだ。しかしそれ以上に、自分の演技は迫真であったと思う。

心の底から兎になりきっていた。ライトを浴びててらてらと輝く薄紅色の房は舞台上の深雪の目に燃えさかる炎そのものであり、触れればきっと衣服や髪に転移して灼熱で彼女を包みこむかに見えた。

「旅人の正体は、兎の心を試しにきた、仏さまだったのです。兎の行いに感心して、仏さまはおっしゃいました」

「うさぎようさぎ、おまえのけだかいこころはよくわかりました」

先生のナレーションを受けてその台詞をいったのは、柏木《かしわぎ》くんだ。よく虐められた。いま思えば、よほどわたしのことが好きだったんだろう。

「わたくしにはなによりのほどこしでした。おれいに、おまえをてんじょうかいにのぼらせてあげましょう」

「すると兎の魂はたちまち軀を離れました。涼しい光が兎を包みます。もう熱くも苦しくもありません。そして兎の魂は、天に昇っていきました。高く、もっと高く――」

書割の陰でナレーションに耳を傾けながら、五歳の深雪は喜悦に身を捩らせた。その一連のイメージは幼女の心に甘美そのものだった。

飛行機よりも雲よりも高く昇って、見たこともない素敵な場所に迎えられるのだ。もう友達とは遊べない、大好きなプリンもチョコボールも食べられないけれど、そんなのは忘れてしまうほど素晴しいところなのだと園長先生はいった。

苦悶のあとの無窮の悦楽。

セックスの暗喩に思えていた時期もあったが、いまは、幼児の自分が感じたのはやはり死そのものだったと思う。ナイロンの炎を潜ったあの刹那、わたしは死の正体を悟ったのだ。

「カフェオレとＢＬＴ」

公道ぎりぎりまでテーブルを押しだした半露天のカフェで、好物を注文して金を払う。ボーイは脱色した長髪を後ろで束ね、片耳に大きな金の輪を刺している。

隣のテーブルでは大学生風の青年がビールグラスを傾けながらノート型のコンピュータを操っている。坐っていても、そうとう背の高い男だというのがわかる。

ときおり仕事を自賛するかのようにひとりでほくそ笑んでいる。

奇異な印象は持たなかった。彼の清潔そうな容姿のせいだろう。むしろ品のいいユーモアを感じた。

なにを打ちこんでいるのだろうと思い、トイレに立つふりをして背後から画面を覗いてみた。心電図のような図表に不規則なマークが並んでいる。訳がわからない。

変に思われないよう実際にトイレに入った。鏡を見た。

平凡な顔だけど醜くはない。口紅が落ちているが、いま直してもまたサンドイッチに拭われてしまう。だいいちバッグを席に置いてきてしまった。

深雪がテーブルにもどると同時に、青年の鞄のなかで携帯電話が鳴った。

「――はい、バイトはもう。まだ代官山ですけど。蓮見さん、いま、いま起きた？ 冗談じゃないよもう。どうしても今日聴くっていうから必死で打ちこんでたのに。もうひと眠りって、あんたって人はもう」

ずいぶんだらしない人間との待ちあわせのようだ。青年も慣れてしまっているのか、口調とは裏腹にあきらめきったような笑みを泛べている。

「ええ、そんな感じで。でも甘粕さんがもっと機械らしくしろって。機械らしくってねえ、まあギタリストらしいいい方ですけど。うん、基本的には。だってけっきょくはあの人のバンドだし――」

音楽の、どうやら編曲かなにかをやっていたらしい。

じゃあまた、明日電話ください、といって青年は通話を切り、溜息をつきながらまたパソコンの画面に見入った。

深雪は彼と話したかった。歳は上だろうか下だろうか。いずれにしても自分よりずっと物識りに見える。

言葉つきが優しい。きっと冗談も上手い。ひとときを共に過ごせたらどんなにか楽しいだろう。

見つめていたら声をかけてくれないだろうか。

安っぽい女に思われて軽蔑されるかしら。

視界の端に青年の姿を捉えたまま、深雪は皿のサンドイッチを平らげた。彼は一度も振り向かなかった。

ハンカチで指を拭おうとハンドバッグに手を伸ばして、それが隣の椅子のうえに存在しないことに気づいた。床に落ちたのかと思って椅子を引きテーブルの下を覗いてみたが、なにもない。黄色のルイヴィトン。

盗まれた。立って店内を見まわした。

「バッグ?」

話しかけてきたのは、ほかでもない隣のテーブルの青年だった。

「さっきテイクアウトの客が。若い女」

「本当ですか。黄色い、ヴィトンの」

「それだ。すみません、見てたのに。当たり前みたいにつかんでったんで、てっきり自分でそこに置いたんだと。変だなとは思ったんだけど」

「その人、どっちに?」

「たぶん恵比寿《えびす》のほう」

青年はコンピュータを畳んで鞄に入れた。

「いいですよ。洋服憶えてるから一緒に。まだ遠くには行ってないと思う」

深雪に先んじて通りに出ていく。お願いします、といって彼女も追随した。

駒沢《こまざわ》通りに向かって走った。街はいつの間にか霧っぽく煙っていた。

間もなく青年を見失った。思っていた以上に長身で、足も速かった。

女の姿を見ていない以上バッグの色を目当てに走るほかなかったが、考えてみたらバッグが剝きだしで提げられているとは限らない。紙袋にでも入れられていたら深雪には判別できない。その場合頼りにできるのは青年の目だけだった。

彼は交差点の前で待っていた。

「車で逃げたかな。恵比寿まで行ってみる？　いや、その前に、クレジットカードは？」

「クレジットカード、入ってました」

「暗証番号、生年月日？　だとしたら、身分証が入ってるとまずいですよ」

「番号は、電話番号と同じなんですけど」

「それがわかるものは？」

「入ってるかも」

「停めといたほうがいいですね」

青年は鞄から携帯電話を出した。何カード？　と深雪に訊いて、番号案内で信販会社の番号を調べた。

「すみません」

青年は電話のボタンを押しながら、

「現金は？」

「現金は、たいした額じゃないです。ほかには、化粧品くらい」

「きっとバッグがいちばん高いね」

その通りだった。

携帯電話を手渡された。青年が恵比寿の方角を指さす。

青年のあとを歩きながら、信販会社の人間と話した。取引を一時的に停止するから、このまま見つからなければ後日正式に再発行を申請してくれといわれた。電話を青年に返した。

彼はさかんに周囲を見まわしていたが、けっきょくなにごとも起きないまま恵比寿の駅前に着いてしまった。

交番で盗難届を出した。わたくしが何年何月何日の午後何時ごろ代官山の飲食店どこそこで食事をしていましたとき、トイレに行きましたとき、席にもどりましたら、隣の椅子の上に置いていましたルイヴィトンの黄色いバッグがなくなっていました。バッグの中身は、同じくルイヴィトンの財布と、そのなかには現金が約二万五千円とクレジットカードとバスの回数券と両親の写真が入っているのですが、色はバッグとは違い茶色で柄が入っています。ほかには文庫本が一冊と、化粧品類と、それらは布製の小さなポウチに入っており、その内訳は……といった調子の信じがたい文章で警官は深雪の証言を用紙に代書した。予想していたより遥かに時間がかかった。

交番を出ると、青年が案内板の前に立って待っていた。礼をいいそこねたとばかり思っていたので心の底から驚いた。

あの、なんで？　と思わず訊ね、その失敬さに気づいて頸を縮めた。

「お金がないと帰れないかと思って」

「帰るのは、タクシーで。帰れば、お金はありますから」

「家、どこ」

「家は、荻窪《おぎくぼ》なんですけど」

「もったいない。莫迦ばかしいよ」

財布を出し、千円札を抜いて深雪の手に押しつけた。

「でも」

「代官山、また来るでしょ。おれもバイトしてますから。携帯鳴らしてくれればいいから」

すみません、どうもすみません、と頭をさげて金を受けとった。本当は生活費のどこを切り詰めようかと頭を痛めていたのだ。気軽にタクシーを使える状態ではなかった。

「なにからなにまで、ご親切に、どうもすみません、どうお礼をいったらいいのか」

「じゃあ、いまから一杯だけ付きあってください。約束すっぽかされちゃって、ひとりでもうすこし飲んで帰るつもりだったから。もちろん奢ります」

「いえ、それは、できないです」

「なら、その一杯も貸しということで」

――ガーデンプレイスの一店でビールを飲みながら話した。青年は比較的名の通った私立大学の学生で、深雪よりすこし年下だった。

学生のくせに名刺を持っていた。これが携帯、といってそれをテーブルに置いた。岸轍という名前だった。

「大概みんな、轍《てつ》と呼ぶんですけど」

ずいぶんと話好きなようで、また話し慣れてもいて、訥弁《とつべん》の深雪を相手に会話を途切らせない。かといって洗練されているというほどでもない。

初めての銘柄のビールを飲んで、旨い、と歓声をあげてみたり、突然深雪の災難を思いだして窃盗犯に対してひとりで怒りはじめたりといった子供っぽさを、繰り返し覗かせる。

素朴な正義漢と感じた。好感が増した。

「音楽、なさってるんですか」

「あれ、なんでわかったの」

「わかったのは、あの、電話で話されてたのが、ちょっと聞こえて」

「ああ。そうそう、バンドをね。ロックというかフュージョンというか、歌はないんです。地味なバンド。そのドラムにすっぽかされて、まあいつものことだけど」

「轍さんは、なにを、ええと」

「ベース。ベースギター。わかります？　音の低い、ぼーんぼーんっていう」

「はい。あ、なんとなく」

「中学のときね、おれはピアノ習ってたんですけど、おまえ背が高いからベースだって。なんなんだろ、未だにやってますけど。ところで深雪さんは？　なにしてる人なの」

「ええと、ＯＬです」

仕事に就く前は想像だにしなかったことだ。看護婦です、と胸を張ってこたえられた例《ため》しがない。同僚もみなそうだという。

学歴や、世間的な評価が不当に低い職種であるという現実がまず彼女らに引け目を感じさせ、やがて業界の内幕に接するにつれ彼女らはますます寡黙になる。

「どういう会社？」

「ふつうの、その、医療関係なんですけど」

「製薬とか？」

「ええ、まあ」

凄い、といって轍はグラスを干した。薬剤師と思ったのかもしれない。

轍がボーイを呼んだ。深雪に笑いかけて、

「もう一杯、借ります？」

「じゃあ」

飲みつけないアルコールで頭の芯がとろりと熱い。薄い疼痛の殻がそれを被っている。

轍の仕種や表情が、ふと四〇三号室の高瀬晃《たかせあきら》のそれと重なる瞬間がある。さきごろ末期の膵臓癌を告知された四十代の患者だ。入院当初は快活な紳士だった。

病院は告知しない方針を固めていたのに、当人が繰り返し嘆願するものだから決定が覆った。

余命百日。

高瀬は狂乱した。別人格と化した。医師を罵り、看護婦に唾し、家族を殴り、挙句に病院を脱走して酒浸りで放浪、痛みに耐えかねて自分で救急車を呼び、病院にもどってからは短い余命をさらに縮めたことを悔やんで泣き喚くという醜態だ。

死ぬなんてちっとも怖くないのよ、素敵なところに行けるのよ、と彼に教えてやりたいと思う。それも看護婦の職務だと確信しているのだが、ドアを押して高瀬の顔を見るたびその気が萎える。

生への執着に憑かれて血走り、窪んだ眼窩でぎょろぎょろと動きまわるその眼に、かつての優美な翳りはない。

小さく、サイレンが聞こえた。

「火事だ。近そうだな」

すぐ通りすぎるのではないかと深雪は思ったのだが、甲高い音色は轍の予想どおりいつまでも立ちどまっていた。

店の人間が気を廻してBGMの音量をあげた。弦楽四重奏にアレンジされたシャンソン。

「この曲、好きです」

「薔薇色の人生」

「そういうんですか。そうですか」

店を出たとき、サイレンはすでに鳴りやんでいた。

中庭でふと轍が立ちどまった。深雪の顎に指先をかけて引きよせる。

唇が降りてきた。ああ。これがキス。

歯の隙間を割って舌が傾《なだ》れこんできた。驚いたが、そういうものなのだと自分にいい聞かせて受け入れた。轍の右手が背中に廻される。そのあと左手が無意識に……たぶん無意識に、彼女の乳房をつかんだ。

きゃっと叫んで轍の胸を突いた。轍は唖然とした顔で後ずさった。

「あ、ごめんなさい」

「なに。え？　冗談でしょ」

深雪の全身を眺めまわした。やがて納得したように、

「参ったな」

と苦笑した。不潔なものを眺めるように眼を細めていた。深雪にはそう見えた。

「お金、郵送します」

一礼して轍から離れた。彼は追いかけてこなかった。

路上に出た。風がかすかに焦《きな》くさい。

誘われるように風上へ歩いた。駅から離れていく。どんどん、どんどん離れていく。

焼け跡を見てみたかった。切羽つまったような思いに背中を押されていた。

焦くささが強まった。現れた細い通りのアスファルトが、薄赤く照らしだされていた。

消防自動車は一台しか残っていなかった。帽子を被った署員たちがなにか測量のようなことをしていた。見物人が数人いた。

平屋の木造家屋だった。燃え落ちた部分から洞窟のように黒い内部を覗かせていたが、全体の形状は保っていた。

深雪は家に近づいた。家のなかに輝きが見えた。

はじめだれかが作業をしているのかと思ったが、見つめているとそれが小さな青白い焔

であることがわかった。まだ燃えている。胸が高鳴った。

焔はひとつではなかった。なぜ最初から気づかなかったのか不思議なのだが、ぽつぽつと上下左右に十字架のように並んで揺らいでいた。

焔の群れは周囲に燃え拡がることなく、そのままふわりと洞窟の外に飛びだしてきた。

ああ、と深雪は悦びの声をあげた。だれも見えないのかしら。わたしにだけ見える魔法の焔なのかしら。

深雪に接近してくる。いつの間にかまた数を増している。

その配置が人体を象《かたど》っていることに気づいた。炎の精？

熱気を感じた。焔の群れは両手を大きく拡げ、いましも彼女と抱擁を交わさんとしている。いまこそ——。

深雪も両手を差しあげて相手を招いた。掌が、頬が、じりじりと炙られてたまらなく熱い。でも苦しいのは一瞬。

大きな力が彼女を固く抱きとめた。髪が焦げて異臭を放ち、燃えあがったワンピースと下着がてらてらと肌を焼いた。そこかしこの皮膚が収縮して音をたてて裂け、捲れあがり、予想外に長びく苦悶に驚き見開かれた眼のなかでは硝子体《しょうしたい》が沸騰した。

ようやっと深雪は死を恐怖した。二十年ぶんの恐怖。

本当は死のことなどなにも知らなかったのだという当然の発見が、いまさらのように彼女を無限の深淵へと突き落とした。おおおおおお、と彼女は咽の底から悲鳴をあげた。

午前一時。

土屋広美《つちやひろみ》は手をハンカチで拭いながら腕時計を確かめた。勤務があけるまでの果てしない時間を思って歎息した。

生理前なので些細なことにも苛つく。味覚や嗅覚がおかしい。夜食のサンドイッチは紙の束のようだった。

鏡を覗くと眼のまわりがぼってりと腫れぼったかった。眼鏡を取って指でマッサージをし、ナースキャップの傾きを直して、洗面所を出た。

九年も勤め続けていると夜の病院の冷たく不穏な表情にも懐かしみを覚えるようになる。死のにおいに鈍感になってくる。

ある入院患者は快復して退院していくし、なんらかの理由で転院していく患者もいる。家で死ぬために退院する者もいる。残りは屍体となって出ていく。出口はその四つだ。ほかにはない。

経験を積むにつれ、どの出口から出ていく患者なのか予《あらかじ》め見当がつくようになってくる。それなりに扱う。

病院というシステムのプログラムの一行にいつの間にか成りさがってしまった。患者たちの目に自分の肌は床のリノリウムと同じ色に見えているのではないかと思う。

廊下の途中でだれかとすれ違った。

すれ違ったような気がした。俯きがちに歩いていたので確信が持てなかった。びっくりして横を向いたが、相手はすでに通りすぎていた。

「加土さん？」

とっさにその名が口にのぼったのは、すれ違い方のせいだ。

すれ違い方に特徴があるというのも面白い話だが、加土深雪のそれは確かに特徴的なのだ。なるべく相手に接近しないよう円弧を描いて、しかも直進しているのと同じ速度を保って瞬時に通りすぎる。

最初はよほど自分が嫌われているのだと思ったが、観察してみるとだれに対してもそうしているようだった。あるとき勤務を終えた彼女が大量の液体石鹸を使い執拗に手を洗うのを見て、ああ、この子は潔癖症気味なんだわ、とようやく納得できたものだ。

広美は立ちどまり、暗い廊下をふり返った。

人影はなかった。

よほどすばしこい人間ですでに角を折れて姿を消してしまったとも考えられたが、広美はたんなる錯覚であると結論した。加土深雪が非番である以上、それしかあり得なかった。

あんなすれ違い方をする人間、ほかにそうそういるわけがない。


「雛子」

と鞠谷津奈雄《つなお》は叫ぶように孫娘の名を呼んだ。わたしはだれなの、おとうさん、わたしはだれなの、と半ば機械的に繰り返していた雛子の声が途切れた。

「おまえの名前は巽がつけた。わたしがはじめておまえを見たとき、おまえにはもう雛子という名前がついていた。いつまでも隠している気はなかった。おかあさんが生きてれば、すくなくともおまえが家を出るまでに話してただろう。気弱になってたんだよ。おまえの頭に刻みつけてきた、自分でも信じようとやっきになってきた贋の物語を放棄するのが怖かった。だけどいまは話そう。いま話す。わたしたちには巽という名前の息子がいた。鞠谷巽だ」

端整な姿をした、しかしよく接してみれば、それはどこにでもいる、素直で、多感で、思いこみの激しい、腺病質そうに痩せた少年に過ぎなかった。そう津奈雄は雛子にいった。だれもを惹きつける笑顔を持ち、偏食が激しく、勉強嫌いで、少少怠け者でもあった。平凡な子供だった。変化は速やかに起きた。

中学に入るか入らないかのころから、巽は急に塞ぎがちに、言葉すくなになった。両親を避け自室に閉じこもり、読書にのみ時間を費やしているようだった。津奈雄は思春期にありがちな現象と目してとくべつ気を払わず、初めての海外への船旅にも少年を予定どおり連れだした。

出立のころ、巽の態度には新たな変化が訪れていた。ときおりではあったが、それまでの憂鬱の正体を見切ったような自信に満ちた表情を覗かせるようになっていた。その変遷が意味するところに津奈雄は思いいたらなかった。実直だけが取り柄で、想像力の欠如によって周囲に安心感を抱かせるタイプの男だった。そういう自覚もあった。彼はただ単純に、集中治療のような読書体験が閉塞していた少年の心に光を与えたのだろうと考えた。息子が笑顔を回復したことに安堵していた。

「巽はおかあさんによく似ていた。おまえもそうだがね。男の子だったが顔立ちはそっくりだった。しかし人に指摘されればたしかにそうだなと感じる程度で、巽を見ていておかあさんを思い泛べるようなことはなかった。性別からして違うし、わたしにとってはまったく別の人間だったから。ところがそのシンガポール旅行のあいだに違ってきた。巽と、おかあさんと、けっきょく葬儀も含めて三四回しか会ったことのないその母親とのあいだに、はっきりした連続性のようなものを感じるようになった。巽がある程度まで成長し、季節が夏で、というそれだけのことだったのかもしれない。そうなのかもしれない。おかあさんと見合いをして、初めて会ったのも真夏だった」

船の名は、凛寧丸といった。船内にはささやかな屋内プールがあり、乗客は自由に利用できた。船旅の初日、いくぶん明るさをとりもどしていた息子を津奈雄は水泳に誘った。売店で水着を選んでいるあいだから巽は困りはてたような表情でいた。

更衣室のロッカーの前で洋服を脱ごうとしない。津奈雄がどうしたんだと訊ねると、気分がすぐれないから見ているよ、とこたえる。その少女のような言い種に津奈雄は腹をたて、ひとりで水着に替えてプールサイドに出た。

プールにはだれもいなかった。監視員だけが退屈そうに椅子の上で文庫本を拡げている。津奈雄はひとりで準備体操をし、ゴーグルをおろして冷水に軀を浸した。平泳ぎでプールを往復するうち、そうしていることが恐ろしく莫迦ばかしく感じられてきた。頭をあげてプールサイドを見まわすと、巽は水中に延びたステンレスの梯子に手をかけて父親の泳ぎを眺めているような素振でいた。その目が実際には水面の輝きしか映していないのがなんとなくわかった。

巽。

津奈雄は息子に向かって水のうえをすべっていった。ゴーグルを頭から外して、プールサイドに放り投げる。ちょっとおまえのと換えてくれ。巽は買ったばかりの自分のゴーグルを袋から出した。プールの縁に足をかけて水上に突きだす。津奈雄はゴーグルではなく巽の指をつかんで思いきりよく引いた。少年は着衣のまま水に落ちた。

津奈雄は笑いながら巽から離れた。追いかけてくるだろうと予想していた。監視員から警告を受けるに違いなかったが、その結果、親子で共犯意識を共有することへの期待もあった。ところがしばらくして、彼は自分が孤独であることに気づいた。方向転換してみたが巽の姿はどこにも見あたらず、ただ梯子あたりの水面がぷくぷくと小さく泡立っていた。

プールサイドを駆ける監視員の姿が視界に入って、われに返った。津奈雄は水中に潜った。厚い水のレンズ越しに、波に濯《あら》われる藻類のように蠢いている巽の白い姿が見えた。梯子の先端に綿ズボンの裾が引っかかっているのに、狼狽してそれに気づいていないようだった。

る

巽の口から大きなあぶくが溢れ、それは潜水している津奈雄の耳に木琴の低音のように響いた。いまも巽のことを思うたび、その音が耳朶に甦るのだ。

津奈雄が泳ぎつく前に、監視員が飛びこんできて泡のカーテンで巽とのあいだを遮断した。息継ぎのため顔をあげると、監視員とその太い褐色の腕に顎を支えられた巽も水面に現れた。巽は気を失っているようだった。ぴかぴかと輝く梯子に監視員の節榑《ふしくれ》だった指がかかる。少年の軀が手際よく引き揚げられた。津奈雄も梯子を上った。

巽はプールの水を映したような暗い顔色をしていた。唇は菫色《すみれ》。監視員が軀を支えて水を吐かせた。吐かせているあいだに少年の白いズボンがすこし黄色く染まった。尿を漏らしたようだった。監視員が突然忘我したかのような勢いでマウストゥマウスの人工呼吸を始めた。巽の軀にびくりと痙攣が走った。青年が顔を離すと、ああ、と女のような声をあげて目を開いた。細い指先が陽灼けした腕をつかんで、爪を立てる。

「巽が、まるで女に見えた。泥酔しているように頭が朦朧として、軀も冷えてきて、気分がわるかった。そんな莫迦な話があるものか、巽のことは生まれたときから知っているじゃないかと自分にいい聞かせた。きっと巽は同性愛者なのだと思いつくと、多少は気が楽になった。いま思えば奇妙な心理だが、人生の晩年にすこしだけ足を踏みだした年齢にわたしはいた。それまで当然のこととして信じてきたものが、すこしでも形を変えて迫ってくるのが恐ろしくてたまらない時期というのが人生にはある。おまえもいつか経験する」

家族の泊まっている船室はひとり部屋ふたつが対で、双方の泊まり客の合意があれば部屋同士がつながる構造になっていた。つまり隔てるドアの鍵は両側からかかるのだった。鞆谷親子は並びの三部屋を取っていた。両親が巽を挟むかたちで部屋を選んだが、あとで津奈雄の部屋と巽の部屋とがつながることがわかり、父子はドアを開いて固定していた。

夜中、ふと目を覚ました津奈雄は、隣室に人の気配がしないことに気づいた。枕元のあかりをつけて巽の部屋を覗きこんだ。果たしてベッドは蛻《もぬけ》の殻《から》のようであった。トイレに行ったのだろうと見当をつけ、自分のベッドにもどった。

断続的に夢をみながら寝ていると、眠りの背景で延延と続いていた機関音、波音、そこにふと重たいドアを開閉する音が重なった。津奈雄は目を開いた。頸を曲げてみると円窓の外はすでに明るかった。隣室からシーツの擦れあう音と、はあ、という巽の吐息とが聞こえた。いままで外にいたのだろうか。いったいなにを……だれと。津奈雄は考えるのをやめた。

朝食のとき、親子が囲んだテーブルのそばを監視員の青年が通りかかった。品のない柄のイタリア襟のシャツが、野性味に満ちた容貌を際だたせていた。

津奈雄は起立して謝意を述べた。職務ですから、と彼は白い歯を見せた。

でも、もう危険な真似はよしてくださいよ。

青年はいとおしむような視線を彼の息子に落とした。巽は無言で彼にほほえみ返した。

「翌晩も、その次の夜も、巽は部屋を抜けだし、あけがたもどってきた。わたしは巽を問いただせなかった。その胆力がわたしにはなかった。おかあさんにも相談できなかった。青年もわれわれといっしょに船を降り、シンガポールにいるあいだずっと巽に付《つ》き纏《まと》うのではないかなどと想像しては、絶えずその影に脅えていた。しかしそれは杞憂に終わった。船旅のあいだに監視員の青年は死んでしまった。遺体は海から揚がったそうだ。スクリューに絡みついていたという。だれかに殺されてから海に突き落とされたらしい、と他の乗客が噂していた。わたしは巽の部屋に行ってそれを伝えた。巽は、ああそう、といってうなずき、また読んでいた文庫本に目を落とした。その肌色の表紙は、繰り返し水に濡れたようにすっかり波打っていた。その本は、とわたしが訊ねると」

津奈雄は言葉をきって背後を見た。巽のぎょろりとした眼だけが闇《くらがり》に浮いて、自分の背中を見つめているような気がしたのだ。

眼などなかった。開いた襖の向こうに布団に横坐りをした楡崎千鶴《ちづる》の蒼い軀が見える。雛子への告白は同時に恋人への告白でもあった。話を終えて電話をきったとき、千鶴はよりいっそう雛子を畏れるに至っているだろう。その肩を抱き雛子を遠ざけることを約束する自分が心に泛んだ。長らく彼自身の願いでもあった。

雛子。巽と同じ顔をした娘。

この平凡な男にとって無性にいとおしいと同時に不吉な闇の幻影でもあった。巽は、暗闇そのものだ。どうして自分からあのような子供が生まれてきたのかわからない。そもそも巽とは何者だったのか。いかなる思いに囚われ、なにを実現しようとしていたのか。雛子の誕生は偶然か、それとも計画のうちだったのか？

巽の母は、葉子《ようこ》は、ふつうの女だった。心も、軀も、ふつうの、美しい。

シンガポール。

思いだす。オーチャード通り。チャイナタウン。サルタンモスク。黄色い陽射しと強い陰。大輪の花花。光の粒子を吸収しては次第に本来をとりもどしていくかのような嫋《たお》やかな肢体に目を細め、この女の祖先はきっとこの南方に暮らしていたに違いないと感じた。葉子。

とまれ彼は意を決したのだ。この告白を最後に、これまでの鞠谷津奈雄を葬り去ること
を。

やがて夜があけたとき、ここにいるのは過去のない男だ。老いぼれかけた肉体と、十年
かそこらの時間だけがある。従順で無口な女がそばにいる。
じゅうぶんじゃないか。なあ。

たかせくん
た　か　せ　くん
あそぼ
おきてあそぼ
ふふふ
わたしね　しってるの
ほんとうはたかせくん　わたしのことすきなんでしょう

だからわたしにいじわるいったり　つばはいたりするんでしょう
ほんとはしってたの　さいしょから
たかせくん　ねえ　おきて
おきてくれたら　わたしももういじわるしない
むししたり　てんてきながくしたり　ちゅうしゃわざといたくもしないから
きがえのとき　くさがったりもしないから
だからおきて
あそびにいれてあげる
たかせくん　はやくおきて
おきてよ

2

洋は顔をあげた。

奇妙な声だった。底なしの泥濘《ぬかるみ》に脚をとられた水牛が命運を悟って洩らすような、弱弱しいくせによく響く声だった。それはたぶん、隣室から響いてきた。

「おばあちゃん」

曾祖母に低く呼びかけると、ややあって、

(なんだい)

と返事があった。

「変な声が聞えた」

(どんな声)

「悲鳴」

(患者が痛がってるんだろう。わたしには、聞えなかったけど)

彼女は途切れがちにいった。

(耳がね、もうだめなんだよ。聞えなくなってる、なにも)

「ぼくの声は聞えてるじゃないか」

(そうだね、不思議だね。なぜ洋の声だけは聞えるんだろうね)

「ぼく、ちょっと見てくるよ」

(なにを)

「隣の様子。痛がってるなら看護婦さんを呼んであげなきゃ」

(だけど洋、だれでも死ぬときには死ぬもんだよ)

「助かるかも」

(この並びに助かる患者はいないよ。わたしは知ってる。まえは耳も鼻も利いた。だけど
みんなわたしを物のように思って、ここでなんでも喋るから)

「おばあちゃんも助からないの」

(だってわたしはもう歳だ。じゅうぶん生きたし、そろそろ休みたいよ)

また聞えてきた。長く、張りのない呻き。

「苦しんでる。放っとけないよ」

(おまえがそう思うなら、行くといい。それが正しいことだから)

洋はうなずいて椅子を立った。部屋を出ていこうとする彼に曾祖母が、

(お早うお帰り)

といった。人を送りだすとき彼女はよくそういう。お早うお帰り。

ドアを半開きにしたまま廊下に出た。靴底が床を擦って、きゅ、きゅ、と小さな音をたてる。

プロケッズのスニーカーを履いている。安売りされていたのを好みも問わず買い与えられたものだが気に入っている。靴に限らず衣服にせよ文房具にせよ、自分に与えられた品物に洋は必ず愛着を抱いた。それが不格好な代物でも、まるで自分のために作られ、自分に使われるのを待っていたような気がしてくるのだ。

隣室のドアもすこし開いていた。呻き声は絶えている。

覗きこんだ。曾祖母の部屋と違い機器類は見当たらなかった。ただ暗かった。

すぐに踏み入ったり声をかける気になれなかったのは、たぶんにおいのせいだ。病院独特の消毒臭とは似て非なる異臭が彼の鼻腔を突いていた。廊下にもかすかに漂っていた。

闇に慣れてきた。黒く蠢くものを目が捉えた。

ベッドの上で四つん這いになっていた。闇に色彩を奪われているのではなく実際に暗色をしているようだった。人の姿をしているが人ではない。

人であるにしては動作が奇怪すぎた。海中の花虫類か蚯蚓《みみず》や膜翅《まくし》類《るい》の大群ならこうも蠢くであろうという気がした。なにかが人の姿を模そうとしているか、あるいはかつて人であったものが解体しかけているかのどちらかに違いなかった。

洋ははじめ、それを患者自身のもうひとつの姿なのだと思った。死の到来とともに本性が不自由な肉体を抜けだし、解放の愉悦に浸っているのだと。

黒いものの頭にあたる部分から長く伸びた舌を見てとって、洋は自分の誤解を悟った。ベッドに横たわる肉体の、顔や手をしきりに舐めまわしていた。

洋はしばらく動けなかった。死神とか妖怪とか亡霊とか侵略者といった単語が脳裡を渦巻いていた。激情に身震いした。飛び入ってその禍禍しいものを追い散らそうと思いつくような自信にも慢心にも彼は縁遠い少年だった。ひとりでに上下して咽を鳴らそうとする横隔膜を拳で押さえてドアから退き、曾祖母の待つ隣室に帰りつくだけで精一杯だった。

額からのろのろと垂れた汗が目に滲み、すこし涙が出た。

「おばあちゃん」

上擦る声で呼びかけた。

「おばあちゃん、怖かった」

曾祖母はこたえない。洋の心を空白が包んだ。

ベッドの向こうの、目に馴染んだ赤い明滅がいつの間にか消失している。

「おばあちゃん？」

洋は枕元に手を伸ばした。彼女の頬に触れようとした。

においが。

ふり返った。閉じ忘れたドアがその隙間を大きく拡げていた。

とっさに窓際に身を寄せた。


世田谷の迷路に嵌った。


「畜生」

緑朗はハンドルを殴った。ナヴィゲーション装置の不備か、それとも路地が原生動物のように勝手な分裂と統合を繰り返しているかだ。どちらでもないとすれば、自分が右か左かといった単純なことを間違い続けているということになる。

可能性はあった。自分でも可笑しくなるくらい、彼は興奮していた。

――雛子から電話があったとき、緑朗は古事記を読んでいた。

本当はヒナ神を詳しく調べたかったのだが、マライ-ポリネシア神話を専門的に扱った資料など手元にはない。気になって苛だち、高校で世界史を教えている山藤《やまふじ》という先輩に電話をかけた。

寝惚けたような声で出てきた山藤だったが、アウストロネシア語族圏の、と緑朗が切りだすなり、なんだ、と喰いつくような調子で訊いてきた。そういう話が三度の飯よりも好きな男だ。

神話中の一神について詳しく調べたいのだというと、いまはどの程度の知識があるんだと問われた。緑朗はかい摘んで披露した。うーん。山藤の口調がすこし重たくなった。

それ以上はなあ、これといった一冊を見つけるのは難しいだろう。あるのかもしれないが。アウストロネシア、南島語族圏と一口にいっても、イースター島からマダガスカルまで含んでる。北は台湾の高砂族《たかさご》で南はニュージーランドだ。高校なんかではインドネシア、メラネシア、ポリネシアとしか教えないけどさ。それだけ広範囲の神話を取材し整理分類するなんて大仕事、人生ひとつやふたつじゃあとても足りない。それでもという奇特な連中ももちろんいて、一年の大半を実地調査に費やしてるはずだよ。そういう人間を探して研究室を訪ねてみるというのが、意外と早道かもしれない。

水を差すわけじゃないけどさ、おれたちはまず日本の神さまを知りつくしておくべきだという気もする。神話の研究者というのは各国にいるわけで、彼らにとって日本語は厄介だからな、日本による統治支配を経験した老人はべつだけど。

うん。いわれてきた以上に交雑してる。それは確かだよ。八幡神《はちまんじん》や住吉神《すみのえのかみ》がマライ－ポリネシア系だというのは定説化してるし。建築だってほら、意味もなく高床だろ。さっき伊邪那美《いざなみ》といってたけど、ヒナに関しても、発祥地域では磨耗してしまったディテイルが古事記や日本書紀に遺されてないとも限らないわけさ。

それは同一視して問題ないだろう。たぶんアウストロネシアのほぼ全域で、人類の始祖といえば伊邪那岐《いざなぎ》伊邪那美だよ。名前はそれぞれだけど。

兄妹始祖洪水神話といういい方をする。混沌として不定形な世界に陸地ができ、そこに兄と妹が降りたつ。大抵はセックスのやり方がわからず悩むんだ。そして多くは鳥を見て学ぶ。ということは正常位ではないな、ふふ。

そういえばおれも長いあいだ、いつか研究してやろうと思ってるんだけど、国生みの前にさ、伊邪那美が水蛭子《ひるこ》って不具の赤ん坊を産んで、葦舟で流すだろう。そのあとが淡島《あわしま》。水蛭子ってのはつまり夷《えびす》さんなんだけど、どちらも子供の数には入れないと書いてある。子の例《たぐい》には入れざりき、とね。

水蛭子のくだりは、記述にはないが伊邪那岐伊邪那美というのは本来兄妹で、近親婚を戒めるための説話なんだといわれてる。しかし淡島というのは訳がわからん。水蛭子のような不具であるとも記されてない。

いったいなにを産んだんだと思う？　伊邪那美は。

爾《ここ》に伊邪那岐命詔《の》りたまひしく　然らば吾《あれ》と汝《いまし》と是の天の御柱《みはしら》を行き廻《めぐ》り逢ひて　美《み》斗能麻具波比為《とのまぐはひせ》む　とのりたまひき
如此《かく》期《ちぎ》りて乃ち　汝は右より廻り逢へ　我は左より廻り逢はむ　と詔りたまひ　約《ちぎ》り竟《を》へて廻る時　伊邪那美命　先に　阿那邇夜志愛袁登売袁《あなにやしえをとめを》　と言ひ　後に伊邪那岐命

阿《あ》那《な》邇《に》夜《や》志《し》愛《え》袁《を》登《と》売《め》袁《を》　と言ひ　各《おのおの》言ひ竟へし後　その妹《いも》に告げたまひしく　女人《おみな》
先に言へるは良からず　とつげたまひき
然れども久《く》美《み》度《ど》邇《に》興して生める子は　水蛭子
此の子は葦船に入れて流し去《う》てき
次に淡島を生みき
是も亦　子の例には入れざりき

電話をきったあと父親の書斎に入り、時代がかった古典全集の棚から古事記の巻を抜きとり、部屋に帰った。山藤が話題にしていたのは右の箇所だ。

二神は婚姻に先だち、神聖な柱を双方向から廻って、出逢い、言葉を交わすという呪術的儀式を執りおこなう。言葉を発する順序が違う、女が先じゃない、と伊邪那岐が文句をいうのだが、婚礼は敢行される。伊邪那美は水蛭子を産む。水蛭子、日本書紀で蛭児というこの名は、そのものずばり不具の子を意味する。

儀式の手違いが不具の原因であった、と以降の記述にあるのだが、どうも夫唱婦随の思想を後世強引に盛りこんだかに見える。

山藤も信じていないような口調だったが、近親婚に対する警鐘というのもじつに嘘くさい。兄妹始祖洪水神話は受け入れたものの、近親婚の部分には注釈したというのか。こじつけだ。近親婚であることが呪術上重視されたからこそ、かくも広範囲に物語が伝播《でんぱ》したに違いないのだ。

ともあれ兄妹婚は水蛭子を誕生させる。兄妹はそれを棄てる。次に淡島を誕生させ、それは……。

電話が鳴った。山藤だと思って階段を下りた。

雛子からだった。

「鞠谷です」

というその声に緑朗は胸の鼓動を速くした。思索のあいだ、いつしか伊邪那美を雛子に重ねて心に泛べていたからだ。

彼女は表情をつかみにくい独特の調子で深夜の非礼を詫びたあと、

「チェシャが、だれなのかわかりました」

といった。そのあと、いえ、と強くつないで、

「わたしがだれなのかが、わかったんです」

「だれ、というと」

「チェシャの子供でした」

「なに。それはいったいなんの」

「冗談ではありません。ヒナというのはまさにわたしのことだったんです。甘粕さんにご

相談する前に自分で確かめるべきでした。でもそうする勇気がなくて」

チェシャと雛子が親子？ 雛子がヒナ？

緑朗は混乱した。奇妙な幻想が脳裡を掠める。ヒナすなわちヒネ・ティタマは森神の娘。そして妻……。

「しかし、きみにはご両親がいるんだろう」

「わたしが父母だと思っていた人たちは、わたしの祖父母でした」

「本当の話なのか」

「父が認めました」

「つまりチェシャは、きみのご両親の子で」

「わたしはチェシャの子」

「しかし、きみとの年齢差が」

「十三歳です」

微妙な年齢だ。しかしあり得ないことではない。

「顔が似ていることには、漠然と気づいていました。実家に帰ったとき、自分としか思えない少年か、あるいは少女かが、若い両親と並んでいる写真を見つけたんです。いま手元にあります。これはチェシャではないかしらと、ずっと思っていました」

声に、普段は感じられない硬質な芯がある。決意のようなものが漲っている。

「だけどわたしの知ってるチェシャの顔はどれもおどろおどろしいほどのメイクに被われていて、はっきりとした確信が持てなかった。慈雨さんの反応を見て甫めて、ああ、成長してからも本当に同じ顔なんだって」

「チェシャが、きみの父親だとすると、いったい母親は」

「甘粕さん、いまからお会いできませんか」

思いがけない要請に、内心たじろいだ。

「かまわないけれど」

「あとはお会いしてからお話ししたいんです」

「車でそっちに向かおうか」

「どのくらいかかりますか」

「たいしてかからない。三十分もあれば」

雛子は大きく息をしてから、来て、とささやいた。

――路が分岐するたび闇雲にハンドルを切っていたら、突如としてそれらしき場所に出た。建物の配置が、雛子の説明に一致しているように思えた。車を停めて電柱の表示を確かめると、果たしてその通りだった。

三〇三号室。

呼び鈴を押す。間もなく鎖錠をはずす音と鍵を廻す音がした。緑朗はドアを引いた。

夜がにおいを濃くした。冷房しているのか外よりもひんやりとした感触の空気を、密度の高い、それでいて嗅覚の盲点をつくかのような昏い香りが湿らせていた。

夜の、植物の、においとささやき。

雛子はあがり框《かまち》に立っていた。キッチンにあかりはない。奥の部屋の照明も抑えてある。ちらちらと瞬いて、さまざまな色彩に変化する。テレビだ。

雛子は下着姿だった。レエスをふんだんに使った白いスリップを纏っていた。裸足だった。眼鏡はかけていなかった。右手にはまだ白い合成皮革が巻かれていた。

お願いキスを、と雛子がいった。緑朗は眩惑された。

幻聴かと疑い立ち竦んでいると、彼女は沓脱ぎに下りてきた。緑朗はドアを閉じた。

夜のにおいは雛子の肌から立ち昇っているようだった。両手を伸べて彼女の頰を挟んだ。頰は堅く、肌理《きめ》細やかで、そして熱く火照っていた。逆説的な発見に緑朗は意表を突かれた。顔を寄せると、彼女の息にはアルコール臭が混じっていた。

ぎこちない接吻だった。唇は薄くて弾力に満ちていた。歯のあいだに割りこませた舌に、かすかに薄荷《はっか》に似た刺激を感じた。

緑朗は薄く目を開けた。間近に雛子の眼球が爛爛と輝いていた。最初から見開いていたようだった。否応なくチェシャの眼光と重なる。ＣＤのジャケットから、雑誌の頁から、こちらを睨んでいたのはたしかにこの眼だ。

チェシャと口づけを交わしているようだと思い、思ったとたん身震いし唇を離したが、いつの間にか項に絡みついていた両腕が彼を解放しなかった。逃げないで、と彼女はいった。笑った。

緩やかに撓《たわ》んだ下瞼の台座に、うっすらと涙を湛えていた。

得体の知れない接待で、いつ終わるとも見当がつかない。肝心の招待者がまだ現れない。

銀座のクラブだ。

定期的に張り替えているらしい染みひとつないソファや、軽軽としてときに手のなかで見失いそうになるほど透明なグラスや、巧みでいて物静かな女たちの話術から、相当に高級な店であることがわかる。

特別な席らしく、豪奢な花籠と、金箔をたっぷりと使った絵屏風が、繁貞の姿を巧みに他のテーブルから隠している。

もっとも今夜は貸しきりらしい。他の客の気配を一度も感じないまま、さすがに閉店であろうにという時刻になり、それもいまはとうに過ぎた。

店が終わる気配はない。ということは、招待者が姿を現すのは確実なのだろう。

屏風には半ば抽象模様化した女体が描かれ、いうなればそれはクリムト的で、贅を尽くした作風や堂堂とした落款《らっかん》から、昨今の美術には疎い繁貞ではあったが、高い評価を受けている人物の作であろうことが想像できた。落款には、砂雲、とある。

テーブルには、女が三人と繁貞、そしてサマーウールの背広を着こんだ小男がいる。女は、ひとりが非常に若く、黙黙と飲みものをつくったりボーイと連絡をとったりという係。ひとりはすこし歳嵩《としかさ》でびっくりするほど美しい顔をしており、グラスを傾けながら繁貞や小男に絶妙なタイミングで話しかけてきた。たいした酒豪のようで繁貞や小男の四五倍は飲んでいる。酒はヘネシーのバカラ瓶だ。すでに二本めが空になりつつある。もうひとりの年配の女は、ここの女将であるようだ。年配といっても繁貞には娘以下の年齢だから、言葉つきや表情の裏をまったく読めないでもない。接客というよりふたりの従業員の監視のため、彼女はそこにいた。繁貞は見くだし、小男を畏れていた。

小男は名を鈴木という。本名かどうかはわからない。名刺にはそうあった。

岳雪よりすこし若いくらいに見える。名刺には財閥の名を冠した、しかし聞いたことのない社名が記されていた。有力な企業のトンネル会社のようなものであろうと思われた。肩書きはなかった。

ストライプの背広が男の軀を適度なゆとりで包んでいる。目立った皺は一本もない。かといって窮屈そうに見える瞬間もない。凝ったデザインの金縁眼鏡には淡い灰色のレンズが入っている。黒革の鞄を傍らに置いている。

電話をかけてきたのはこの鈴木だ。夕刻突然だったのは、いまにして思えば熟考の間を与えないためだろう。

兼松先生でいらっしゃいますか、と快活な口調で訊ねてきた。北関東風の訛《なまり》があった。社名を告げたあと、先生の長年のご業績を踏まえかたがた、今後の展望等をですね、ま、こう申しあげては恐縮ですが、ざっくばらんに膝を交えて、というふうにわたくしどものほうではい、と訳のわからぬことをいった。

岳雪ですか、と問うと、いえあの兼松繁貞先生ですよね、むろんこちらからお迎えにあがりますからはい、という。

いつでもどうぞ、とこたえた。この引退医師を接待して利益を被る人間が存在するとは考えられない。誤解に気づいて慌てるさまを面白がってやろうと思った。

午後九時をまわるころになって、鈴木は黒塗りのメルセデスで迎えにきた。

革のシートが鍛えあげられた筋肉のように老体を絶妙に受けとめる。これからいったい……と思わずループタイの瑪瑙《めのう》を引きあげた。鈴木が助手席からふり返って、いやあ冴えないところでして、そのうえこんな車で恐縮です、とこたえる。メルセデスのどこが恐縮なのかわからなかったが、リムジンではなくて、という意味だったのだと銀座に着くころになって思いついた。

「あまりお進みでないようですけど、なにかお召しあがりに？」

美しい顔の女が訊ねた。繁貞は肩を竦め、

「この老体では腹も減りません。いつもならとうに床についている頃合なので、すこし眠たくてね」

　ほほほ、と女将が口に手をあてる。

「じゃあすこしお休みになれば」

「そうもいかんでしょう。お招きくださった方の姿も拝見せず」

「わたくしの上司です。予想外に長引いておりますようで、まことに」

　幾度となくいった台詞を鈴木がまた繰り返す。なにが長引いているのかにはけっして言及しない。訛はいずこかに消失している。

　繁貞は灰皿から短くなった葉巻の燃えさしをつまみあげた。見慣れないドミニカ産だがきわめて上等なものだ。パイプのポウチを忘れてきてしまって、といったらこれの詰まった木箱が出てきた。

「新しいのになさったら」

　と美しい顔の女がマッチを擦る。

「いい葉巻はこれでじゅうぶん旨いのです」

　出入口のほうでボーイの声がした。店内の空気が張りつめるのがわかった。

　ボーイの露払いのあと屏風の背後から姿を現したのは蟹澤巌《かにさわいわお》だった。繁貞は起立した。

面識はない。有名人だ。

バブル景気のさなか、気鋭の経営コンサルタントとして頭角を現し一般に名を知られるようになった。系列への吸収合併が噂されていたある化学工業主体の中堅企業に情報産業への参入を勧めたのがこの男で、結果、精密部品の中国生産や企業向けデータベイス業務によって企業の業績は数倍に跳ねあがった。同様にしてこれまでに十数社を蘇生させてきたという触込みであった。

批評家的態度でのマスコミ露出と並行して若者向けの啓蒙書を数多く手掛け、寵児となったが、一方では風評芳しからぬ新宗教との交流も噂されていた。ついには都知事選に出馬し、落選。以後ふっつりと表舞台から遠ざかって、鳴りをひそめてきた感がある。年齢は岳雪より十は若いはずだ。

「いやあ兼松先生、大変長らくお待たせいたしまして」

綿ニットに紺麻のジャケットというスタイルだった。トレイドマークの若白髪気味の長い前髪を額に落としながら、独特のくぐもった感じの声で挨拶して繁貞に手を差しだした。握手に応えて、

「蟹澤さん、どうやらお人違いのようだ」

え、と蟹澤は縁なし眼鏡の奥の目をまるくした。

「お見知りおきいただいて光栄です。しかし人違いとおっしゃいますと」

「ただの隠居老人です。前身も一介の船医に過ぎない。間違ってもあなたの接待を受けるような大物ではないのです」

「とんでもない。ぼくがお目にかかりたかったのは、まさにその兼松繁貞先生です。ともかくお掛けください」

繁貞は内心首を捻りながらソファに腰を沈め、灰皿で燻《くすぶ》っていた葉巻を潰した。屏風の陰に無言で立っている背の高い男はボディガードだろう。そういった世界の人間が、なぜ自分ごときを接待するのか。いやそれ以前に、なぜ自分を知っているのか。

蟹澤がソファに掛けると鈴木が自ら席を立ち、代わってそこに美しい顔の女がすべりこんだ。

「現在はこういう肩書きなんですが」

蟹澤が名刺を突きだした。鈴木と同じデザインの名刺で、ただし名前の上に経営特別顧問とある。

「こちらは名刺も持ちあわせておらんのです。申しあげたとおり引退の身でして」

「先生のことはよく存じあげてますから」

蟹澤は磊落《らいらく》に笑い、テーブルを見渡した。

「それにしても、さすがというか、紳士的な遊び方を心得ていらっしゃる。ぼくなんかここに来るたび、馴染みのせいか気が弛んでしまって、最後には必ず乱痴気騒ぎです。な

女将にうなずきかける。女将はまた唇を隠した。蟹澤は身を乗りだし、

「あまりお気に召しませんでしたか」

「いえ、けっこうなお店で」

「お好きではない？」

「そう申されますと」

おい、と蟹澤はいちばん若い女に指を突きつけた。

「おまえ。景気づけだ。ちょっと裸になれ」

女は、えーえ、と少女の表情にもどって声をあげた。声が笑いを含んでいた。

蟹澤が急に立ちあがり女の腹を二度三度と蹴った。繁貞は仰天した。ソファから転がり落ち芝生のように毛足の長いクリーム色の絨毯のうえを這い逃げようとする女を蟹澤がまた蹴り倒したあたりで、驚きが憤りに変わった。

腰をあげかけた繁貞の手に鈴木の手が触れた。目を合わせた。鈴木はかすかに頭を振った。親身の警告であることがわかった。そのあいだにも蟹澤は夢中で女の顔や軀を蹴りつけていたが、やがて遊びに飽きたようなようすでソファにもどってきた。いやどうも失敬、ぼくらの大切なお客さまをなんと心得てるんだか、まったく。

女の鼻血で絨毯に黒っぽい斑紋ができている。わかりました、裸になります、いまなり

ますから、ともごもごした口調でいいながら女は立ちあがり、手のなかになにかを吐きだした。歯が折れたようだった。

衣服をつぎつぎに脱ぎはじめた。だれも止めようとしない。蟹澤も酒を飲みはじめている。繁貞は視線を伏せていたが、ふと顔をあげた瞬間に女と目が合った。女は全裸で両手を下ろしていた。泣いていた。鼻から下が赤く染まっていた。下腹部に内出血の黄色い染みがあった。そこを狙ったように鼻血が滴って陰毛のなかに流れこんだ。

「そうだ、なおみはどうした」

背後の女など存在しないかのように蟹澤が女将に笑いかける。いつの間にか隣の女の肩に腕を廻し、ドレスのなかで乳房を揉んでいる。

「あの子なら先生もご満足だろう。いないのか」

「控えております」

ああもう、と蟹澤は大袈裟に歎息した。

「なんで最初から出さない」

「もう見たくないと、このまえいらしたとき先生が」

「おれが？　このおれが？」

蟹澤はグラスを置いて額を叩いた。繁貞に笑いかけて、

「これですよもう。酔うと前後不覚でして。面白い子です。お気に召さなければまたとり

替えますし」

「いえ、わたしはもう」

「そうおっしゃらず、ここは無礼講といきましょう。先生にはこれからじっくりとなおみを煮るなり焼くなりしていただいて。とこれは半分冗談ですけどね。ははは」

会話のあいだに鈴木が鞄を持って席を立ち、蟹澤の背後から裸の女を連れ去った。

治療費を渡しているのだろうと思われた。ボーイがふたり駆けよってきて、女の衣服を片づけ、絨毯を拭いた。

「蟹澤さん」

繁貞は身を起こした。

「それよりも、早くご用件をうかがいたいのですが」

蟹澤は肩をあげた。

「おわかりでは」

「見当がつきません」

「チェシャのことです。ほかにあり得ますか」

老人は瞠目した。蟹澤はようやく女の胸元から手を抜くと、その肩を叩きながら、

「申し遅れましたが、ここではなにをお話しになっても大丈夫です。ぼく自身も含め感覚の鋭敏な者ばかりですし、何重にも結界を張ってありますからご安心ください。あとで外

に漏れる気づかいもありません。漏らせば消されるだけだとみな承知しているはずですから。はは。それは冗談」

おい、こっち向け、と彼は隣の女に命じた。女は軀を捻った。

簡単に破れそうだなこれ。女のドレスの中央の縫い目を指で辿る。

「ええ、ほんとに」

と女将が同調した。蟹澤は襟刳《えりぐ》りに両手をかけてそれを裂きはじめた。

「帰納法です」

と雛子は独り言のようにいった。

「本当は帰納的に、わたしは真実に行き当たったの」

「帰納的？」

緑朗は彼女の喉に指の背をすべらせた。鎖骨に接したところで指を離した。

乳房にまですべらせたかったが許容される自信がなかった。

触れないまでもじゅうぶんに酔っていた。彼女の纏う夜の空気に。いまはまだ。

ふたりはベッドに並んで壁を背にしている。音を消したテレビの画面が白い室内を目まぐるしく塗りかえる。

蒼く、朱く、あるいは銀や褐色に変化して、彼を幻惑する横顔。貝殻細工の彫像。

物静かな美神。

海への郷愁。

「チェシャは、本当に監視員を殺したんだろうか」

「わかりません。父はそう思っています」

「きみはいつチェシャの手元から、いまのご両親の手に」

「洋行から帰ってしばらくして、巽は家を出ていったんです。なんの前触れもなく、荷物ひとつ持たずに。実験のためでしょう」

「実験？」

「それもいまからお話しします。巽がどこにいたのかはわたしが憶えています。新宿でした。わたしはたぶん一歳に満たない赤ん坊だったけど、高層ビル群をはっきりと憶えています」

「母親は」

雛子は頭を横に揺らした。

「わたしと巽だけ。ほかの人間の記憶はないし、帰納的に考えても、ふたりです。わずか十三四の巽がどうやってわたしを養っていたのか、想像するよりほかはありません」

「さっきからいってるその、帰納的というのは」

緑朗の放った疑問を彼女は無視した。

「正しい手段でお金を得ていたとは思えません。住居が確保できたのも不思議ですが、廃ビルにでも入りこんで暮らしてたんじゃないかと思います。暗くて広くて、静かな場所でした。子供の目にはどこもそう映るものでしょうけど」

彼女の語りが急速にその速度を落とした。ひと言ごとに沈黙が挟まり、静けさのなか、放たれた言葉は緑朗の頭蓋に木霊した。

「二年ほどして、一度だけ巽は帰ってきたそうです」

――巽は帰ってきたそうです。

「わたしを抱いて。雪の晩です」

――雪の晩です。

「やつれて髪は伸び、眼ばかりが獣のように輝いて、これがわが子かと思うと胸が痛んだそうです」

――胸が痛んだそうです。

「巽は父母にわたしを押しつけて、孫だよ、といいました」

――孫だよ、といいました。

「父母は疑いませんでした。幼いときの巽に生き写しだったからです」

――生き写しだったからです。

「巽に食事をとらせたあと、父が訊ねました。母親はだれだ」

──母親はだれだ。

「巽はこたえました。いない。ひとりで産んだ。ひとりでひとりでひとりで産んだ。ひとりで産んだ」

──ひとりで産んだ。ひとりで産んだ。ひとりで産んだ。ひとりで産んだ？　どうやって。緑朗がつぶやく。

「巽は両性具有です。自分で自分の子供を身籠って産みました。それがわたし」

──それがわたし。もうひとりのチェシャ。

実験。

わたしに触って。合成皮革を巻いた冷たい手が緑朗の掌に潜る。わたしはヒナ。

手が胸に導かれる。ヒナの乳房。これはわたし。

闇のなかで緑朗を見返すふたつの眼。

ふたつの手が薄衣《うすぎぬ》を擦る。鳩尾《みぞおち》。腹。

自己再生。

雛子が眼を細めて大きく息をする。これもわたし。充実した海綿体の感触を得て緑朗は戦慄したが雛子はヒナは伊邪那美はその手を離さず脚を開いて軀のより下方に運び下着の脇から指先を導いて、帰納法ですといった。わたし自身がチェシャだからチェシャがわたしを産んだと証明できるのです。柔らかくまばらな体毛の感触のあと指先はぬるりとすべって雛子の体内にすこし没した。雛子の全身が軽く痙攣した。ああ信じてください半年前はふつうだったの女だったの、とか細い声をあげる。怖いですか。わたしのこと怖いですか。

「怖くないよ。脅えてはいないない」

緑朗はこたえたがそのとき頭を濡らしていた汗が前髪を伝って雛子の唇の端に滴り、それは頸筋を流れて鎖骨の窪みで止まった。知覚上の衝撃がこうも直接肉体に作用するものかと自ら唖然とするほどの苦悶のなかに彼はいた。巨大な手で腹をつかみ絞られているように内臓が痛み吐き気がする。なのに一方で雛子のかすれたささやき声は彼の官能に麻薬的な快美をもたらしてもいる。

大学に入るすこし前、わたしは完全にチェシャと同じになりました。精通がありました。生理があるのに精通がありました。周防さんは〝死者〟を見はじめました。わたしは〝死者〟の夢を見るようになりました。チェシャは命を絶ちました。なにが起きるのかすっかり見通したうえで、自分の役割をわたしに押しつけたんです。

「チェシャの、役割？」

めがみ。

と雛子の唇は動いた。女神。

チェシャがそういいました。わたしは夢だと思っていた。指を切り落とされたとき、あの日、わたしを炎のなかから運びだしたのはチェシャです。わたしに切断された二本の指を握らせて、いいました。案じるな。おまえは何度でも再生できるのだから。

ヒナ、おまえはわたし。

死の女神。

重力感覚が狂って部屋が廻転を始める。自分の肉体を苛んでいるものの正体を緑朗は悟った。恐怖だ。未知への。眩暈にあらがえず雛子の胸に額をつけて偶像にとり縋り祈るような気持ちで懸命に愛撫を始めると彼女は吐息を熱くし、甘粕さん助けてください、わたしを助けてください、といって脚を動かした。唇を塞いで彼女の言葉を吸いこんだ。突然テレビが狂ってノイズを発した。ふり返るとチャンネルが出鱈目なアニメーションのように高速で替わり続けている。

「ち」

とどのチャンネルかのだれかがいい、

「が」

とべつのチャンネルがいい、しばらくして、

「う」

とまた認識できる音声があり、無音にもどった。

突如雛子が激しく身悶えた。緑朗の軀を押しやってベッドを降りテレビに取りつき、尾

瀬くん？　と叫んだ。

3

入ってきたそれの姿を洋は見ていない。背中を押してきた空気と強まったにおいとで、それが部屋に突入してきたことを知った。窓を開けた。ふり返らなかった。見れば恐怖で心臓が停まるか石に変わるような気がした。部屋にはまだ読書燈がともっている。

跳びあがって桟を跨いだ。窓の外には下の階の庇が短く突きだしていて、人ひとりがぎりぎり立てることを知っていた。見舞のとき窓越しにそれを眺めては、はあ立てるな、でも突風が来たら怖いだろうな、などといつも考えていた。

室内から観察していた印象より庇は意外に下方に位置していて、足を降ろした瞬間、洋は軀のバランスを崩した。落ちる、と思い背を粟だてたが手が桟にかかっていた。

庇はまた意外と幅が狭く、洋の靴の長さよりわずかに広い程度だった。それを確認するために真下を瞰てしまい、外燈に照らされた遊歩道の敷石の細かさに小便を洩らしそうになった。すこし洩らしたかもしれなかった。

遠景は恐ろしくない。現実味がない。昏い川に浮かぶ星星のようなものだ。

肩越しに窓を閉じた。錠をおろせない以上防御になるとは思えなかったが、いちおう閉じた。閉じきった瞬間、爆風にでも煽られたように大きな音をたてて硝子が揺れ、もし窓枠に手がかかっていなかったら今度こそ空中にすべり落ちたかと思えた。

二度、三度、四度……アルミサッシュと厚い硝子は振動を反復した。あの禍禍しいものが力まかせに叩いているに違いなかったが、なぜ開くではなく叩き続けるのか、不思議だった。けっこう頭のわるいやつなのかもしれないと思った。

足を突っぱらせて背中を壁に擦りつけながら庇の端まで移動した。部屋と部屋とを隔てる壁の部分は外壁も柱状に飛びだしていて、庇はそれに呑みこまれている。なんとかしてその柱を越えられたなら隣室の窓に辿りつける。さっき覗いたのとは反対側の部屋だ。たとえ施錠されていても硝子を叩き続ければ気づいてもらえるだろう。

しかし実際に庇の終わりまで歩みを進めてみて、洋は計画の不可能を知った。柱は巨大というわけではなかったが厳として彼を拒むかに見えた。映画の主人公のようにそれに腕でしがみつき軀に振りをつけ隣の庇に飛び移るに彼は軟弱すぎたし、専門の訓練も受けていなかった。柱に手をあてその堅牢さを確かめるばかりで次になにをすればよいのか見当がつかなかった。やけくそになって無計画に柱にしがみついた場合の自分の末路を想像すると脚が震えた。

残された道はふたつしかなかった。ここで朝を待つか、部屋にもどるか。

怪物は窓を叩き続けている。

ふと疑問が涌いた。やつが窓を叩きはじめてからどのくらい経ったろう。三分？　十分？　時間感覚が麻痺してしまってるが、いくぶんかの時間が経過しているのは確かだ。なぜだれも駆けつけてこない。深夜、これほどの騒音なのに。病人たちは動けないにしても、看護婦たちは？　揃って居眠りしているのだろうか。

そう考えたとき、ようやく自らが瀕している危機の本質が理解できたような気がした。たぶんこれは、悪夢と同じなのだ。

現実の死と直結した悪夢だ。

そういうものにけっして引きずりこまれない人間もいる。夢と現実とが断絶した人種。でもぼくは引きずりこまれてしまった。隣の患者もだ。

ここで震えて待ち続けたところで、永久に助けは来ないのだろう。自力でこの夢から這いださなくては。

あらためて下方を瞰おろすと、この建物以外で自分にもっとも近いのは遊歩道の向こうに生えた桜の樹だった。大きく枝を張りいまは葉をたっぷりと茂らせているが、その高さはせいぜい三階に達するか達しないかだ。

思いきり壁を蹴って跳びだしたら、自分はどういう軌跡を描いて落ちていくのだろう。あの樹のうえに降りられないだろうか。遊歩道は幅が二三メートルあるが枝はその上に覆いかぶさっている。

　　あけて

　遠雷に似た硝子の唸りの向こうに幼女の声が聞えた気がして窓のほうを見た。空耳か。それとも部屋のなかに――。

　そろそろとまた窓のほうに移動した。そのあいだにも洋の耳はたしかに幼女の声を感じていた。

　　みゆき　まどあけらんないの

　しばしの躊躇ののち室内に顔を向けた。途端に視界に亀裂が走りいくつかの大きな破片と無数の細かな破片が顔めがけて飛びかかってくるさまを大昔の記録映画のような不自然な断続として意識したと同時に、大気の抱擁を感じた。まだかろうじて庇に接していた両足を懸命に動かしてその角を蹴ったものの、抱いていたイメージに反して落下というのはこうも呆気ないものかと内心驚いていた。

裂け目から臍《へそ》が露出したあたりで蟹澤は突然興味を失ったように女を脇へと押しやり、

「向こうから接触してきましてね」

と繁貞のほうに向きなおった。

老人が桃花心木《マホガニー》の小箱に手を伸ばそうとすると、右隣にきた女がすかさずその蓋を開けて新しい葉巻を取りだし、ギロチン式のカッターで吸口を切って彼に持たせた。マッチを擦った。

なおみと呼ばれたこの女もドレスを裂かれた女と同様びっくりするほど美しく、愛くるしい顔つきをしているが、それは繁貞の位置から見たときの話だ。いまは鈴木のほうを向いているもう半面は、目鼻の形も唇の角度も顔自体の輪郭からして大きく違い、まるきり別人の面相であった。過去なんらかの事故で骨格ごと破損したようだ。

左半面に較べて表情もつくりにくいらしく能面じみた印象があったが、かといって醜いとか見苦しいというのでもなく、精緻な仮面が総じてそうであるように否応なく人目を引いて胸騒ぎを起こさせる作用があった。彼女が反対位置に坐れば、愛くるしい左半面がその役にとって替わるのだろう。文字どおりふたつの顔を彼女は有しているのだ。

「向こう、とおっしゃいますと」

「チェシャ本人です」

老人は煙を吐いた。

「いつのことですか」

「先月」

「死人が接触してきたとおっしゃる」

「そういうことになりますね」

蟹澤はポケットから薄荷菓子のケースを出して何粒か口に放り、繁貞のほうにもそれを突きだした。

「けっこう」

「なおみはお気に召しませんか」

「いいえ」

「好きなように弄んでいただいて」

「その道には不調法でして」

「もっと若いほうが？」

「わたしにとってはどなたも孫娘のようなものです」

「とすればなおみは個性が強すぎましたね。はは」

蟹澤は女将に指示をしまた別の女を呼ばせた。幼女のような雰囲気の小柄な女が来た。その女を繁貞につけ、ドレスの裂け目を押さえた女はさがらせ、代わりになおみを傍らに呼んだ。なおみは顔の変形した右半面を蟹澤に向けて坐った。おまえがいちばん飽きない、と彼はその腰に腕を廻して頰に長長と口づけしたあと、繁貞のほうを振り向いて、密約をね、といった。

「交わしたいというんですよ」

「密約？　チェシャがですか」

「そう。この蟹澤巌を現代のファウストとでも目したんでしょう。ははは。申し出というよりは脅迫でして、メフィストフェレスの正体をつかもうと右往左往しているあいだにふたりの腹心を失いました。見せしめというわけです。思い起こすも傷ましい。ははは。その調査過程で、先生のお名前を存じあげるに至りまして」

「チェシャはその、なんらかの形でいまも存在しているわけですか」

「先生、お互いお恍《とぼ》けはなしにしませんか。チェシャが元来超自然的存在であることは二十年前からご存知のはずです。それが自ら彼岸に渡った。なんのヴィジョンもない発作的な飛降りと信じてこられたわけですか」

繁貞は返答に詰まった。チェシャの検死に立ち会う際の監察医務院への事情説明が漏れたのだろうか。それとも彼らはチェシャの生い立ちを、すでに洋行中のカルテのレベルまで調べつくしているのか。いずれにしても超法的で超組織的な調査力だ。

この蟹澤巌という男は繁貞が漠然と想像していたより、遥か権力の中枢に座しているようだった。そして恐らく自分はこの男にとって、知りすぎた人間なのだ。返答のようにによっては生きて帰れないぞと覚悟した。まあそれもよかろう。今夜はなかなか面白い体験をさせてもらった。

「蟹澤さん」

と老人は葉巻の灰をクリスタルの皿に落とした。相手の巨人ぶりがわかってしまうと、かえって心に落ちつきが生じはじめた。

「現役こそ退いたもののわたしは医師だ。人体に巣くう魔物を白日のもとに晒して、即物的に切り棄てるのが職務です。だから患者に対して幻想は持ちません。チェシャに関してわたしが信じているのは、その肉体のこと、そしてそれがすでに滅びてしまったという事実だけです。ほかにはなにも知らないし、さして知りたいとも思わないのです。おわかりでしょうか」

はあっと蟹澤は息を吐き破顔した。皿の灰が動いた。どうだおい、と鈴木に笑いかけている。鈴木は無表情にうなずいた。

「すっかり先廻りされてしまいました。感服です。さすが賢明でいらっしゃる。まったくその通り。チェシャの真実などだれも知る必要はありません。ごく一部の、否応なく知るに至った者を除いてはね。先生とはいいチームが組めそうだ。いえ、面倒をお願いしようというのではありません。先生がなさるべきことは三つだけです」

蟹澤は片手で眼鏡を被う仕種をし、次いで耳を、最後に唇を被って見せた。

「例外はぼくに対してですが、いまお話を伺おうにも伺うべきポイントが絞れてないというのが現状ですから、これも追い追いでけっこう」

「三つ、チェシャに関する一切をですか」

彼はうなずいた。

「セイラム医科大学に対しても、今後はこちらでやりとりを進めていく手筈ですのでご心配なく」

「質問があるのですが」

「興味をお持ちでないのでは」

「あなたに関してです。あなたはなにをなさろうとしているのか」

蟹澤はまた薄荷菓子を取りだして口に放り、その箱を膝のあいだで握りしめて、

「ビジネスですよ。こう見えて、なかなか職務に忠実な人間でして」

「わたしの知るなにがしかの事実が、あなたのビジネスに結びつくのですか」

「巧妙な質問だ」

蟹澤は感心したように唇をすぼめて笑った。

「おこたえしましょう。その前に、やはり基本的な共通認識は必要なようですのでそちらから。チェシャは、死んだはずのチェシャは、ぼくの前に現れ、ぼくにこう宣言しました。

これから死者の都を築くのだと」

「どこに」

「東京です」

「破壊して？」

「いえ。じつのところぼくも最初はそう受けとったんです。ところが話を進めるうち、彼ら、つまりチェシャとその同類たちですが、東京が今後とも都市機能を維持していくことを望んでいるらしいとわかりました。早い話、寄生虫が寄主《きしゅ》の健全を求めているわけです。彼らは東京の深き闇たらんとしているが、けっして光にとって代ろうとはしていない。すくなくともいまのところは」

「いずれそうなる可能性もあるわけですか」

「さあ。彼らのポテンシャルはほとんど不明でして。彼ら自身わかっていないのかもしれない。いまのところチェシャはぼくら生ける者との、ある意味での共存を望んでいる。そのためのパイプ役として、この蟹澤巌に白羽の矢を立てたというわけです。順当な選択でしょう。ぼくは経済政治の両面から東京の維持に尽力する。彼らは恐怖と死とでそれに報いる。確実な恐怖と死。それでいて予測不可能。ぼく以外にはね。最高のビジネスチャンスです。戦争以上でしょう。むろん密約という言葉の甘い響きに酔っているつもりはありません。いずれこちらが優位に立つつもりでいる。そのための鍵を握っていらっしゃるのが、生前のチェシャを知る医師、つまり兼松先生ではないかと」

「わたしにはなにもわからない」

「研究はこちらで進めます。先生は質疑に応じてくだされればけっこう」

順当と蟹澤はいったが民衆にとっては最悪の選択であろう。チェシャがいまも存在しているとすればその判断に相応《ふさわ》しく思える。チェシャのあの肉体が消失して、あとになにかが残るとすれば、それは純水のように透徹した悪意に違いない。

この男はチェシャの手駒のひとつに過ぎないのだと繁貞は思い、いつしかチェシャの力を絶対視するに至っている自分に気づいて、驚いた。

「ビジネスとおっしゃったが、それはたとえば、宗教に関連した」

「それもむろん。しかしほんの一端です。消費の誘因として恐怖は欲望に勝る。また死は再生を導きます。高圧かつ高速な金と生命の循環が、強力な経済的磁場を生みだすわけです。政治もそれを後押しする。東京黄金時代の幕開けです。ぼくは本気でそう予見している。結果それなりに利潤を得られるのは、目と鼻の利く一握りの者に限られるわけですけど」

「富も権力も、もうあなたはじゅうぶんにお持ちではありませんか」

「先生、経済というのは貪欲な神です。供物を捧げる者に幸福をもたらす。しかしそここに幸福だからといって供物を切らせば、代わりに自分が取って喰われてしまう。チェシャは蟹澤個人を相手取ってるつもりなんでしょうが、その背後では経済という鬼神が連中すら呑みこまんと舌舐《したなめず》りしているわけです」

　蟹澤はなおみの軀を撫でまわしはじめた。彼女は腕の長さや乳房の大きさも左右でまったく違う。ドレスの右肩が落ちて、ピンクの長い裂傷痕が覗いた。隣の女が繁貞の腿に膝頭をつけた。

　蟹澤が目配せしたのを受けて鈴木が鞄を開く。繁貞の前にまた例の財閥名を冠した銀行の小切手帳と、純銀軸のボールペンが置かれた。蟹澤がいった。

「貴重なお時間を割いていただいたことと、こちらの一方的な要望をご快諾いただけたことに対して、謝意を示させていただきたいんですが」

「どうしろと」

「お書きこみください。何桁でも、自由に」

「いや、それは」

「好きな数字を書いてくだされればいいんです」

「できません。それは無理だ」

「じゃあぼくが」

　と帳面とペンを取りあげる。脚を組んでそれを膝に置き、

「先生、お誕生日は何月ですか」

「七月ですが」

「いい数字だ」

蟹澤はペンを動かし、頁を切ってテーブルにすべらせた。7777777という数字が書きこまれていた。

「一両日中に換金してください。それをお互いの友情の証としましょう。換金なさったあとは好きに遣っていただいてかまいません。税務署に問いただされるような心配もありません」

「これは、しかし、いただけない」

「友情の証と申しあげたんですが、聞こえませんでしたか」

そしてまた、繁貞をいつでも犯罪者に仕立て得る金でもある。掌に汗が滲んだ。

「そう、ところで息子さんはお元気ですか、監察医務院にお勤めの」

顔をあげた。

「定年にはまだ？」

「ええ。まだ当分」

「大過なく全うされるとよろしいですね」

繁貞はうなずいた。

「まったくです」

やがて小切手に手を伸ばした。

んのっけから最低最悪のナンバー、たっぷりと鼻血を流してもらえたかな、アメリカ最高の恐怖！　というのがタイトルの意味、ＬＡのショウでは豚をステージにあげて殺しちゃったとか、動物愛護団体が抗議に訪れたけどスタッフ一同腹一杯で動けなかったらしい、急に豚肉が喰いたくなってきたぞ、昔メンフィスで喰ったポークバーベキューは最低に旨かった、というわけで今夜も始まりました Tokyo Crazy Rocks 略してＴＣＲ！　首都東京は半蔵門《はんぞうもん》、ＦＭメトロポリス第九スタジオからの生放送、悪足掻きしてる受験生も飢えた人妻も枯れはてた爺ちゃんも近所迷惑顧みずフルボリュームで聴いてほしい、ヘッドフォンでね、ただし頭を振りすぎるとジャックがラジカセから抜ける、鞭打ちにもご用心、どうか女王さま手加減のほどを、ノウノウそうじゃない、昔車に乗っておかまを掘られたことがある、見事鞭打ちになってしばしのボンデージ生活、しかも掘ってくれた女は婦人警官だった、目醒めたね、前立腺で思考するＤＪ、その名はルキオ、地獄からの使者ぁあああルキオ！　リクエスト葉書に召喚されて今週も甦ったぜ、番組放送中の電話とファックスによるリクエストも待ってるからね、アーティストの出身所在は国内外を問いません、ルキオは差別主義者じゃないってわけ、ただしＣＤになってないきみの彼氏の曲は困る、フリオ・イグレシアスもね、大宮のドラキュラ伯爵からこんな葉書が届いてます、キッスの最低映画ミーツ・ザ・ファントムを思いだださせてください、ん―なんて泣かせるリクエスト、悪夢にうなされるよう鏡を覗いてメイクしながら聴いてほしい、ザ・キッス往年のメガヒット……え。

ちょっと曲待って。

いまの声なに。

まこっちゃん、いまのなに。呻き声みたいな。

うわ、おい、まただよ。

聞えなかった？　聞えてるのおれだけ？

おれだけ？

洋は、彼自身驚いたことに生きていた。軀のどこといって痛みもない。

四階から落下して、怪我ひとつ負っていなかった。

空中に飛びだした洋は間もなく張りだした桜の枝葉に軀をぶつけ、夢中でそれにしがみついたのだった。ほかにはなにもしていない。抱きついたなかにあんがい太くて弾力に満ちた枝が含まれていた。枝は洋の体重を受けて大きく撓《しな》った。しかし彼を弾きとばす前に元のほうで折れて溜めこんだエネルギーを放出した。

折れて垂れさがった枝に洋はしばらく必死でつかまっていた。そのうち疲れて地面にすべり落ちた。尻餅をついた。この二度めの落下はじつは彼の身長ほどの距離だった。立ちあがると、つかまっていた枝の先をしっかりと手に持つことができた。

舗道に硝子の破片が散乱して、きらきらと輝いていた。彼は病室の窓を見あげた。ほかの窓よりわずかに明るかったが、ただそれだけだった。なにも見えない。

国道を行き交う車の音が聞こえる。それだけだ。

リュックサックを置いてきてしまったことに気づいて舌打ちをした。それから曾祖母が死んだことを思いだして、泣きはじめた。

泣きながら自転車のほうに歩いた。財布はリュックだが鎖錠の鍵はポケットにある。

家に帰って、曾祖母の死を報告して、眠ろうと思った。叔母さん、まだ歩き廻ってるんだろうか。でも関係ないや。そのうち消えるっておばあちゃんが……おばあちゃん。

家に帰るといっても、そこは少年の家ではなかった。彼の家はどこにもない。

なんでだろう、とペダルを踏みこみながら彼は車道のあかりに問いかけた。

もうおばあちゃんの病室もない。ぼくには行くとこがない。なんで？

おとうさん、早く帰ってきて。

おばあちゃん、死んじゃったよ。

洋は自転車を漕いだ。ひたすら漕いで、夜を突っきった。

——出かけたときのまま、鍵はかかっていなかった。

ドアを開いて、食堂の明るさに驚いた。変なにおいがした。病院のにおいとも、あの怪物のにおいとも違っていた。

パジャマ姿の叔父がいた。水でも飲みに起きてきたのだろう。タイミングのいい帰宅とはいえなかった。洋は身を縮こまらせて運動靴を脱いだ。

「ごめんなさい。おばあちゃんの病院に行ってた」

叔父の前に行き、頭を垂れた。叔父は姿勢を低くし、なにか珍しいものでも見るように洋の顔を覗きこんできた。

見返して、総毛立った。ほくろや皺、毛穴のひとつひとつに至るまで、それは見慣れた叔父の顔だった。どこといって変化は見つからない。

なのに、まったく別のなにかだった。生気も表情もない土塊《つちくれ》の顔だった。眼は砂場に埋もれたプラスチックのカプセルを思わせた。

前触れなく、彼の拳が洋の蟀谷《こめかみ》を打った。洋は横方《よこざま》に弾けとんだ。

叔父は洋を見おろしている。殴られたところを押さえて起きあがった。

甲高い音が鼓膜に籠っていた。痛みの音だ。突きだした建築資材に身を激突させたような、無機の痛みだった。

「ごめんなさい」

と謝りながら薄暗い居間に後ずさった。叔父は虫の居所でもわるいのだろうという気持ちがまだ胸にある。絨毯のぬめりに足を取られた。

再び洋は転んだ。背中が弾力のある塊に乗った。振り向くと手が触れるか触れないかのところに叔父の顔があった。

黒く染まった絨毯に、潜りこもうとでもするように俯せていた。尻に湿りを感じた。そうか、血のにおいだったのかと気づいた。

叔父は洋を見おろしている。その後ろに叔母の姿も見える。

悪夢。

まだ続いてる。

卓にいさん、里香。従兄姉たちの名をつぶやきながら腰をあげた。コーヒーテーブルの陰にクドの顎が見えた。血に汚れていた。洋は甫めて、ああっと悲鳴をあげた。

駆け寄ってテーブルを押し倒した。クドは洋に甘えるときのように仰向けになり、片側の脚を宙に浮かせていた。

喉が破裂していた。体内で爆発が起きたとしか思えない無惨な剔れだった。

片目が薄く開いていたので閉じてやった。血がこびりついていないところは、まぎれもなくクドの手触りがした。

ソファを踏み越え、卓也の部屋のドアに飛びついた。

卓也は頭をドアに向けて床に大の字になっていた。眼球が洋の背後のあかりを反射している。クドと同じく喉が破れて肉が覗いていた。寝衣代《ねまき》わりのTシャツが袖と裾を残してすっかり別の色に変わっている。

隣の里香の部屋。

あかりが煌煌《こうこう》と点っていた。そのため光景はいっそう凄惨だった。

里香はベッドにいた。壁際に身を寄せて死んでいた。

自分で掻き毟ったのかパジャマの前がはだけ、白いブラジャーが覗いていた。衣服も足元に蹴り寄せられた毛布もほとんど汚れていないが、顔と枕は煉瓦色のスプレイを吹きかけられたかのようだった。白い布張りの壁も。

苦悶に身をのけ反らせているあいだに喉が裂け、そのまま絶命したらしい。壁の染みは漫画のふきだしの形をしていた。もっと綺麗な模様を描きたかっただろうに。

後ろから肩を握られた。洋はぎゃっと声をあげて腰を落とした。

這いずって里香の部屋のなかに逃げこんだ。硝子戸を開けてバルコニーに出た。

エアコンの室外機に膝をぶつけた。隣家のバルコニーに逃げこもうと思ったが、仕切り板の向こうにいつの間にか立派なスチールの物置が設置されていた。ああもう、と泣き声をあげて反対方向に進んだ。

そちらの家とはバルコニーが分離している。移るのは難しい。居間の硝子戸に手をかけると開いたので、もう一度屋内にもどった。里香の部屋の前から叔父叔母がふり返っている。

沓脱ぎまで一気に駆けた。

ドアの前には忠実なるクドがいた。生命への敵意に背中の毛を逆立たせ、唸り声を低く響かせながら、頭を低めた臨戦体勢で彼を待ちかまえていた。

生きていたころよりふたまわりも大きかった。重量級の闘犬に見えた。ところどころ異様に肥大し、本来の清楚なバランスを失って、醜かった。引きつらせた唇のあいだに鉄格子のような歯列が覗き、その奥から涎《よだれ》が涌いてぼたぼたとタイルに流れていた。

洋は怖じ気づき後ろを向いた。叔父の顔、叔母の顔、それに卓也の顔と里香の顔もあった。

彼らだが彼らではない。色つきのデスマスクたち。四つの顔と軀と無数の手足が一塊となって洋の退路を塞いでいる。

蠢きながら、彼らは表面から分解を始めた。皮膚が、脂肪が、筋肉が、血管やリンパ管や体液が、微細な粒子となって狭い空間に砂塵のように立ちこめた。鼻や口から気管に潜りこんできた。

熱い。洋は咳込んだ。たて続けに激しく。

咽の奥から血の塊が飛びだしてきてシャツを汚した。卓也に里香、クド、そしてたぶん叔父も、どうやって死んだのかが理解できた。彼らの粒子は内臓を喰い破るのだ。

息をすれば死ぬ。しなくても死ぬ。

肺のなかは空っぽに近い。洋はしゃがみこみ、這いつくばった。

砂塵が視界を埋め尽くしていく。頭に血が昇り、額のまわりが燃えるように熱く、ほかは寒い。

やがて軀に震えがきた。死ぬ。もう死ぬ。

酸素。呼吸の快楽。その一瞬のためなら、きっと胸を裂かれても後悔はしまい。少年の理性が本能に屈せんとしたとき、

(犬の名をお呼び)

と霧のなかに声が響いた。朦朧とした意識は声の主の像をうまく結んでくれない。しかし勇気づけられた。指示の意味もなんとなくわかった。

(犬は鏡だ。おまえが嫌えば犬も嫌う。クドは憶えてるよ。おまえと気づいていないだけ。早く名前をお呼び)

砂塵と酸欠の闇に被われた視界に犬の姿を探して、熱く痺れた手足で這いよった。唸り声が高まって耳鳴りを追いやる。後ろ頭に熱い息がかかる。

クド、と彼は口のなかの最後の息をつかってか細く発した。

唸り声が遠ざかった。洋はドアへと這った。犬は妨げなかった。固く冷たい感触を上へ上へと辿って、ついにノブをつかんだ。外に転がり出た。

新鮮な夜気が彼を濯った。酸素。彼は懸命に呼吸した。目に光がもどってくる。耳鳴りが遠のいてゆく。

咽は焼け石を呑んだように熱いままだ。咳込んだ。コンクリートに多量の血が飛んだ。少年は起きあがり、血溜まりを踏みつけた。

いったん逃げだしかけたが、思いなおしてドアの前にもどった。薄く開いて、

「クド」

と呼んでみた。砂塵が勢いよく吹きだしてきたので慌ててドアから離れた。粒子はたちまち収束して犬の姿を形成した。美しいラブラドル犬の姿だった。クド。嬉しさに鳥肌が立った。

「行くぞ」

と少年が階段に向かって駆けだすと、犬は喜び彼を追い越した。

紙巻莨を吸ってくるとだけ告げて外に出た緑朗だったが、吸っているうちに部屋にもどる気がしなくなった。

狂ったテレビの発した無作為の音声。それだけのものに過ぎないと思うのに、あの瞬間、自分に対する敵意が部屋に立ちこめたような気がした。

廊下の手摺にもたれて外を眺めた。屋根と電柱が不規則に重なりあっているだけの陰気な夜景だ。整然としたところがどこにもないので遠近感がつかめず、景色全体に圧迫されているように感じる。そろそろ夜が明ける時刻だが、空はどんよりとして昏い。

ふと思いたち、階段を下りた。路上に出て左右を見渡すと、遠からぬ距離に公衆電話のあかりが見えた。

轍の携帯に電話をかけた。

はいはい、と時刻にそぐわぬ陽気な返答があった。

「なんだ、飲んでるのか」

「蓮見さんの部屋です。約束すっぽかされちゃいまして、そのあと変な女に会って、あんまりなんだかだったんで、思わず押しかけたんですよ」

「なにをいってるのかわからん」

「甘粕さんも来ません？　詳しく話しますから」

「それより轍、CRISISのチェシャが自殺した場所、どこか知らないか」

「また突然。自宅ですよ」

「場所は」

「新聞に載ってたと思いますけど。蓮見さーん、あ、ここ新聞ないんだ」

「じゃあいい」

「いま知りたいんですか。パソコンあるから調べますよ、新聞のデータベイスにでも繫いで」

緑朗は紙巻莨の箱を開いた。まだ残っていると思っていたが空だった。通りに棄てた。

「蓮見のとこか。ここから近いな」

「なんだ。蓮見さん、甘粕さん来るって」

来い来い、と背後に公甫の声。

「十五分ほどで」

緑朗は受話器を置くと、路上駐車してあるＭＧＦのほうへと歩きだした。

4

「ああ、そろそろバッテリーが危ないな」

轍がパソコンを閉じる。

「けっきょくね、個人ファンがあげてる情報に頼るしかなくて」

「新聞で調べたんじゃないのか」

「厳密な住所は書いてなくて。だからちょっと時間喰っちゃったんです。それなりに苦労してたんですよ」

「確かなのかね」

「大丈夫だと思うんですけどね。週末はファンが囲んでるみたい。あ、あれかな」

緑朗は車の速度を落とした。

「どれ」

「あの黒っぽく見える。灰色の建物って書いてありましたから。高さも、うん、たぶんあれだな」

南青山。閑静な一角だ。分厚い雲の東端がかすかに色合いを変えている。

藍色の曇天に泛んだ御影石のビルディングは、緑朗をすこし落胆させた。二階部の屋根に当たる部分がやや通りに向かって迫《せ》りだし、数本の円柱がそれを支えている以外に装飾らしい装飾はない。緑朗が期待していたような象徴性は凡そ感じられなかった。一時一世を風靡して都内に増殖した近未来風高級マンションの典型だ。

「チェシャは何階に？」

「ペントハウス。最上階ですね」

「いまはどうなってるんだろう」

「音楽事務所の管理じゃないですか。どうせそこが借りてたんだろうから」

「部屋、そのままかな」

「そう素気なくは片づけないでしょうけどね、いちおう芸術家の部屋なんだから。でもそれなりに時間も経ってるしなあ。あ、え、甘粕さん」

「轍はどうする」

「どうするって、どうせ入れないですよ」

「やってみないとわからない」

「ね、なんだって急にチェシャなんかのこと」

「行かないか」

「ここで蓮見さんを待ちますよ」

緑朗が訪れたとき公甫は六畳間に豪快な鼾を響かせていた。轍がマンションについて調べをつけ、緑朗が彼を伴い出かけようとした段になり、のそのそと起きだして自分も単車で行くからといいはった。

酔いが醒めているようすではないのでふたりで引きとめたが、公甫は聞きいれなかった。置いてかれるのが淋しいんですかね、と轍が耳打ちしてきた。

そうだろうなと緑朗は思った。公甫は緑朗とその生まれ育ちを愛し、羨望し、同じくらい憎んでもいる。緑朗の持ち物を子供のように奪いたがったりする。栄もそうだ。

公甫は愛車SRVに跨り、不安定なハンドルさばきで緑朗の車を追ってきた。それでも淡島通りをぴったりと付けてきていたのだが、山手《やまて》通りを越えたあたりで不意にミラーのなかから姿を消した。

MGFはだんだんと速度を落とし、ついには路肩に停止したのだが、公甫は一向に追いついてこない。一応目的地の住所は告げてあったし、彼が追従をあきらめた可能性もあるので、また車を出した。

「事故ってことないですよね」

轍が首を伸ばしてあたりを見まわす。

「あるだろ」

と緑朗はこたえた。こたえながら自分の本音がずっとそこにあったことに気づいた。交差点を抜けたとき背後で鳴ったスリップ音。轍の耳にも届いていたはずだ。しかしふたりとも意識しなかった。あるいは意識下で公甫と関連づけるのを禁じていた。たとえ事態が最悪だったとしても、気づいてさえいなければ罪は軽減される。これまでの人生で再三にわたって教えこまれてきた。目を見開き、耳を澄ませるのは、危険だ。あらゆる人間が未必の故意のなかで生きている。常に社会への不徳や自然への造反に肌を接している。それに自分が気づいていることに気づけば、沈黙は罪となる。

安全なのは、気づかないこと、知らないこと。

「轍、頼みがある」

監視キャメラを想定してダッシュボードからサングラスを取りだした。素顔よりはましだろう。

「もしおれが警察にでもつかまってしばらく帰りそうになかったら、そのことを鞆谷に伝えてくれないか」

「いいですけど。なんで？」

「伝えてくれればいい。おれがチェシャの住居に侵入して、どこそこにつかまってると」

「甘粕さん、蓮見さんちの近くって、もしかしてあれまで鞆谷のとこに？」

すこし躊躇し、うなずいた。

轍はよほど意外だったようで、

「そうだよ」

「そう。へえ。あ、そう」

とやたらと頭を動かした。

「どうでした」

「べつに。なにも」

「また」

緑朗はドアを開けた。

「鞠谷ってチェシャと似てますよね」

轍の言葉に驚いてふり返った。

「すいません、怒った?」

「いや」

「まえから似てるなあと思ってて」

人間が気づこうとしないのは、贖宥《しょくゆう》のためだけではないらしい。真理はきっと、鳥のように逃げやすいのだ。見たい者の前には現れず、見ようとしない者の視界ばかりを跳びはねる。だからわざわざ追い求めようとはだれもしなくなる。

ウォール街の老婆のいうとおり、どうやらおれは狂っているようだ。真理の亡霊に憑かれている。常人であれば両性の雛子をただそういう存在として愛し、あるいは忌み嫌って、それで事足りるのだろう。危険を賭してまで舟を深淵には向かわせない。

「頼んだ。そのときは使っていいから」

とMGFのボディを叩いて、サングラスをかけ、建物に向かって歩きだした。

――玄関ホールの手前には飾り格子の扉があり、壁から操作端末が突きだしていた。住人はそれぞれのパスワードで通過し、来客は目的の部屋の住人と会話して遠隔操作で開けてもらう仕組みだ。

この情況は想定していた。莫迦ばかしい手段だが侵入のチャンスが到来するまで悪戯を重ねるつもりでいた。適当な部屋を呼びだしては、沈黙を保つ。もし警備会社や警察に通報されたら終わりだが、住人自身が覗きにきてくれたら演技次第でなんとかできる。

監視装置に一部始終が録画されるが、たとえ身元が割れても最悪家宅侵入の罪にしか問われまい。たいしたことはない。もう数手でパズルが完成する。確かな予感がある。雛子の軀に触れそのにおいを嗅ぎながら、緑朗は苦患《くげん》の底で霊感を得ていた。ただそれが夢のなかの閃きに似てよく思いだせずにいる。思いだせ。

どの部屋番号を押そうかと郵便受けを一通り眺めた。個人名と組織名が混在している。最上階というと十二階だったが、12の数字を冠したどの部屋にも草薙という苗字は見あたらず、音楽事務所の名もない。かといって名札がとり払われている箱もないし、真新しい名札も見つからなかった。ペントハウスというのはより本来的な意味でのそれなのだと気づいた。十三階があるのだ。首尾よくこの関門を潜れてもエレヴェータは専用かもしれない。だとしたら十三階を直接呼びだすほかない。

「畜生」

端末の前に行き数字キイを睨みつけた。部屋番号からしてわからない。一三〇一だろうか。あるいは特殊な——。

1を押し、3を押した。そのあとなにを続けようかと迷っていると、不意にキイ列の横のスピーカーがアクティヴになった。繋がった。二桁とは。いまはだれが住んでいるのだろう。それとも無人の部屋に繋がっただけだろうか。想像を巡らせながら声を待った。いつまで経っても返答がない。

緑朗が焦れて次のキイを選びはじめたとき、飾り格子の扉がきんと小さな音を発した。高い金属音だった。扉自体にわずかに残響がのこっている。

まさか。

扉の前に立ち、その片側を押してみた。動いた。重い感触ではなかった。通常の硝子のドアとそう変わりない。ホールに踏みこんで手を離した。扉はゆっくりと元の位置にもどり、内部のなにかがまた小さな音をたてた。

入れた。いったいどういうことだ。部屋番号を押すつもりで偶然パスワードを押したんだろうか。外来者に十三階の存在はわかりにくいとはいえ、こう単純では防犯にならないだろうに。

「チェシャ？」

緑朗はつぶやいた。雛子はチェシャに救われたといった。とすればまだ地上に存在している。

これは……招待？

壁の間接照明が床に黄ばんだあかりを投げかけている。大理石をふんだんに使い幾何学的な金属装飾を鏤《ちりば》めたアールデコ調のホールだった。エレヴェータは一基しか見あたらなかった。大仰なパネルに囲まれたボタンを押すと、がくんと大きな音をたててドアが開いた。

ホールの重厚さに釣りあった豪奢な内装だが、照明が奇妙に明るく、急に夢から醒めたような心持ちになった。十二階までのボタンしかなかったので屋上を示すRのボタンを押した。

おれはなにをしているのだろう。奥の壁の半面を埋めた鏡を見つめ、ゆったりとした上昇を感じながら自問した。雛子の弁を信ずるとすれば、現在のチェシャは雛子だ。彼女が謎の凡てだ。彼女のもとを離れて動き廻ったところで、いくらか傍証を得られるに過ぎないだろう。おれはなにをしている。

チェシャは死んだ。すくなくとも個体としては。チェシャが不死であるとすれば、それは雛子がチェシャだからだ。雛子と分離したところでのチェシャは、もう存在しない。おれはなにを信じて行動してるんだろう。なにが、だれがおれを招いているのだ。

雛子は、自己再生したチェシャ。

自己再生。では雛子もいずれ再生するのか。

雛子は不死？　思いだした。おれが得た霊感。

雛子の肉体。夜のにおい。海への郷愁。女であり、男でもある。彼女は死なないのだ。自己再生する。

死なないヒナ。混沌の時代。生命サイクル以前。

いや、歴史にそんな段階が存在するはずがない。存在するとしたら、特例的な、超自然的な……現在じゃないか。この二十世紀末だ。緑朗のなかで全色彩が合致した。立方体のパズルが完成した。

美しい。

特例的な超自然の時制とは、まさに現在の東京だ。消費の快楽と恐怖。欲望の内燃。無数の不可解な死。雛子が〝死者〟に指を落とされ、栄は不可解な死を遂げ、慈雨が都会で獣に喰い殺され……そうだ、周防馨はいっていた。犬の〝死者〟さえいるのだと。

ヒナは、伊邪那美は、不死だったのだ。

両性具有だった。自ずから孕んで、同一の遺伝子を持つ子を産む力があった。そうして自己再生を繰り返していたのだ。不死の女神。

伊邪那岐は不要だ。その登場はもっと先なのだろう。いやDNA単位の、それは男性機能そのものを表しているのかもしれない。伊邪那美が系譜の総称なら伊邪那岐がそうであっても不思議はない。最初伊邪那岐は伊邪那美のなかにあった。その影響下の世界は混沌としていた。生命サイクルを超越した千年王国。〝死者〟が跋扈《ばっこ》していた。現在と同じく。

しかし幾世代めかの伊邪那美が水蛭子を産む。不具であるがゆえに棄てられる。次いで淡島を産む。淡島も伊邪那美としては不具だ。女性機能しか持たない。淡島こそわれわれの思う伊邪那美だ。だから伊邪那美の子の数には入れないのだ。

女神の系譜を途絶えさせないため外部から伊邪那岐が導入される。男性だ。ふたつの肉体によるDNA交換。自己再生の時代は終わり、生命サイクルが本来の姿をとりもどす。やがて死した淡島は、最後の伊邪那美は、黄泉の象徴となる……。

エレヴェータが停まりドアが開いた。何時間も経過したような気がしていた。緑朗は鏡のなかの自分にほくそ笑んでサングラスを外し、十三階の闇に足を踏みだした。

跫音の感じで部屋に入ってきたのは兄だとわかった。馨は熟睡しているふりをした。滋はベッドに近づいてきてその縁に坐った。顔を見つめているようだった。咽にかかる息がブランデーくさかった。毛布のなかに手が侵入してきたのを感じた。妹で娘のあたしを犯そうというんだろうか、十数年間こいつは狂気にのみ支配されて生きてきたんだろうかなどと覚醒しきらぬ頭で考えたが、毛布の下でタンクトップの裾をまさぐる動きがなんとなく遠慮がちだったのでじっとしていた。滋の指が肋骨の端にじかに触れた。ぺったりとした感触が意外に心地よく、起きているときはこいつの気配を感じるのも厭なのに眠っているあたしは感覚が逆転するのかしらと思った。肋骨を撫でられる一方で手をつかんで膝の上に引きよせられた。爪が衣服越しに固いものに触れ、それは勃起した男根だとわかった。指が肋骨を離れるとかえって不安を感じた。毛布を剝ぎとられた。彼女が眠っているようがいまいがおかまいなしらしかった。馨、馨、と滋は怪しい呂律《ろれつ》でつぶやきながら彼女の上にのしかかってきてその短い髪を撫でた。滋の軀は重たく、性器以外はぐにゃぐにゃに弛緩している感じで捉えどころがなかった。酒に酔っている滋というのは見たことがないのできっとブランデーと一緒になにか薬を呑んでいるのだろうと思った。頭を撫でられるのは気持ちがよかった。父親にはそういうことをされた経験がないものだから彼女はすっかりうっとりとして手の指を伸ばし彼の器官に爪を立てた。滋は馨の汗ばんだ頸筋に指をすべらせながら、馨、向こう側、行こう、といった。石ころだらけの河原の先に黒く透きとおった水が流れ、向こう岸は重なりあった羊歯《しだ》の隙間に赤い土肌を覗かせた急斜面で、あっちまで泳ぎついても斜面を登るのは難しいなあなどと冷たい流水に足を浸して考えている情景を思い泛べていたら、また眠りに引きこまれてしまった。

下腹から腿にかけてずっしりと重みを感じて面倒だったが薄目を開けた。間近に滋の顔が見えてすぐに頭の先しか見えなくなり、脇の下をねっとりと舐められ全身の皮膚が目を覚ましはじめて、いつの間にか滋は全裸になっていて自分も素裸にされて万歳のような姿勢をとらされているのがわかった。滋の男根の先が自分の陰毛を擦る感触や、滋の臑毛のしゃりしゃりとした感触に、ほらねほらねと思ったがべつだんうろたえはしなかった。向こう側に行くの、と寝言のような調子で滋に訊ねた。そうだ、と滋の声は優しかった。

なにがあるの。

永遠。滋はいった。近づいてる。

馨の頭蓋に腕を廻した。じっとりと汗をかいていた。唇が馨の眼に近づく。朱い舌先が自分の下瞼に密着して睫毛を辿るさまを馨は目を開いて見つめていた。舌が瞼のあいだにすべりこんできて眼球に接した。眼球が滋の体温を敏感に感じとったことにちょっと驚いた。

あたしは行かないといったら。

滋は眼から舌を離して、苦しい。

苦しいの？

ああ。ずっと。

あたし、どうすればいいの。おにいちゃんの子供を産むの？

産め。滋の先端が馨の性器をすべりおりる。唇が薄い胸を這う。馨は鼻孔を膨らませて大きく息を吸った。馨の胎内に突き入ろうと軀を動かす。直感、最初、永遠が、永遠を、と滋のつぶやきは省略を増した。純化が、永遠を、馨、喜美子、遺伝子、馨を——。

きっと滋は、夢をみたのだと思った、少年のとき。人間というちっぽけな殻を脱ぎ棄ててどこかに離脱する夢。その夢を本気でみすぎて、本気で手段を求めすぎて、頭の中身がすこしずれてしまったんだ。ついに滋が分け入ってきた。産めないの、あたしまだ女じゃないから、と馨がいうと侵入は止まって滋は長い長い長い嗚咽のような溜息をつき、中止、もう疲れた、と馨の咽元に顔を埋め両手で頸にしがみついて指に力を込めた。息が詰まった。殺すの、と訊いた。滋は頭を動かし、追いかける、といった。

滋が頸を絞めながら腰を動かすのが気持ちよかった。だれかに自分を委ねるというのは生まれて初めてのことだった。表情が滑稽に歪んでいくのを自覚したが、それも滋の仕業なのだから気が楽だった。手足がじたばたと勝手に動くのが可笑しい。やがて靄《もや》のかかった意識の中心部分に昏く冷たい水の流れと表面のきらびやかな反射光が見えてきたので、永遠だ、おにいちゃん、いま渡れるよ、といってみたがうまく声にならなかった。宙を掻いていた手がベッドの頭上の作りつけの棚に置かれた籐籠に当たり、馨はその底に隠してあるバタフライナイフのことを思いだした。渋谷がいまよりずっと危険なジャングルだったころ、きっとだれかを刺すときが来ると思って買い、研ぎ澄ましていつもポケットに持ち歩いていた。そうか、あたしが本当に刺したかったのは滋だったんだと気づいて籠の蓋を撥ねあげてなかを手探った。重くて冷たい柄の感触が真新しい洋服に袖を通すときのようなわくわくした気分をもたらした。幾度となく繰り返した練習どおりに片手で刃を起こし自分の胸を狙うように逆手に持って兄の背に突きおろしたのだが骨に当たったのか思うように入らず、仕方がないのですこし角度を変えてみたらこんどは面白いほどすうっと奥に入っていき滋は全身を震わせ射精しながら死んだ。

重みに耐えきれなくなりベッドを抜けだしてあかりを点けた。父母の重厚な趣味と彼女の持ちこんだがらくたとが入り乱れた、いつもの自室だ。滋の肉体はそのどちらにも見えて違和感がなかった。眼を開いていた。満足げな表情だった。とうとう永遠に触れたんだろうか。彼の眼球に指をあて、滑らかな感触を確かめた。これ持ってけないかしら、と思いながら眶《まなじり》に力を込めていると、不意に指先が眼窩に潜りこんだ。なかは温かかった。眼球が本当に球形をしているというのがよくわかった。眼球を外に引きだそうと指を動かしたが、つるつるすべってどうしてもうまくいかなかった。指が眼窩に圧迫されているせいでそのうち痺れはじめたので、あきらめて引き抜いたら、全体に薄く血がついていた。

肉色の、鍾乳洞だ。

むろん本物であるはずがない。プラスチックかなにかでそれらしく設《しつら》えてあるのだ。壁に手を触れてみた。つるつるとして生温かく、すこし水気を帯びていた。見ろ。緑朗はほほえんだ。石ならもっと冷たい。

なんという悪趣味。お化け屋敷かここは。

真暗なのに多少は目が利く。ブラックライトのような特性の照明でも巧妙に仕込んであるのだろう。広いトンネルではないが息苦しいほどでもない。ちょうど電車のなかを他の車両に移動しているような感じだ。

長長と続いている。景色に変化はない。とうにビルの外側にはみ出しているのではないかと思うほど歩いたが、洞穴は途切れない。まっすぐのように錯覚させながらうまい具合にカーヴしているのだろうか。床がでこぼこして歩きにくいものだから、たいした距離でもないのに歩いたような気がするのだろうか。

立ちどまり、襞状に連続した壁や天井の凹凸を見つめながら、ふと、これは鍾乳洞を模しているのではないらしいと気づいた。

人体だ。器官の内部。

薄寒くなった。

そろそろ引き返すべきかと迷いながら足を進めていると、突如闇が領域を拡げた。本物の鍾乳洞にも奥まったところにぽっかりとした場所があって、何何広間と名づけられていたりする。そういった感じの部屋だった。

踏み入って目を凝らしてみると、左右それぞれにふたつの洞穴がある。部屋の中央から見れば、緑朗が辿ってきたトンネルを含め、都合三つの洞穴が、ほぼ等間隔に口を開けているのだった。

ぐるぐると洞穴同士を見較べているうち、どれが自分が通ってきた穴だかわからなくなった。

「畜生」

穴のひとつに見当をつけて近づいた。いや、違う。

思いなおしてふり返ると、目前に栄の顔があった。

緑朗くん、と彼女は空気を引っ掻くような声でささやいた。顔は血塗れで胴体がなかった。焦点を失ったふたつの眼が、爛爛と、恨みがましく輝いていた。

「栄」

息をのんで後ずさった。

緑朗くん、会いたかった。愛してるの。

彼がさがってもさがっても、栄の顔は揺らぎながら付いてきた。踵が壁際の迫りあがりに達してすべった。尻餅をついてしまった。

栄は揺らいでいる。目を凝らしてみると、だれかがその髪の毛をつかんで提燈のように捧げているのだった。

「チェシャか」

含み笑いが聞えた。やがて、

「恋人に会いにきたのなら、これを持ってお帰り」

と女のものとも男ともつかない、蔑んだ調子の台詞が響いた。

チェシャの姿に目が慣れてきた。抱いてきた硬質なイメージとは裏腹に、少女のように華奢で、嫋《たお》やかに見えた。着物ともドレスともつかないぞろりとした衣服を無造作に重ね、引きずっている。

腹に栄の頭が飛んできた。思わず受けとめた。いつの間にか夢幻の境にさまよいこんだのだと思っていたが、頭にはずしりとした現実の重みがあった。

「可愛いだろう」

チェシャが白い歯を剥きだすのがわかった。

「今もおまえに惚れているから悪さはしない。連れてお帰り」

膝の上を見おろした。栄の紅い顔が見返している。手が血液でぬるぬるする。

「おまえの生命力には心惹かれるけれど、どこかいけ好かないところがある。その子の願いでもあるから人の群れに帰してあげる。二度とわれらには近づくな」

「鞠谷雛子にもか」

「近づくな」

「訊きたい。今のあんたはいったい何者なんだ」

「人以上のものだ」

「それではわからない」

「おまえは蛆虫、わたしは成虫だ」

「屍体が蛹《さなぎ》か」

チェシャは笑った。

「その成長は、伝染するのか」

「助けがあれば羽化しやすい。自力で羽化するものもある」

「女王蜂が、どこかで力を放っている限りは」

「よく気づいたね。雛子の目醒めには時間がかかった。だけどいまは蛆虫の寄りつくところではない」

「そうやってあんた、永遠に物陰を漂うのか。なんの意味がある」

「おまえは人として生きてなんの意味がある」

ははは、と緑朗は笑った。

「天邪鬼《あまのじゃく》のチェシャ猫が」

チェシャが急に間近に迫った。腰をかがめて緑朗を覗きこむ。

雛子と同じ顔。

「おまえが可愛くなった。おまえの血を浴びたい」

「なんになる」

「恐怖がわたしの喜びになるだけのことさ。永久《とわ》の苦しみをあげるよ。怖い？」

緑朗はこたえなかった。怖かったからだ。

「どんな蛹になりたい」

「待て。教えてくれ。ここはあんたの胎内か」

歪んだ微笑が返ってきた。肯定だ。緑朗も強ばったほほえみを返した。

「どうとでもしろ。おれは怖くない」

チェシャは眼を細め、震えがちな吐息をもらした。緑朗の内なる恐怖を感じて、心の底から喜んでいる。やがて途切れがちに、

「では、恋人に似せてやろう。知らずと、空気の渦を起こしてしまうものがいてね、知能のかけらもないので、処分したのだけど、それが、こういう具合」

チェシャは緑朗の左腕に手をかけた。二の腕を、ぎゅっと紐で縛りあげられるような感触があったかと思うと、どさ、とそこから先が袖ごと床に落ちた。すこし遅れて信じがた

い激痛の波が全神経を貫いた。いぐぎあああがあああがあぐがあああああと咽を破らんばかりの長長とした悲鳴をあげながら、弾かれたように身を仰け反らせて壁に頭をぶつけ、起こしてはまたぶつけ、それを何度も何度も繰り返し、膝に乗っていた栄の頭は跳ねとんでごろりと彼の脇に転がって、短くなった腕の先から吹きだす血飛沫を浴びてますます紅く染まった。

「ねえ痛い？」

チェシャの白い歯列が彼を見おろしている。

「ずっと続くよ。いつまでも」

緑朗はかぶりを振った。脂汗が眼に入った。

「続くんだよ。おまえは死なない」

冷たい指が彼のシャツを捲り、腹から胸にかけての皮膚を撫であげる。

「次はどこを斬ろう」

続かない、続かない、おれは死ぬんだ、と反駁しようとしたが唇がうまく動かなかった。

おれは符合に気づいたんだ。符合に。符合に。符合に。符合に。

チェシャが髪をつかんで唇を寄せてきた。緑朗の表情のうちに笑みの片鱗を見つけて、驚いたように顔を離した。眉をひそめて、

「おまえは、どうもいけ好かない」

それはそうだろうさ、と緑朗は睨み返した。腹に細い圧迫を感じた。おまえは知らずとおれを招いた。いや、招いたのは栄かもしれないが、おかげでおれは自分の役割に気づいた。

おれは輪廻し、おまえらを終わらせるだろう。

腹が横一文字に裂けた。チェシャは返り血を浴びて笑った。

笑うがいい。いまのうちだ。鞠谷が産むのは女神ではなく、おれだ。皮膚が、脂肪が、筋肉が、内臓という内臓が、脊髄が、無理やり口を開けさせられる激痛。激痛の竜巻。

鞠谷が産むのはおれだ。なぜならおれは、英雄神マウ——。


雛子がゆるゆると夢想から現実に還ってみると、緑朗が部屋を出ていってからずいぶん時間が経過しているようだった。

ワンピースを被りサンダルを突っかけてドアの外に顔を出してみた。通路のどこにも彼の姿はない。急に、たまらなく不安になった。

階段を下りて、前の道路を見渡してみたが、やはり緑朗の姿はなく、近くに停めてあるはずの彼の車も見あたらない。

「きっと」

と彼女は口蓋を舌で打った。なにか買いにいったんだ、いつものジタンか、なにか。この近くにはないだろうから、環状線のほうにでも。

彼が自分に恐れをなして逃げていったとだけは考えたくなかった。そろそろ、もどってくるころ。いまにも、路の向こうから、あの流線型の車の、エンジンの音が——。

曇天がぼんやりとしたジュラルミン色に輝きはじめている。

甫めて一方通行の標識を意識しながら、それを遡って歩いた。そうしていれば必ず、帰ってきた緑朗の車と行き合えるはずだから。

緑朗、緑朗、緑朗のことばかり考えながら幾度も角を紆《まが》り、進んでいると、見たことのない広い通りに出た。街路樹に寄せて車がぽつぽつと停めてある、ビートルズのレコードジャケットに写っているような通りだった。動いている車の姿はない。人影もない。静かだった。

あーあ、と歩道を進みながら無意味に声をあげた。あまりに静かなものだから、自分の耳がおかしくなったのではないかと不安になったのだ。電柱の緑色の表示板には、見たこともない地名が印刷されている。通りはゆったりと湾曲していて、前後とも遠くまでは見渡せなかった。未だあかりを点したままの外燈の列が、眼のなかで無数に分散する。そういえば眼鏡をかけずに出てきてしまった。

風。

街路樹の揺らぐ音が眠りかけていた彼女の聴覚を呼び醒まし、胸騒ぎを起こさせた。方角を完全に見失っている。どちらがアパートなのか、駅前なのか、自分は環状線に近づいているのか遠ざかっているのか並行しているのか、さっぱりと見当がつかない。

「困ったな」

俯きがちにまたしばらく進んで、ふと顔をあげると、前に人がいた。恐ろしく太った男がのそりのそりと歩いている。いつの間に追い越されたのか不思議だった。

あの、と声を発して足を早めながらなにかに気づいたのだが、即座にはその閃きの正体をつかめなかった。

「すみません、南松原の駅は」

既視感。

強烈なデジャヴだ。

漂ってきた異臭に顔をしかめる。わたし、どこかでこの情景を――。

男がふり返る。青黒く膨れあがった顔。

夢。予知夢。

思いだした。恐怖に足が竦んだ。

ひゅうう。男が鼻だか唇だかを鳴らして雛子を見返す。白目だけの眼で。

黄昏ではなかった。あれは、夜明けの夢だったのだ。

雛子は夢のとおり、息を止めたまま後ずさって逃げだそうとし、夢のとおりに男に頸をつかまれた。一瞬先を予測できるものの、微妙に間に合わない。

わたしは悲鳴をあげようとするのだと思って実際にあげようとするのだが、咽を圧迫されているので声にならない。声を出せないことも雛子は寸前に思いだしている。どうにもならない。すべてが予定どおりに進行してゆく。

男は〝死者〟だ。

それが、チェシャ（すなわち雛子自身）の実験の成果、内面に沈殿した欲望の結晶であることを、いまの彼女は知っている。

異端の、異形《いけい》なる夢想。

自分自身の悪夢に殺されるなんて……と腐肉に左手の爪を立てて苦しみ悶えながら、雛子は心のどこかで自嘲していた。意識が混濁し、混濁したまま薄らいでゆく。どこかでエンジンが唸っている。唸りが数を増す。

これが死……と彼女が目を閉じかけたそのとき、男は破裂した。

電子レンジに入れられた卵のように突如無力に形を失い、八方に飛び散ったのだった。さっきまで男の姿を成していた汚物を軀じゅうに浴びて、視野を閉ざされ、雛子は大声をあげ泣き叫んだ。汚物は冷たく、ねっとりと重かった。

しばらくすると汚物はじいいと小さな音をたてて揮発を始めた。瞼が軽くなり目を開くことができた。すこし離れた位置に雛子と同じく黒ずんだ汚物にまみれた人影があり、

「大丈夫？」

と耳に馴染んだ声で彼女に訊いてきた。揮発が進んで、次第にその姿が明瞭になる。

「轍さん」

「気をつけたほうがいいよ。出来損ないの連中には、鞠谷がだれなのかもわからないからね。もう迂闊には出歩かないほうがいい」

轍は彼女に近づいて手を差しのべた。

「ありがとう。ありがとうございました」

泣き笑いの顔でその手をつかみ返しながら、そういう轍はなぜ自分の正体を知っているのかしらと思った。轍の手はやけに冷たかった。

「チェシャのところに行こう。それがいちばん安全だから」

「轍さん？」

「呼んでるんだ、チェシャが」

轍はほほえみ、指に力を込めてきた。エンジンを吹かす大きな音に驚いて車道を見ると、センターライン上にドアを開け放ったままの緑朗の紫色の車と、公甫を乗せたオートバイとがあった。緑朗の姿は見あたらない。

公甫が血にまみれた赤い手をあげ、彼女に振った。

公園を見つけて、洋はそのなかに自転車を停めた。そして空がすっかり明るくなるまでクドとそこで過ごした。

クドは眠りはじめると細かく分解して形を失ったが、洋が名前を呼ぶとまた収束して犬の姿で顔をあげた。砂犬だ、と洋はそれを笑った。クドは彼の手を舐めた。

何度か曾祖母が話しかけてきた。いつも洋のそばにいるわけではないらしく、彼のほうから話しかけてもまず無駄で、彼女の声が響いてくるときまで話したいことを溜めこんでおく必要があった。

(寒くないかい)

そう唐突に話しかけてくるから、洋はその都度びっくりして身構えた。

「あ、うん、大丈夫。蒸し暑いくらい」

(本当?)

「うん。だってもう夏なんだよ」

(もう、そう、夏かいもう)

「おばあちゃん、おばあちゃんはいまどこにいるの」

(どこなんだろう。きっとどこかで眠ってるんだろうけど、よくはわからないね)

不安を感じているふうではなかった。苦痛に満ちた古い肉体を抜けだして、せいせいしているような響きがあった。

「眠ってる、夢のなかでぼくと会ってるの」

(そんな感じだね)

「ずっとこうして、ときどき話ができるのかな」

(さあ。それもわたしにはわからない。きっとなるようになるのさ)

「ぼく、これからどうしたらいいと思う？　お金もないし、寝るところも」

言葉を切って返事を待った。しかしいつまで経っても聞えてこない。

「おばあちゃん？」

そんなふうにしてまた、彼女はいずこかへと消えうせてしまう。

——通勤人が、ちらちらと洋のほうに視線を送りながら公園の前を通過していく。洋は自転車を押して通りに出た。

出合う人の数は刻刻と増した。なんとなくその流れに逆らって進んだ。クドは人目に映らないようだった。蹴散らすように脚をぶつけてくる人もある。するとクドはふわっと分散し、すぐまた元の姿にもどる。そのさまが洋には痛快だった。

日暮《ひぐらし》留美の家の前で立ちどまった。まるきり偶然にその路を来たわけではなく、こっちは日暮んちだな、と意識しながら歩いていた。小学校のとき誕生パーティに招かれて来たことがある。彼女はクラスの人気者だったから、ゲストに選ばれて洋は内心鼻高高だった。中学に入るとまた同じクラスになった。虐めは、鼠が持ちこんだ疫病のように突然学級の一部を発熱させた。そして急速に蔓延した。

犠牲《いけにえ》が留美である必然性は、どこにもなかった。お互いにまだ名前と顔とがろくに一致していなかった時期だ。たまたまだれかが軽い敵意を持って、あるいは羨望を感じて、暫定的にそれを留美にしてみようと決めた。結果が面白くなければべつのだれかが選ばれたのだろうし、それとも代わりにバレーボールや教師への反発やお菓子の付録集めが流行していたかもしれない。

不運なことに、留美は虐められるのに向いていた。プライドが高く、感情表現が素直で、また泣いている姿が絵になる容姿をしていた。机のなかの猫の屍骸や、裂け目を入れられたスカートや、口口に冗談をいいながら暴力を振るう女子の集団に接したときの彼女の表情は、その種のどす黒い感情から隔離されて育ってきたというのがありありで、虐めている側に嗜虐的な満足感をたっぷりと味わわせてしまうのだった。

虐めは意外と教室の外には波及せず、夏近くなって、突如校外に飛び火した。クラスのだれかが接点を持っていたのだろう、近くの男子高校の生徒たちが、下校してくる留美を門の前で待ちうけるようになった。

夏休みを目前にしたある日、洋は彼らが獲物を追いつめる瞬間に出くわした。前方を歩いていた留美に吸い寄せられるように五六人の高校生が集まってきて、退路を塞いだ。留美は四方をふり返り、洋の姿を見つけて、懇願するような目つきをした。

洋は、表だって虐めに加わったことのない数少ない同級生のひとりだった。あくまで、表だってはだ。級友が彼女を種にした下品な冗談をいえば腹を抱えて笑ったし、いつしか日暮留美という名前の響きそのものに理由なき嫌悪感をおぼえるようにもなっていた。けれども洋はクラスの中心にもそれを取りまく層にもいなかった。それだけのことだった。

留美の視線に洋は射抜かれた。立ちすくんだ。重圧は、汗となって頭のなかを湿らせ、やがて彼に自分でも信じがたいような行動をとらせた。黙殺。彼はうつむきがちにその場を通りすぎた。あとで思えば教師を呼びにいくなりなんなり、手段はあった。しかしそのときは思いつかなかった。

翌日から留美は学校に来なくなった。夏休みが終わってからも一向に姿を見せず、教師も出席をとらなくなった。原宿の路上に腰をおろしているのを見かけただとか、電車で真黄色の頭をした彼女と乗りあわせたといったクラスの人間の話を耳にするたび、洋は沈痛な思いで彼女の目を思いうかべた。

しばらく門の前に立っていると、家の裏側からポリエチレンのゴミ袋をさげた留美の母親が姿を現した。洋の姿を認めて足を止め、怪訝そうな顔でこちらを見ていたが、やがて

はっと眉をあげて、

「阿南くん？」

といった。洋は頭をさげた。

「背が伸びたのねえ。ええと、留美はちょっと——」

パーティのときいかにも快活な印象だった彼女がそう言葉を濁らせたので、きっと家にもろくに帰っていないのだと思った。

「ちょっと通りかかっただけですから」

また頭をさげて、自転車を押しはじめる。ぱたぱたというサンダルの音に、クドが立ちどまってふり返る。留美の母はゴミ袋を置いて路上に出てきていた。

「阿南くん」

洋はわざと子供っぽい、きょとんとした表情で、

「はい」

「変なこと訊くようだけど、なにか最近、留美のこと、聞いてない？」

頭を振った。

「そう」

と彼女は一瞬だけ笑った。洋はもう一度頭をさげた。

——クドを自転車で散歩させたことはなかったが、試しに自転車に乗って漕ぎはじめて

みると調子よく付いてきた。洋のほうばかり見て走るのでときどきガードレールや街路樹にぶつかる。ぱっと砕けちり、すぐまたなにごともなかったように犬の姿にもどる。

西村悟《さとし》の住むマンションに着くと、その駐輪場に自転車を停め、近くのバス停のベンチで彼が出てくるのを待った。三十分ほどして、制服姿の悟が出入口に姿を現した。バス停までまっすぐに歩いてきて、

「どうした。今日は休みかい」

と笑う。

「そういうわけじゃないんだけど」

洋が立ちあがるのと入れ替わるように悟は腰をかがめ、

「おおクド、久しぶりだな」

とその耳の付け根を撫でた。

「西村、見えるの？」

「なにが」

悟はクドの背に肘を置いて洋を見あげた。途端にその体重をかけられた部分が分解し、悟はバランスを崩して地面に尻をついた。

「わ、おわ、ひええ、なんなんだよ」

再生していくクドを見て彼は身を仰《の》けぞらせた。

悟のほうがすこし背が高く肌が浅黒いのだが、顔だちはそっくりでまるで兄弟のように見える。洋がなにか面白い遊びを思いつけば、それを実行に移すべく算段するのは悟といった具合に、興味の対象は同じでも接し方がちょうど裏表からで、お互いをうまく補いあえるのだった。

おとなになったら一緒に仕事しようぜ、ふたりが組んだら絶対にうまくいくから。そう悟がいったことがある。洋も、そのとおりだと思った。悟が私立に進学するのだと聞いて洋もそうしたかったが、希望は叶えられなかった。

「おれが最後に家を出るんだ。だれもいないよ」

といって悟は洋を家に招きいれた。

沓脱ぎにうずくまっているクドに、悟は牛乳を入れた皿を差しだした。クドは嬉しそうに液体に舌を浸したが、舐めても舐めても牛乳はその嵩を変えなかった。

「もう生きてないんだ」

洋は悟にいった。

「叔父さんも叔母さんも従兄姉らも、みんなこうなっちゃった。殺しあったみたい」

「ほんとかよ」

「こうなるともう生きてたときの記憶はなくて、ただ生きてる人間を殺すために動きまわってるような感じで、ぼくも殺されかけたんだ。クドだけはぼくを憶えてたけど」

「その血、阿南の？」

悟が洋のスウェットシャツを指さす。洋はうなずいて、

「吐いたんだ。まだ咽が痛い」

「尻にもべっとり付いてる」

「ああ、これは、叔父さんの血」

悟は顔をしかめた。

「おれの服貸してやるよ。きっとパンツにも染みてるな。洗っといてやる」

「わるい。ありがと」

悟は自分の部屋から、洗い晒しの綿シャツとジーンズ、それに未開封の下着を持ってきた。

「一回も穿いてない。こういうブリーフっておれ嫌いなんだけど、かあさんはかっこいいと思って買ってくるんだ」

洗面所で悟が出してくれた衣服に着替え、自分のは洗濯機に放りこんだ。鏡を見ると顔にもすこし血がついていたので、水を出して洗った。悟が外から、

「じゃあ阿南のとこっていまゾンビがうようよ？」

「あと屍体も」

「べつべつなのか」

うん、と吊ってあったタオルで顔を拭いながらこたえる。

「病院のばあちゃんに、それ教えるのか」

洋は洗面所を出た。悟は食堂の椅子の上で片膝を抱えていた。

「おばあちゃんも、ゆうべ死んだ」

悟は膝をおろした。

「おまえ、ひとりぼっちじゃんか」

「でも、クドがいるし」

そういった途端に涙が浮いてきて、悟の姿がにじんだ。

「叔父さんも、叔母さんも、あんまり好きじゃなかったけど、もっということ聞いとけばよかったよ」

「おれもいた。考えてみたら阿南、おれもいるよ」

「そうか」

洋は笑顔をつくった。

「西村がいた」

「それ、おれより似合うじゃんか。いいよ、ずっと着てて」

うなずいた。

悟の部屋で、洋は昨夜からの体験を彼に話した。いまも曾祖母と会話できることはいわなかった。いうとそれきり話せなくなるような気がしたから。

日暮留美の家の前を偶然通りかかったというくだりで、

「なんで」

と悟が訊いてきた。

「べつに。だから偶然」

「ふうん。おれさ、このあいだ会ったよ。宮下公園出たところの露店の脇にしゃがんでた」

「やっぱりその辺にいるんだ。頭、黄色？」

「というか白に近かったな。顔じゅう孔だらけだったぜ」

「孔？」

「ピアス。鼻や口の横にまで。向こうもわかったみたいだったけど、話はしなかった」

「そう」

「そういえば変なやつもいっぱい見たなあ。歩いてんだけど、こいつ生きてんのかみたいなの。交通事故も三つ見たし、東京ってなんだか、もう寿命なのかもな」

悟は机の時計をふり返って、

「おれ、ちょっと学校に顔だしてくる。二限が実験で、そのレポートが試験なんだ。昼までには帰ってくるよ。そうだ、腹減ってないか」

「減ってるんだろうけど、食欲がないよ」

「じゃあ寝てな」

部屋を出てみると、沓脱ぎは分解したクドで黄色く烟《けぶ》っていた。クド、と洋が呼ぶと犬の姿に返った。

「凄いな」

と感心しながら悟は革靴を履き、出かけていった。洋はしばらくその場にいたが、クドの影がまた薄れはじめたので悟の部屋にもどった。退屈のあまり机の抽斗を順順に開けていたら、あんがい不用心な場所にキャメルの箱と使い棄てのライターと携帯灰皿がまとめて置いてあるのを発見した。

一本頂戴して火を点けた。しばらく煙を口に入れては吐いていたが、不味《まず》くてたまらないので、いつか悟がいっていたように咽に送ってみた。ひどい目に遭った。気管の傷に煙が沁みてまるで針金を差しこまれたように痛み、むせて掌にすこし血を吐いたうえ、紙莨はとり落として悟の机に小さな焼け焦げをつくってしまった。さらにそのあと眩暈に襲われた。

掌の血をティッシュで拭きとり、悟のベッドに横たわった。そうして気分が快復するのを待っているうち、だんだん瞼が重くなってきた。

5

滋の部屋に行き、上着の内ポケットから財布を、机の抽斗からはロレックスとカルチェの腕時計を盗んだ。部屋にもどってハンティングワールドのリュックサックにそれらを入れ、当座必要になりそうな最低限の品品と、文庫本二冊と、血を拭ったバタフライナイフも上から詰めて、家を抜けだした。携帯電話は残した。

タクシーで乗りつけた青山の終夜営業のレストランで、薄いコーヒーを飲み、メンソール紙巻莨を吸い、本を読みながら、銀行が開くまでの時間を過ごした。

時刻になるとキャッシュディスペンサーを渡り歩いて、数十万ずつ、下ろせるだけの金を下ろした。暗証番号が誕生日と同じだというのは知っていた。貯金は意外に少なく六百万ほどだった。車の払いなどが病院の経費として計上されているのはわかっていたから、まあこんなもんかと思った。

タクシーを銀座の和光《わこう》に向かわせた。宝飾品売場のショウケースをつらつら眺め歩いていると、やがて誂《あつら》え向きの品と出合った。涙形の深紅のルビィを乗せたピアス。

「これ見せて」

と近くの女店員を呼んだ。店員は馨の耳を見て、

「ピアスでございますけれど」

「孔ならいまから空けるから」

「空けられても、すぐにはお出来にならないかと」

「なぜ」

「それなりに重量のある商品ですので」

「我慢するわ」

「それにこの商品の台座は18金です。初めての方には、化膿を防ぐ意味で24金のお品をお奨めしております」

「24金に交換して」

店員は笑った。

「柔らかいのでこの台座にはなりません」

「じゃあそのままでいい。化膿するとは限らないんでしょ」

店員は呆れたようにかぶりを振って、ピアスをケースから取りだした。硝子越しに見るより遥かに、それはきらきらと、美しく輝いた。

「つけてみたい」

馨は耳たぶをつまんで、

「だれか孔空けて」

店員は目をまるくした。

「それでしたらお客さま、近くの病院をご紹介しますから」

「病院は嫌い。だったら自分で空けるから、千枚通しかなにか貸して」

「お客さま、ピアスを楽しまれるにも手順というものがございます。ご無理をおっしゃらずに」

「どこが無理なの。あんたの耳に空けようってんじゃないでしょ」

押し問答になった。ほかの店員も集まってきた。

「あの」

といちばん若そうな女店員が口を挟んできた。

「わたし、使ってないピアサー持ってますけど」

石塚《いしづか》くん、と背後にいた年輩の男が鋭い声をあげた。女は頸を縮めた。

「孔空けるやつ？　それ譲って」

馨は彼女にいった。

「あたしとあなた、個人間の取引」

「お客さま」

年輩の男が近づいてきた。また押し問答に展開しそうだったので、

「わかったわ。とにかくこれを買うから。いくら」

とリュックを探った。最初の店員が電卓を打って、四百七十二万五千円になります、といった。馨はケースの上に現金を並べた。それから若い店員に、

「ピアサー売って」

「あ、はい。というか、差しあげます、どうせ貰いものですから」

馨はほほえんだ。

「あたしこの店で、あなただけ好きだわ」

女店員は頭をさげてその場を離れた。ピアスの小箱の莫迦丁寧な包装が終わるころ、また馨の前にもどってきた。ピアサーは花柄のハンカチに包んであった。

「無理いってごめんなさいね」

「いえ。これ両耳用で二回だけ使えます。袋から出してしまってるので、アルコールでよく消毒してください。それから、最初に耳、マジックで目印つけるといいです」

「ありがとう」

「わたしはまだ勇気がなくて」

彼女ははにかんで八重歯を見せた。

「失礼ですけど、モデルさんですか」

「ううん、ふつうの高校生。ね、ちょっと来て」

ピアスの箱とピアサーの包みをリュックに入れ、

「ちょっと彼女、いい？　一分」

とすでに持ち場にもどっている年輩の店員にいった。男は渋い表情で頭をさげた。最初の店員が、

「領収証はいかがいたしましょう」

「いらない」

若い店員を連れてエレヴェータで地上に下りた。店を出て、ちょうど青になっていた横断歩道を三越の方向に渡る。渡りながら、

「秘密、守れる？」

「はい」

「だれにもいわないって約束して。いうと魔法がとけるから」

「いいません」

「ロレックスとカルチェ、どっちが好き？」

店員は首を傾げながら、カルティエ、とこたえた。

電話ボックスの陰に立ちどまってリュックの蓋を開いた。滋の時計の一本を握りこんで取りだす。彼女の軀を引きよせて、

「目を閉じて。手を出して」

と命じた。彼女はいわれたとおりにした。その掌に時計を置いた。

「握って」

感触でわかったらしく、彼女は信じられないという表情で小さな目を見開いた。

「本物よ。もしお金のほうが好きだったら売ってもいい。でもどうやって手に入れたかだけはだれにもいわないで」

彼女は生唾を飲みこんで、うなずいた。

「いうと魔法がとけるから」

夢見心地で横断歩道を渡っていく女店員の姿を眺めてから、電話ボックスに入った。まず滋から聞いた番号にかけてみた。監察医の自宅。もし非番で、最初から当人と接触できたら話が早い。東京にいられる時間には限りがある。

「兼松ですが」

出てきた声はなんとなく年寄りくさかったが、馨はこの人だと感じた。

「周防と申します。監察医の兼松先生ですよね」

「それはわたしではなく息子のほうですが、なにか」

馨はため息をついて、

「じゃあ、監察医務院のほうにかけてみます」

「そうですか。忙しくてなかなか電話にも出られないと思いますが、よろしければ伝言いたしますけど」

「いえ」

といったん断りかけ、ふと思いなおした。

「CRISIS のチェシャ、ご存知ですか」

沈黙がそれにこたえた。ただならぬ気配を察した。

「その検死をなさった方とお話ししたいんですけど。あたし、周防といいます」

「息子ですが、わたしも立ち合いました」

「本当？」

受話器をとり落としかけた。

「あの、あのあたし、周防総合病院の娘で馨といいます」

「周防、ああ、あの」

腹立たしいが、いかなる局面においてもこれに勝るIDはない。これがない人たちはいったいどうやって生活しているのだろうと不思議にさえなる。しかし今回に限っては効力が疑わしく、

「で、その周防さんが、あの検死に関していったいなにを」

と監察医の父は声を沈ませた。馨は相手を惹きつけようと、

「東京を中心に変な事件がたくさん起きてるでしょう。それについてチェシャがなにか知ってたんじゃないかって、これはただ歌詞からの臆測なんですけど、ふつうの自殺とはどうしても思えなくて。それで、検死した人と話せばなにかわかるんじゃないかって。あたしの友達も、山梨でなんだけどひどい目に遭ってて、あ、新聞で読まれたかも、鞠谷っていうんですけど」

と早口で懸命に捲したてた。

「お名前を、もう一度」

「周防。周防馨といいます」

「いいえ、お友達の」

「鞠谷雛子」

また沈黙。やがて注意深い調子で、

「周防さん、チェシャの本名をご存知ですか」

「草薙巽。違うの？」

「それ以前の名前です」

「知らない」

「鞠谷巽というんです」

まりやたつみ、と馨は復唱した。そして、

と叫んだ。

「息子ではなくわたしでよろしければ、ぜひともお話がしたいですね。できればそのお友達もご一緒に。可能ですか」

「誘ってみます」

兼松は自宅にいるといった。馨はその住所を訊ねた。

――雛子は電話に出なかった。馨はタクシーを杉並に向かわせた。

古びた四軒並びの建て売り住宅の、端の一軒だった。申し訳程度の庭は大半芒《すすき》や泡立草《あわだちそう》に覆われている。開業医と勤務医とではこうも暮らし向きが違うものかと愕然とした。

老人は、蓄えた鬚《あごひげ》のせいか声よりさらに老けこんで見えた。

「おひとりですか」

と馨に訊いた。馨はうなずいた。狭い客間に導かれた。家にはほかにだれもいないようだった。お茶でも、と部屋を出ていく老人の後ろ姿を見ながら、いまにもがくっと崩れて死んでしまうのではないかと心配になった。しばらく経って、急須と湯呑みを盆に載せてもどってきた。テーブルに置くとき手がおかしな感じに震えて、急須の口から湯がこぼれた。

「すみません。少少疲れ気味でして」

老人が腰をおろすと長椅子の内部が、ぎこ、と軋んだ。

「周防さんといえば」

と彼は濁った眼を左右に動かし、

「聖仁医大の学長の葬儀のとき、とてもお若い方で、たしか名刺も頂いたんだが」

「たぶん兄です」

「ああ」

「死にましたけど」

眦《まなじり》にかかった白い眉が固い表情をつくった。

「そうでしたか」

「ゆうべ、あたしが殺したの」

視線がゆっくりと上昇して、馨の目の高さで止まった。

「本当よ。もうじき指名手配になるだろうから長くは東京にいられません。だからそのまえに知りたいの、けっきょくチェシャって何者だったのか。予言みたいな歌つくって、ビルから飛降りて、そのころから東京じゅうに奇妙なものが増えはじめ、バンドのメンバーに会ってみたらその晩のうちに死んじゃうし、雛子、鞆谷雛子も変になっちゃうし。歌詞のなかにヒナという言葉が入ってるんです。チェシャの元の苗字が鞆谷だって電話でうかがって、じゃあヒナっていうのは雛子のことなんじゃないのって、さっきタクシーのなかで」

「そうでしょうね。奇妙なものというのは？」

「〝死者〟。生きてるみたいに街を徘徊して、人を殺していく屍体」

「なるほど」

老人は湯呑みを並べなおして茶を注いだ。ひとつを馨の前に置いた。

「ありがとう」

「お友達は、あなたと同じほどのお歳ですか」

「雛子？　すこし上」

彼は張り子の虎のように頭を上下させた。

「電話番号と住所を置いていきますから、話をしたかったら連絡してみて。車に乗るまえに電話してみたんだけど留守で」

「お見せしたい物が」

老人は腰をあげ、よたよたとした足取りでまた部屋を出ていった。馨は紙巻莨に火を点けた。灰皿が見あたらないので出窓の銀の一輪挿しに灰を落とした。吸殻もそのなかに棄てた。

老人がもどってきた。馨の前に一枚のインスタント写真を置く。目を閉じた雛子の大写しだった。馨は驚いて老人を見あげた。

「それはチェシャの遺体です。後ろ向きに落ちたおかげで、顔は綺麗なものだった」

彼はかぶりを振った。

「雛子、知ってるの」


思いのほか時間が経過して、日が西側に傾きかけていた。

門柱の陰に鳥の屍骸があった。腹を上にして翼を拡げ、銀緑色の蠅をたっぷりと集《たか》らせていた。間近すぎてかえって大きさの見当がつきにくく、また死後だいぶ経過しているようで、なんという鳥かは罄にはわからなかった。屍骸はあんがい美しかった。

顔をあげると通りに少年の霊がいた。以前渋谷で雛子のかたわらにいた霊だ。路の一方を指さしていた。罄はかぶりを振った。これ以上雛子と関わるのは危険だ。雛子は、チェシャそのもの。彼女自身も慈雨と会ってそれに気づいたのだろう。

理屈はわからないが、と兼松老人はいった、東京に蔓延している奇妙な死の、元兇はどうやらチェシャのようなのです。生まれつき霊感のある罄が雛子に惹かれ、思わずその後をつけてしまったのは必然だったのだ。雛子こそ異変の中心だった。そこまでわかれば罄には充分だった。いや、わかろうとしてはいけない。甘粕がいうように、チェシャも雛子も〝死者〟たちも、巨大ななにかが東京に投げかけた影の一端なのだと思う。

馨は後ずさり、ドアの前にもどって呼び鈴を鳴らした。ドアが開いた。

「あの」

「忘れ物ですか」

「ええと、そう、ちょっとお願い」

老人を押しこむように玄関にすべりいる。

「耳に孔を空けてほしいの」

「孔を？」

「ピアスの。元でもお医者だったら消毒液くらい持ってるでしょう。道具はあるから」

再び客間にあがりこみ、マジックペンを借りて、洗面所で耳たぶに目印をつけた。客間にもどるとすでに準備が整っていた。テーブルの上にステンレスの容器が置かれ、なかでは預けたピアスとピアサーが透明な液体に漬かって、輝いている。

「仕組みはだいたいわかりました。相当な品物のようだ」

「三千円くらいでしょ」

「いえルビィが」

馨は肩をあげて、

「あまり現金を持ち歩きたくないから換えたの」

「これからどちらかへ」

「だって殺人犯だもの。まず地方に逃げて、それからたぶん密航でも」

老人が手を洗いにいってるあいだに、馨はまた紙巻莨に火を点けた。もどってきた老人が、灰皿を、と部屋を見まわすのを尻目に、立ちあがって窓際の一輪挿しに灰を落とす。

「坐ってください」

馨は一輪挿しの口に紙巻莨を押しつけた。彼女が長椅子の肘掛けに腰をおろすと、老人は向かいあわせに立ち、エタノールを含ませた脱脂綿でその耳たぶを拭いた。

「目印消えた？」

「薄れたが見えます」

元医師だけあって作業は手早かった。ピアサーが顔の横に近づいてきたかと思うと、やがて乾いた高らかな音がして同時に冷たさと痛みが走り、目を閉じているあいだに反対の耳をつままれて、また同じ音を聞いた。

「空いた？」

「空きました。これをいったん外せばいいんですね」

「お願い」

耳たぶの裏から受け金《キャッチ》が外され、表から針《ポスト》が抜かれた。そのあとなにかを塗られた。

「なに」

「血止めです。耳飾りの針にも抗生物質を塗っておきますが、化膿したり気触《かぶ》れたりしないという保証はありません。くれぐれも不潔にしないで」

片耳の、どこともいえない微妙な場所にまた冷たい感触がして、次いでそれに重みが加わった。顔の反対側にも同じ一連のことが起きた。

「できました」

「似合ってる？」

老人はまじめくさった表情でうなずいた。

「見てくる」

馨は洗面所に行った。老人が後ろからついてきて、鏡の上の電灯を点けてくれた。馨は小さな頭を左右に動かし、下唇の線の延長を飾る紅い滴にうっとりと見入った。

玄関に出て外を覗いてみると、霊はもう見あたらなかった。荷物を取ってきて辞去した。

空腹を感じたので商店のありそうな方向に歩いた。そのうちコーヒーショップを見つけ、そこでホットドッグを食べた。

店を出ると、もう黄昏だった。タクシーをつかまえた。

「東京駅」

指示してからなんとなくルームミラーに目をやると、自分の隣に少年が坐っていた。馨は声をあげかけた。少年は胸の前で左方向を指さしていた。

彼女はため息をついて、

「やっぱり変更。次の角を左に紆って」

——運転手が焦れている。

少年の指示は合理的ではなかった。ただ右折させればいいものをわざわざ三度左折させたり、表の通りなら直進で済んだところを裏通りをくねくねと走らせたりする。彼のなかではなんらかの必然性があるのだろうが、生身の馨やましてや運転手にはさっぱりと理解ができない。

「目的地、先にいっていただけませんか。近い道を行きますから」

渋谷駅のまわりをぐるぐると廻っているあいだについに痺れを切らされた。

「あたしにもわかんないのよ」

「どこに行きたいんです」

「あたしの隣の人に訊いてくれる?」

運転手はミラーを覗きこみ、そして口をつぐんだ。

車が骨董通りを進んでいるとき、不意に少年が車内からいなくなった。

「停めて」

といって料金を払い、歩道に立って四方を見た。路地の先で少年がぼおっと輝いていた。

馨は追いかけた。近づくと彼は姿を消し、同時にまたずっと先に姿を現した。追いかけっこの挙げ句、彼は黒っぽく輝く建物の入口前に佇んだ。そのときだけは馨が相当近づいても消失しなかった。

「ここになにが。雛子?」

少年はうなずくかに見えたが、そのまま自分の足元に視線を落とした。靴がすこし路面に沈んでいた。

沈み続ける。

見る間に膝の上まで沈んでしまった。身を捩っているが為《な》す術《すべ》を持たないようだ。馨が駆けよったときにはすでに胸まで地中に没していた。両手をあげ、口を開いて助けを求めている。しかし馨にも為す術がない。触れられないのだから。

舗石のなかに顔が消え、両肘が消え、ついに指の先まで沈んで、少年は見えなくなった。

馨は石を叩いたが、虚しかった。

頭に熱気を感じて顔をあげた。ビルの入口に至る踏段の上から黒い犬が首を伸ばして彼女を見おろしていた。いつかティールームから見た巨大な犬だった。犬は熱く生臭い息を彼女に吐きかけると、吠えかかるように口角を引き赤紫色に滑《ぬめ》った舌をたっぷりと覗かせた。

叫ぶ間もなく馨の頭は犬にすっぽりと呑みこまれてしまった。いかに巨大とはいえ虎や獅子ではないのだから大きさの上で理に合わない出来事だったが、事実馨の顔は濡れたビロードのような犬の舌にべったりと被われ、そのうえ次第に嚥下されていくのを感じた。

支《つか》えるだろうと思っていた肩もじきに左右から温かい肉に包まれた。犬の食道の蠕動《ぜんどう》に顔をなぶられる屈辱感と息苦しさは馨の体液を滾《たぎ》らせ、鼻腔の血管が破れて口蓋に血の味が拡がった。

気がつくと馨は、四畳半ほどの暗い和室に立っていた。畳のほかにはなにもない部屋だ。古い家に独特の黴臭いにおいがする。低い天井。周囲は四面とも襖で、どの方向も少し開いている。どの隙間からもわずかなあかりが差しこんでいる。おかげでかろうじて部屋のようすがわかる。

襖のひとつを開けて外に出てみた。するとまた同じような部屋で、いずれの襖もすこしだけ開いている。襖の模様だけが微妙に違う、右手に進んで襖を開けた。また似たような部屋。

右に左に、あるいはまっすぐに、手当たり次第に進んでは襖を開けたが、行けども行けども同じような部屋の繰り返しだった。きっと最初の方向が間違っていたんだと思い、もどろうとしてみるのだが、今度はすっかり方向を見失っている。ひとつやふたつ前の部屋を間違えるはずがないのに、襖の模様や開き具合にどうも見覚えがないのだった。

ふとルビィのピアスのことを思いだして耳に両手を運んでみると、ふたつともしっかりとそこにさがっていた。孔の疼きが勇気が喚びおこした。とにかくまっすぐに進んでいれば必ず家の外に出られるはずだった。方向を定めて部屋から足を踏みだした。そして次の部屋。また次の部屋。また次の部屋へ。

十かそこらめの部屋でついに変化があった。部屋のまんなかに布団が敷いてあった。その枕側から部屋に踏みいったかたちだった。

最初布団だけに見えたのだが、よく見ると枕の上に小さな頭があった。髪の色から白人の子供だと思い、ヘイ、と声をかけながら畳に膝をついた。

白髪の老婆だった。ぎょっとした。

「あの」

と掛け布団越しにその腕あたりに触れようとして、彼女の耳朶に紅い輝きを見つけた。馨のと同じ涙形のピアスだった。揉まれた薄紙で出来たような老女の顔をじっと観察してみると、案の定それは馨自身に相違なく、とっさに悲鳴をあげようとしたが咽がからからに渇いているうえ奥のほうに痰が絡んでしまい、またしても枕に頭を落として咳きこんだだけに終わった。布団が重くて堪らない。枕元には懐かしいチェシャが、いや雛子が膝をついて、彼女を見おろしている。紗のかかった視界でほほえむ。

「周防さん、また怖い夢をみたんでしょう」

すっかり弾力を失った馨の頰の上を、ほんのうっすらと傷痕の浮いた右手の指が優雅にすべる。

「雛子なの？」

馨は唇を動かした。嗄れた醜い声に自分ですこし驚いたが、さっきまで若い時分の夢をみていたから奇異に感じるのであって、思えば長らく彼女の声はこんなふうであった。もう何十年も。

「それとも、チェシャなの」

「同じことなのよ」

彼女は馨にもわかるようゆっくりとそう教えてくれた。

「同化したから。わかる？」

馨はうなずいた。

「死んでるし、生きてるのね」

「そう」

「羨ましい」

「周防さんは、苦しそう」

「軀じゅうが痛いの。それにほら」

苦心して布団の下から片手を出した。痩せ細った皺だらけの手と腕。

「こんなに醜い」

「救ってあげましょうか。いまなら間に合うけれど」

「本当？　綺麗な姿にもどれる？」

「もどれますとも」

取り返せる。あの美しいあたし。感激に視界が潤んだ。ありがとう、ああ……ありがとう、雛子。軀を起こされ、雛子の柔らかな胸に抱《いだ》かれた。頬から頸筋、肩にかけてを何度も撫でられた。可愛い人。本当に可愛い人。指がピアスに触れて耳たぶの孔が疼く。フラッシュバックが走った。ピアサーの店員。兼松老人。鳥の屍骸。少年の霊。

甘粕の推理。

「そういえば、雛子」

馨は頭を仰けぞらせてほほえんだ。

「甘粕が莫迦なこといってた。天敵だって。それが人間には〝死者〟の姿に見えるんだって」

雛子の表情がこころもち曇った。

「あの男はわたし、どうもいけ好かない」

馨は口をすべらせたことをすっかり後悔した。

「ごめんなさい」

「ううん、いいの」

雛子は笑顔にもどってかぶりを振った。

「あなたがどう思ってようと、味わう恐怖に変わりはないし」

がくり、と身を後ろに倒された。雛子は片手で彼女の頭を支えて上下逆様に顔を覗きこんでいる。指先のひとつがぬるっと頭蓋の根元から内部に侵入してきたのを感じて、馨は手足を強ばらせた。べつの指も入ってきた。三本、四本、次次に脳の間に分けいってくる。指は馨の脳裡を自在に這いまわった。

脳を直接弄《まさぐ》られて馨は、激痛を、恍惚を、極寒を、灼熱を、あらゆる色彩を、あらゆる音を、あらゆるにおいと味を、あらゆる悪夢を一挙に感じた。落下し、上昇し、廻転し、停止し、膨らんで破裂し、無限に縮小し、宇宙と同等に拡大した。助けて、と馨のDNAが叫んだ。本能を成す連なりが。

助けて

未だチェシャと同化しきらぬ雛子の理性が、その叫びを聞いた。

彼女は急いで肉体への細い糸を手繰ると、ベッドに横たわった自身の神経回路に、無数の触手を接続した。肉体が覚醒した。

半身《はんしん》を起こしてあたりを見まわす。離脱の前にも眺めた、こぢんまりとしたペントハウスの一室。

雛子はベッドを這いだした。躯を酷使したあとのような意思とのつながりの悪さが不自由だったが、硝子戸を開いてバルコニーに出るのは造作もなかった。事の真相を知らされた瞬間から意識の底で企てていた計画を、彼女は忠実に実行した。力の入らぬ右手にもどかしい思いで手摺を跨いでその外側に身を置くと、迷いが生じるよりも素早く目を閉じ、空中に躍りでた。女神は、もう、これで——。

風を切る音の大きさにびっくりして思わず目を開けた。星のない夜空が見えた。郁央の姿がそれを遮った。

目を覚ましてはっと躯を起こすと、机の前から悟がふり返って、

「やっと起きたか」

と笑った。洋は部屋のなかを見まわした。西村悟の部屋だ。電気が点いている。

「いま」

「夜の八時。起こしても起こしても起きなくてさ、よっぽど疲れてたんだな。まだだれも帰ってきてない。うちいつもこうなんだ」

情況を理解するとともに、昨夜から今朝までの記憶が甦ってきた。そうだった、叔父さんも叔母さんも、卓にいさんも里香も。それにおばあちゃんも――。

「あ、クド」

「玄関で煙になってる。安心しな」

ほっとした思いと、やはり凡て現実だったのだという落胆が、胸のなかで交錯した。急に感情が昂って、涙が溢れてきた。

「泣くなよ」

悟が椅子を廻す。続けて、

(泣くがいい、泣きたいときはね)

と曾祖母の声が耳に響いてきた。あ、と洋は顔をあげた。

「おれがいるだろ。それにクドも」

(おまえが大好きだよ)

「家族に事情を話してさ、ここにいられるよう頼んでやるから」

(わたしは長いことがんばった。こんどはおまえががんばって生きる番)

「元気だしなって」

(洋、おまえはいい子だ)

うん、うん、とうなずきながら、涙が止まらない。

(きっといいことが、たくさん起きるよ)

──ちょっと屋上に行ってみないかと悟がいう。

「東京、いまえらいことになってるぜ。テレビで見る限り」

洋はうなずいてベッドを降りた。悟は抽斗から紙巻莨とライターと灰皿を出した。

「どうでもいいけどこれ、片づけとけよ」

「ごめん」

沓脱ぎに下りるとクドが目を覚まし、悟が開けたドアの隙間から外に飛びだした。

エレヴェータのなか、悟が洋の頭の先を見あげて、

「あれ。阿南、また背が伸びたんじゃないか」

「伸びた。でもまた引き離されるよ。西村手がでかいもん」

「二十五の昼飯まで伸びるらしいぜ」

「なんなのそれ」

「うちのかあさんがいつもいってる」

夜の屋上から新宿の方向を見て、洋は愕然とした。高層ビル群の裾野一面が、赤く、生生しく蠢いていた。

「凄いな。とうぶん消えないな」

「どうなっちゃってるの。なにが起きたんだ」

「最初はなんかの爆発で、その事故が事故を呼んでってことらしいけど、本当のところはだれもわかってないさ。新宿は半壊だな。ほかのとこでも便乗して放火するやつとか、交通事故もいっぱい起きて、とにかく東京じゅうが物凄いことになってる。でも裏のチャンネルじゃあちゃんとお笑い番組やってるんだから不思議だよ、どういうんだろうな。おれの両親、職場がこっちでよかった」

洋はフェンスの網目をつかんで、長いあいだ無言で東京を見つめていた。最初は喋り続けていた悟も、そのうち言葉を途切らせて紙巻莨を吸いはじめた。

「西村」

洋はふり返った。

「おれ、行ってみるよ」

「どこに。あっちにか?」

「日暮が、日暮のおかあさんが捜してた。見つけて連れもどしてくるよ。東京、もう危ないよ」

「なんだよ」

悟は小莫迦にしたように煙を吐いて、

「やっぱり惚れてんじゃないか」

「違う。そういうんじゃないんだ」

階段に向かって歩きはじめる。クドが気づいてそのあとを追う。

「おい、いまから？」

「うん」

「電車もろくに動いてないって」

「自転車で行く」

「阿南」

悟は紙巻莨を灰皿のなかで揉み消した。

「おれも行くよ」


記憶の最初の断片は、においだ。噎《む》せかえるほどの消毒臭に気づいて、ここは病院なのだとわかった。なぜ病院にいるのかはわからなかった。

おかあさんのお見舞いにきたんだっけ。ううん、おかあさんはいまうちにいる。

母のイメージは、いつも白と黒の重たい輝きのなかに吸いこまれてゆく。もう長いあいだ練習してない。叱られるなあ。

両手の指をハノンの一曲の形に動かしてみた。右手によく動かない指がある。サボってばかりいたからすっかり鈍《なま》ってしまった。

いざ鍵盤に触れれば指が思いだしてくれるだろうか。先生はアラベスクになさいといってたけど、本当に発表会までに間に合うかしら。

日曜は練習できない。尾瀬くんと映画に行くから。

緊張する。なにを着ていこう。

――目を開けると、知らない女性が雛子を見おろしていた。

「あ」

と驚いたような声をあげて、どこかに行ってしまった。天井が綺麗なクリーム色だった。

眠いのでまた目を閉じた。耳はまだ起きていた。跫音。奇跡だ、という声。鞠谷さん、とさっきの女性が彼女を呼んだ。返事をするのが面倒だったのでうなずくだけにした。

手足が重い。なにかをつけられてるみたい。頸もあまり動かせない。

ときどき背中が激しく痛む。

お腹もだ。

わたし、病気かも。

――目を開けると、べつのだれかが見おろしていた。老人だった。

「こんにちは」

と老人はいった。彼女もこんにちはといった。あまり声にならなかった。

「兼松と申します。ここがどこだかおわかりですか」

病院、とこたえた。老人はほほえんだ。

「はっきりとしてらっしゃる。まさしく奇跡だ。同じビルからまた転落があったと知り、駆けつけました。お顔を拝見したときは、正直いって脚が震えました」

なんのことだかわからないので、雛子はただほほえんでいた。

「ご家族の所在が不明だったので、申し訳ないがお部屋に入らせていただいた。ご住所は周防さんからうかがったのです。お父さんにご連絡しました。まだお見えになってないようですが。そうだ、これを」

老人は懐から半セル縁の眼鏡を出して、枕の横に置いた。見たことのない眼鏡だったが、女もののようだから自分のための物だろうと思った。

「あなたが転落した方向には建物の迫りだしがなく、直接道路に面していた。たまたま幌をかけたトラックが徐行していたのです。荷台には袋入りのお菓子を詰めた段ボール箱がぎっしりと積みこまれていた。あなたはその上に落下しました。最高とはいえないが偶然の産物としてはこれ以上望むべくもないクッションだった。この話はすでに？」

雛子はかぶりを振った。そんなことより、わたしがなぜ病院にいるのかを教えてくれればいいのに。

「それから」

老人は咳払いをして、

「たいへん申し訳ないとは思ったが、お軀の、先天的な部分に関して、病院の許可を得て診察させていただいた。詳しい検査ぬきに確定的なことは申しあげられないが、仮性半陰陽であろうというのがいまのところの所見です。つまり、外科的な手術で解決する問題であろうと」

雛子はまたほほえんだ。よくわからないけどいい報せみたい。おとうさんがもうじき迎えにきてくれるようだし、それまでのんびりとしてればいい。

安心したら、またすこし眠くなった。目を閉じた。

――目を開けると、髪の短い、とても美しい少女が自分を見つめていた。

「雛子」

と親しげに彼女の名を呼ぶ。

こんな綺麗な子、学校にいたかしら。ピアノ教室の子だろうか。

「かわいそうに、動けないのね」

さっき老人がいたときより、部屋のようすがだいぶ暗い。もう夕方になってしまった。おとうさんはまだかしら。

少女は大ぶりな赤いピアスをつけていた。黄昏どきの薄闇のなかでもそれは鮮やかに煌めいていた。きっと本物のルビィだ。もっとよく見てみたかった。老人が残していった眼鏡のことを思いだした。最初右手で取ろうとしたがまるきり動かず、仕方がないので左手を伸ばして取って片手で蔓を開いた。

「掛けないほうがいいわ」

美少女はほほえみながらいったが、制止しようとはしなかった。

「あたしのこと見てたいなら」

雛子は顔に眼鏡を近づけた。頭にたっぷりと包帯を巻かれていることに気づいた。邪魔だったが耳に掛けずに手で支えていれば大丈夫そうだった。そうして少女のほうに頭を傾けたのだが、そこにはだれもいない。不思議に思って眼鏡を外すと、さっきまでよりずっと近くに少女の顔があった。こういうのって、と彼女は考えた。なんていうんだっけ、ええと。

「ね」

甘い息が雛子の頬を撫でた。あ、思いだした。彼女がわたしに教えてくれた言葉。

雛子は唇を動かした。

　天敵
瞬間、奇妙な幻影に襲われ、留美は立ちすくんだ。

黄昏時の渋谷センター街。平日だというのに往来は引切りない。それどころか地方の人間が見たら今日はなんの行事かと思うような殷賑《いんしん》だ。実際長野から出てきた彼女の祖父母など、縁日かね、と留美に訊ねたものだ。

その人波が、一瞬、倍にも膨れあがって見えた。かといって休日ばりの活気に見えたというのではなく、狭苦しい収容所に詰めこまれ食事もろくに与えられていない亡霊じみた集団が、朦朧とした意識に従い右往左往しているかのような、そしてそのなかに突然自分も放りこまれたような、酸鼻極まる幻想であった。

「どうした」

Jと呼ばれている仲間のひとりが彼女の肩を叩いた。たぶん仲間のなかではいちばん年嵩で、もしかしたら二十歳を越しているかもしれない。なぜJなのかだれも知らない。ジの字のつく名前なのかもしれないし、外国人なのかもしれない。白人に見えなくもない容姿をしている。自称芸術家だがなにをやっているのかだれも知らない。

全員が全員、そんな具合だ。遊び人を自称しながらいつも夕方の定刻に現れ深夜には姿を消す者、逆に蔦だプログラマーだと自称しているくせに二六時中路上で過ごしている者、天涯孤独を気取りながらシャツにアイロンが掛かっている少年、あきらかに中学生の年齢なのにけっしてそうとは口を割らない留美のような者。誰もが明瞭な背景も名前も持たない。ただ通称と自分自身だけがそこにある。

彼らの大半を留美は好きだが、大嫌いなやつもいる。そういうのはどこの集団にいても変わらない。しかしすくなくとも学校よりはましな場所だった。だれもが生き、生活している。学校に生活はない。生活を模してそれらしきまがいのオブジェを並べた水槽のなか、そこを水槽と気づかぬ小魚の群れが旋回しているだけだ。

Ｊは大好きだ。無口ですけべで相手によって態度を変えない。男も女も同じように愛するし憎む。Ｊと知りあってからは行き場がなくなるといつもＪの部屋に転がりこむようになった。表参道の路地の意外と立派な部屋に住んでいる。

「なんでも。べつに」

といって留美は通りにさまよいでた。言葉の洪水。しかしさっき見た映像は、人の数こそ無数だったが静寂に包まれていた。

目の前をダウン症らしき幼女がよたよたと通り過ぎた。保護者とはぐれてしまったのだろうか。心配してその後ろ姿を見つめていたら、すみません、と商売絡みの路上アンケートか新宗教の勧誘員らしき背広の男が声をかけてきた。無視して進んでいると今度は変造テレフォンカードの束をこれ見よがしに指先で弾いているアラブ人と視線が合った。近づいてきたがそれも無視した。

幻影。また襲われた。今度は長い。終わらない。意思の輝きのない土気色の顔。顔。顔。顔。顔。顔。顔。顔。顔。顔。顔。顔。顔。顔。これ、これ、わかった、カオリに見えてたやつだ。最近は彼女の姿も見かけないけれど。

「助けて」

留美は固く瞼を閉じた。いつまで経っても開くことができなかった。得体の知れない恐怖に涙が涌いて瞼の端から溢れた。

手になにかが絡みついてきた。驚いて目を開くと、さっきの幼女が自分の手を握っていた。母親とでも間違えられたのかと思っていると、幼女は留美を見あげて、だいじょうぶよ、というのだった。留美を力づけているのだった。ねえ、だいじょうぶよ。

小さな手を握り返した。

……そっちじゃないんだよ、おーい……　名物天津甘栗　罪の報いは死　神の賜物は永遠の命　センター街から歩30秒!!　……まっすぐ、まっすぐ行って、斜めんとこに地下が……　登録スタッフ募集中!!　広島風味関東焼　自転車通行可　……止まっちゃったの。んで当分動かないっていうから、新宿にもどって最終……　禁煙にご協力ください　服を着替えると、夏がくる。　……の法律は、非常に悪法であるといわざるを得ません。われわれは……　閉店セール　GOOD-BYE SALE　30%～80%OFF　……絶対やだ……　ワンダーランド　ツーショット&伝言ダイヤル　海外旅行プレゼント……昨日ね、学校から帰ったときに……バイクが……　明るく楽しい　ショッピンロード　夏のブラジャー　フルーツバイキング……この世界の終わりが近づいている……　Gのみんなへ　30分まったけどこないので　プライムでごはん食べてます　K……嘆き、悲しみ、苦しみ……　金券現金買取　どこよりも高く買います……でっかいの取りたかったのにな……　香港フェア……購入し、使用されますと、懲役刑に処せられます……　十六歳未満の方は午後六時以降立入りをお断り致します　十八歳未満の方は午後十時以降立入りをお断り致します……なくてもいいかなあって……　神はひとりごキリストを世につかわされた……来なよ……　新台入荷　階段を登れば別世界……追加して持ってきて……　お気軽にお試し下　サイズ無料で直しま……痛えな、すげえ……　ニューオープン　究極の遊べるフィーバー台……たしかに、教科書問題、日本の……　選んでみたらやっぱりドコモ　完全1人用30分1000yen……元気だして　チャンスは一度……頭と指先をきたえよう……いらっしゃいませどうぞ、いらっしゃいませ……　アルバイト大募集　時給８５０円　勤務時間6－24　五代目怒羅権……どうしよう……　毎度有難うございます品物は下に置いて下さい　1+9+6÷6=4-1+8　TV電話ツーショット30分３０００円……かつみくんと連絡とりたいんだ。　とりあえず会おうよ……　重大交通事故防止緊急対策実施中　写ルンです大特価……見えない……　ビデオ・本・媚薬　高価買取

格安販売大口歓迎　……新発売になりました……どうぞご利用くださいませ……　無人受付コーナー　こちらの商品は2Fレジカウンターにてうけたまわります　ここはごみ集積所ではありません　……までに見つけないと……　ブランドファッションバザール　……センター街におきまして……　豪華26部屋　サービス券ご持参のかたに限ります　……部屋片づけたの……　すごく焼けて安くつく日焼サロン　警視庁警察官を受験してみませんか　……why do you……　安全第一　避難場所は代々木公園です　……ごめんね……　風俗許可優良店ＶＩＰコースあり　ＳＭ・人妻回線あり……一日八時間……　送電中　接近注意

——誰《た》そ彼《がれ》。

附記

作中、商標化された呼称を個人的な理由で歪曲している箇所がある。地名の一部をわざと誤記している。またこの数十年間、日本とシンガポールを結ぶ定期客船は存在していない。

解説

ファンタジイ評論家
石堂藍

少女小説で活躍していた女性作家・津原やすみがその看板を下ろし、男性作家・津原泰水として初めて世に問うた長篇小説。それが『妖都』だ。一九九七年十月刊行。ちょうど二十二年が過ぎたことになる。赤ん坊が社会人になるに充分な長い時間。だが、いささかもその輝きを失うことなく、今も新しい読者を待っている。

＊

人の目には見えないが、実体を持ち、人を次々に殺戮してゆく恐るべき幽鬼〝死者〟。霊視能力を持つ少女・馨は、無力な幽霊とは異なる〝死者〟の出現に戦く。一方、大学生の雛子は夜ごと〝死者〟に襲われる悪夢にうなされていた。〝死者〟が引き起こした渋谷のスクランブル交差点の事故現場で、二人の運命は交錯する。物語は――あるいは〝死者"のもたらす恐怖は――この二人の少女を核にしながら、溢れ出た水のように広がってゆく。

得体の知れない妖物が死を撒き散らすさまを描いた惨虐な恐怖小説《ホラー》――確かに恐怖をかき立てる小説ではある。だが、ホラーと言い切ってしまうことがためらわれる。津原泰水のホラー風の作品は大方がそうなのだが、狭いジャンル小説から逸脱する気配を常に漂わせる。ホラー的な要素は、読者を非現実の境地に誘うためのきっかけ、あるいは読者と小説世界とをつなぐ接点のようなものなのではないか。だから、幻想小説というもう少し幅の広い呼称の方が、ぴったりくる。

私が発行していた雑誌〈幻想文学〉五十二号（一九九八年三月）では『妖都』をめぐる津原泰水へのインタビューを掲載したが、その時に上がったのはアンチ・ミステリーをもじった「アンチ・モダンホラー」という言葉だった。ホラーと見せながら、ホラーという形式を否定するホラー。曖昧だが、なんとなく伝わるものがあるだろう。

『妖都』を取り上げたのは、「今、最も注目すべき作品の作者に話を聞く」というコンセプトの連載企画で、編集長の東雅夫が本作を強く推したからだった。私も一読し、文句の付けようもない作品だと思ったが、ただひとつ、結末の付け方が気になった。もしも作者がオープンエンディングという意図ではなく、続篇を念頭にこんな展開にしたのだとしたら……東と私との話し合いの中でどんな言葉が出たのか記憶にないが、あざといとか何かそんなような類いの、否定的な言葉であったのは確かだ。

　インタビューでは、こちらからその点について尋ねるまでもなく、自然にその話題になった。出版後の反響について聞くと、「予想外なことに続篇を求める声が多かった」と言う。「これ以上終りきれないくらいに終りきっちゃっているじゃないか、というのが率直な気持」と語り、私たちの懸念を一蹴したのだ。「アンチ・クライマックスの衝撃を狙ったところもある」とも言い、読者に甘えた作品ではないことをはっきりと表明した。

　このインタビューは、『妖都』を読んで読者が抱くかもしれない疑問に率直に答えた、得難い自作解説になっている。例えば第二部の最後に登場する中学生・阿南洋は「全体を俯瞰する存在」であり、全篇が彼の見た夢だということもあり得ると述べる。あるいは、「たとえばビデオ屋で貸し出しているホラー映画のような非常にフィクショナルなものとして始まって、それがどんどん拡散していって、拡散しきって逆に現実の都市の中に吸い込まれていくというクラインの壺的な構造——そうしたものとして完結させるというイメージで書いた」という発言なども、作品構造の明快な説明になっていて、読書の一助となろう。ほかにもバタイユへのオマージュだとか、認識をめぐる物語だとか、興味深い発言がいくつもあった。

　とはいえ、作者自身の解説にしても、作品のあり得べき解読の一つに過ぎない。信を置きすぎるのは危うい。腑に落ちるところがあれば良いし、なくても一向にかまわない。

＊

さて、霊能力と世に言われるものは、「世界のどこかから出ている何らかの信号に大きくノイズが混じったもの」を受信しているのではないかと、ォカルティズムに詳しい作家・稲生平太郎は述べている（『映画におけるオカルトとは何か？』）。だから、受信しているものが何なのかは、本当のところはわかっていない、しかしどこかにノイズのない情報が存在するのではないか、と。甘粕緑朗が、啄木鳥と木の中の虫の比喩で説明する、異界から侵入してくるものの全体を人は知ることはできないという認識能力の限界をめぐる話と通ずるものがある。そういう、限界を超えたものを、津原は〝死者〟、もしくは、それらを統べるらしい存在である死の女神チェシャとして描いた。ことに〝死者〟は多くのホラーで、なおざりにされている幽霊の本質を問いなおした、特筆すべき存在である。

古来、怨霊が力を持つのは、神に準ずる魔になるからだ。SF的に言えば、超能力を持つ精神生命体になる。幽霊が現実に力を及ぼし得ると考えるとき、そういうものとしてしか、我々は考えられない。一般的なホラーは、無意識にそれを受け入れている。ところが、霊能者の馨は、幽霊は無力だ、と言ってこれまで受け入れられてきた幽霊説を否定する。無力な幽霊をSF的に解釈すれば、残留思念とでもいうことになるのだろうか。これとても荒唐無稽な考え方にはちがいないが、ともあれ、屍体のようだが屍体ではない、言ってしまえば怨霊にしか見えないそれを〝死者〟と改めて名づけた。つまり〝死者〟は、上に述べたような我々の理解する機序で動いてはいないということだ。ホラーにおいて、当たり前の前提とされている「力を持つ幽霊」を、いったん白紙に戻し、「わけのわからないもの」に還元したのである。

こうしたわけのわからない存在に触れたとき、人は「わけのわかるもの」に読み替えるのを常としている。読み替え方は人それぞれなので、物語の中で、〝死者〟はさまざまな形に描かれる。

普通の幽霊に慣れている馨は、人を強引に自殺者に仕立てる〝死者〟を見て、怨念の凝ったものかもしれないけれども、なんだかわからないものだと言う。洋は、砂塵となって内部から侵すものとして〝死者〟を捉える。病院に足繁く通っていた少年の見る〝死者〟は、いわば病のメタファーだ。交通事故で一人息子を失った夫婦にとって、〝死者〟は凶器としての自動車にほかならなかった。馨によって事態に巻き込まれたバイカーが見たのは、死の女神チェシャがそこから出現する、彼岸のポータルとしての〝死者〟だ。そして雛子は欲望の底から出現したもの、悪夢から抜け出てきたものと考える。〝死者〟は人の死への欲望そのものなのだ。

このように見てくると、〝死者〟は、死そのもののメタファーのようにも思える。通常であれば人の目には見えないのだから、遍在する死そのものと言っても良い。私は思い出す。刊行の翌年、一九九八年は、自殺者が急増し、三万人台となった年だった。電車の中で何度人身事故というアナウンスを聞いたことか。そんな、蔓延する死を予感したような。だが、そのように私が考えてしまうのもまた、「わけのわからないもの」の読み替えでしかない。

一九九八年は、一月末に映画版『リング』が公開されて大ヒットし、ジャパニーズ・ホラーのブームが沸き起こった年でもあった。『リング』の呪いのビデオは都市伝説そのものとなり、怨霊・貞子は幽霊の代名詞となった。映画版の貞子は、小説とは異なり、ビデオ映像の中から肉体(?)をもって出現するのが特徴的なのだが、映画の脚本を書いた高橋洋は、貞子は実は心霊写真的な幽霊だという。リアリティがあるし、映像表現として可能だから。だが、映像において「幽霊表現の究極は動いている死体を見せること」であり、そしてそれに成功した者はかっていないと語っている(『映画の生体解剖』)。あの恐ろしい貞子にしても屍体が動いているイメージではないのだ。津原は、言語表現によってではあるが、「動いている死体」を見せた。これまでの幽霊——おそらくは心霊写真的なそれとは異なる形での怨霊を描いた。それはメタファー以上のことであり、言葉による表現だけが可能ならしめた、「究極の幽霊表現」なのだと言える。

「死者」以上にわからないのはチェシャである。普通の人間が、あるとき別のものに変化した。その変化のシステムはまったく不明。作中では、死神、死の女神などと呼ばれ、ポリネシアのヒネ・ヌイ・テ・ポやヤマトの伊邪那美命の神話を使って、冥界を支配する大女神の面影がかぶせられている。しかしこうした神話的な枠組は、化粧に過ぎない。そもそも人類は「理解の及ばない力」を神と名づけたのだから、神のイメージに頼っていては、堂々めぐりである。とはいうものの、神とは論理が通じないものだと、歴史を通じて我々は理解してきた。そういう意味では、チェシャは神なのだ。

終盤近くに登場する政財界のフィクサー蟹澤が、戦争に勝る恐怖装置としてチェシャを利用すると高笑いするが、これもいかにも人間らしい。論理が通じないような存在を、自分に理解可能なものに矮小化し、御することができると妄想するのは、人間の本質的な一面だ。我々はそうやってごまかしながら、不穏な世界を生きてゆくのだ。それにしても、蟹澤のなんと呑気なことか。死神の前にマモンの神が無力なのは、はるか昔から決まっているものを。

＊

ところで、道が直角ではなく、見当識が狂う世田谷の地域が実在するように、大和もまた山梨県の実在の地名である。ただし、中央本線の初鹿野駅は、刊行当時には既に甲斐大和駅になっており、大和村も現在は塩山や勝沼と合併して甲州市になっている。なぜ山梨なのか訊ねたところ、「東京に一番近い西だから」という答えが返ってきた。なるほど、西。太陽が沈む方角。あるいは西方浄土に代表される彼岸。凋落と死が西からやってくるという構図なのか。しかし西はまた、たそがれ時に、青に沈まず赤を残す方向でもある。たそがれ……消え残りの太陽のようにかすかな希望が残されていると読むことも不可能ではない。少年たちは渋谷で冒険を繰り広げ、一人の少女を救うかもしれない。もちろん、彼方に見える赤い光も、間もなく漆黒の闇に溶けるだろう。そう考えるのもまた自由。オープンエンディングはすべてを許容する。あなたは『妖都』をどう読んだだろうか。

本書は、一九九七年十月に講談社より単行本で、二〇〇一年六月に講談社文庫より刊行された作品を、再文庫化したものです。

著者略歴　1964年広島県生，青山学院大学卒，作家　著書『ヒッキーヒッキーシェイク』『バレエ・メカニック』（早川書房刊）『蘆屋家の崩壊』『ペニス』『少年トレチア』『ルピナス探偵団の当惑』『綺譚集』『赤い竪琴』『ブラバン』『たまさか人形堂物語』『11』他多数

HM=Hayakawa Mystery
SF=Science Fiction
JA=Japanese Author
NV=Novel
NF=Nonfiction
FT=Fantasy

妖《よう》都《と》

〈JA1403〉

二〇一九年十一月二十日　印刷
二〇一九年十一月二十五日　発行
（定価はカバーに表示してあります）

著　者　津《つ》原《はら》泰《やす》水《み》
発行者　早川　浩
印刷者　入澤誠一郎
発行所　株式会社　早川書房
郵便番号　一〇一 - 〇〇四六
東京都千代田区神田多町二ノ二
電話　〇三 - 三二五二 - 三一一一
振替　〇〇一六〇 - 三 - 四七七九九
https://www.hayakawa-online.co.jp

乱丁・落丁本は小社制作部宛お送り下さい。
送料小社負担にてお取りかえいたします。

印刷・星野精版印刷株式会社　製本・株式会社フォーネット社

ISBN978-4-15-031403-3 C0193

本書は活字が大きく読みやすい〈トールサイズ〉です。